非情勿扰

八重樱妖 著

Wuhan University Press
武汉大学出版社

图书在版编目(CIP)数据

非情勿扰/八重樱妖著. -武汉：武汉大学出版社，2012.4（2019.10重印）
ISBN 978-7-307-09529-8

Ⅰ.非…
Ⅱ.八…
Ⅲ.长篇小说-中国-当代
Ⅳ.I247.5

中国版本图书馆CIP数据核字(2012)第026390号

策划编辑：菩 提
责任编辑：党 宁
文字编辑：5biao
审　　读：代君明
责任印制：人 弋

出　　版：武汉大学出版社
发　　行：武汉大学出版社北京图书策划中心
网　　址：www.wdpbook.com
电　　话：010-63978987
传　　真：010-63974946
印　　刷：天津兴湘印务有限公司

开　　本：787×1092 1/16
印　　张：14
字　　数：250千字
版　　次：2019年10月第1版第2次印刷
定　　价：42.80元

序　别把自己当LV

我没有LV包，今年也不打算买。

身边也有一些朋友背着LV包，她们尽情往包里塞着薯片、卫生纸，甚至是带孩子出去时必备的尿布。在我看来，不管真假，也不管什么包包，只要够大，能装东西的，都是好包。可我就不明白了，为什么一个包，绣上两个字母，就变得尊贵无比？仿佛背上它，就是很牛X的人？就是真正的贵族？

省吃俭用，啃父母，背一个这样包包，是一种无能。

搜刮民脂民膏，压榨劳动人民的血汗，这样包包堆满屋，还在网上晒的，是一种无知加无耻。

真正的富豪，都是一步一个脚印从底层爬上来。即使是富二代富三代，也从生下来之日就知道什么是阶级斗争，被教育得低调再低调，每日生活的环境，不比我们强多少。其实，这些都不是我写这本书的主要原因。

之所以要写这本书，是缘于对一档节目的思考。

该节目现在已经被人复制无数，红遍大江南北，引领了择偶的风潮。人们通过该节目，充分提高了相面的水平，可以通过一块表，一件衬衫，甚至是一个细微的动作推算出对方有多少家产，受过何等教育。美剧《试着对我说谎》算什么？真正的相面高手在中国。

看着众美女信誓旦旦，一口一个爱情、真理，可一旦看到对方骑自行车，马上灭灯；无房？灭灯；父母健全？灭灯……父母是高官，这个不用灭……

　　平心而论，吃萝卜长大的樱妖理解每一位渴望坐宝马、想吃山珍海味、想让人前呼后拥的美貌女子。伊们唇红齿白，身材前凸后凹，走起路来像葫芦精一样让男嘉宾们流口水。伊们有足够的理由说：我不喜欢萝卜，而且，长期喂食萝卜，会产生基因裂变，也许若干代后，会产下一个红眼睛、三瓣嘴、两只耳朵长又长、又蹦又跳真可爱的兔宝宝。

　　为了不变成兔子的祖先，于是乎……你懂的。

　　她们在台上以爱情的名义向钱冲。

　　学历、能力、年薪、职位、样貌、家庭背景……

　　这些无不被摆上台面。

　　她们唯一不问的，是理想，是对方是否孝敬父母，是对方有没有做过慈善，甚至是对方的爱好。

　　瞎子阿炳为了一口饭才抛头露面，即便是苏三，也会为爱情宁死不屈。在丰衣足食的今天，我们为什么还要像是古神话里的饕餮一样，终日觅食？我们缺的不是食物，而是精神。任何物质都填不饱我们空虚的内心，于是只能靠一件件牌子往身上披。

　　当你流露出狼人的绿光时，打量着眼前的对象，衣着是什么牌子，谈吐中知道多少外文，门口停的是什么车子时，他们也在打量你。

　　他们也在思考：

　　这个女人真的爱我吗？

　　她靠这种方式让多少男人摸过手呀？

　　这个女人不会是为了我的钱吧。

　　噢，就算是为了我的钱，她配吗？

　　她配坐我的兰博基尼吗？

　　她配当富二代甚至是富三代的妈吗？

　　她除了知道牌子，知不知道中国国旗长什么样？

　　知不知道二十四史是什么史？还是满脑子的狗屎牌子？

　　买一夜性，会不会更合算呀？美女，可以办卡吗？

　　她爱的是我的财，我爱的是她的材，钱财和身材互换，很公平……

樱妖平淡无奇的生活中，偶尔也划过一两个多金男子。可他们犀利的眼神无不在告诉我：钱，是不好挣的。

　　那些从底层一步步爬上来的男子，哪一个有清纯的眼光？像花泽类一样的浅笑？四爷一样的深情？那帮人精儿，很多时候不用樱妖开口，他们就知道我要做什么；一个眼神，就知道我做了对不起他们的事；微笑的角度不对，是假笑；走路的步子太快，是心虚；头上怎么出冷汗了？是吓的……和他们玩心机？女人们，永远要记住这句话：男人不狠，江山不稳。他们也是被人踩得七荤八素，九死一生，才熬到现今的地位。熬过来的是人精，熬不下去的成了神经。那种男人，怎么会随便把女人的"I LOVE YOU"放到心上？

　　当美女把富豪当猎物的时候，富豪们已经悄然转身，把你的名字排除在真爱之外。试问，当一个男人只是贪恋你的容貌，而在你年老色衰的时候，把你放到角落，你会嫁给这样的男子吗？不要把自己看得太高，以为时间会产生感情，时间会改变一切，时间会把小三转为正室。

　　世间的妖艳女子总是如庄稼般一茬接一茬地换，永远不缺货。即使革命成功，遇到一个大脑少根弦的有钱人，把你娶回家里，也只会当花瓶一样供着。美女们，枯坐天明等待一个男人是什么滋味？面对空墙白影，日复一日地枯坐……说不定最后会变成一代女达摩，参悟出什么擒夫七十二绝技。

　　对于真正的有钱人来说，LV，就只是一只包而已。不爱的女人，更是他们用以装饰的一只LV。所以，女人们，千万不要把自己当LV，只要别人买得起就卖。

　　LV再牛X，也只是个装东西的包。

　　宝马再贵，也只是个代步的工具。

　　它，给不了你真正的快乐。因为真正的快乐不是用牌子来衡量。牌子？真正的一流商品都是没有牌子的，一针一线全靠手工缝制，针针线线里全是爱。每一次落针，都会考虑顾客的需要——就像是真爱，人世间独此一份，别无分号。真正的一流品牌，就像是真正的超级富豪，低调得不能再低调——甚至不希望别人知道自己的存在。做到最好，但不求别人知道，接近于佛的境界，不但是最好的牌子，也是最好的女人、男人所追求的。

真诚、善良、智慧，这才是一个有脑子的人想选的妻子。众亲们可以看看那些高官富商的夫人相册，里面可有长得漂亮的女人？有，不过很少。我在里面看到最多的是贤妻良母。张明月（李嘉诚的妻子），如果去参加世界小姐选拔也一定入不了围。不过她们是靠自己的魅力去征服世间最优秀的男子，而不是靠三围再加一双狼一样的眼睛。让一个男人即使过去半个世纪都无法忘掉的女人，无论相貌如何，都是伟大的，品德也一定是高尚的。

人生的成功只有靠奋斗得来，才会心安理得，也才会有成就感。

人类可以活到九十岁，甚至一百岁。

为什么我们在二十岁就要坐上宝马？

为什么我们在三十岁已经不信爱情？

为什么我们在四十岁便成孤家寡人？

然后，在满是牌子的杂货铺里过完一生？

让脚步慢一些吧，再找一个相爱的人，一起去欣赏旅行中的风景，一起慢慢地走过路过，一起慢慢变老。有些东西，我们得到了，不一定快乐。

有些东西，我们失去了，一辈子都完了。感谢这本书，在写完它的时候，我也完成了自己的成长，从此不再迷恋品牌。每日里骑着除了铃不响哪都响的自行车，穿行于林间小路，不用怕酒驾，也不用怕撞人，更不用担心与豪车相撞；拎着十块钱从地摊上淘来的包包，尽情地装着喜欢的东西，也不必担心被人偷、被人抢。生命中，只有放下许多不必要的东西，才能快步前行，朝自己的梦想奔进。

我想我会一直这样快乐地生活下去。不知道看完此书后，你们还会把自己当成LV吗？还会怕天下人不知道你是LV吗？

在此特别感谢在此书写作中，一直给我鼓励和支持的《绝望的密室》作者——尹剑翔，还有在工作和生活中给予我关怀和成长的朋友们。谢谢大家。

（注：文中出现的LV请童鞋们按键盘上的字母理解。）

目 录

第一篇　贫民窟里的百万富翁

我一直想知道，多少钱才够和一个喜欢的女人相守到白头。有了百万的时候，我想挣千万，有了千万的时候，我想上亿。当我有了上亿的时候，我的身边没有女人了。

第二篇　不堪的过去

如果有人给你一万，叫你杀人，你会吗？

如果有人给你十万，叫你杀人，你会吗？

如果有人给你百万，叫你杀人，你会吗？

如果有人给你千万……

如果有人给你亿万……会吗？会吗？

第三篇　再婚

有没有这样一个人，即使天涯海角，也会觉得近在咫尺，即使走得再远，心还是挂着她；有没有这样一个人，即使每夜睡在你的身边，也无法多为她打算一点，一点，哪怕那一点很小……

第四篇　真相

喜欢一个人，如果不能在一起，也会想尽一切办法让他幸福，看着他幸福。纵使每晚他口中的名字不是自己。

第一篇 贫民窟里的百万富翁

我一直想知道，多少钱才够和一个喜欢的女人相守到白头。有了百万的时候，我想挣千万，有了千万的时候，我想上亿。当我有了上亿的时候，我的身边没有女人了。

1 初遇

我承认我比较"二"，否则我不会在大排档里炒海螺丝，否则那个叫徐明海的王八蛋不会左一次右一次地拿我当羊肉涮，否则我不会年近三十还嫁不出去。一个女人，相貌平平（胸部更平），很少会有男人有勇气愿意娶，尤其是我现在的一身海鲜味。油锅里倒映出的一张大饼子脸上，两只不算太大的眼睛，一头稻草一样的长发绾在油腻的白帽子里，两片明显的高原红是这么多年烟熏火燎所致。一双大手粗暴地上下翻腾。所以当徐明海说非我不娶的时候，我感动得一塌糊涂，而随后，钱包很受伤——比我的感情伤得还重。他现在不一定在哪个小狐狸的温柔乡里。

所以我使劲地炒着海螺丝、小龙虾，炒所有叫得上名的海鲜，仿佛锅里是无数个徐明海。赤热的火焰将我面部的水分带走，即使晚上做再多的面膜也弥补不了水分的流失。在炒完所有的海鲜后，我长出一口气，将吸了一半的烟吐了出去。妈的，姐以后再也不相信男人了。因为姐相信自己的长相，不会有男人真的爱上我。如果爱，也只是爱我不太充裕的钱包。那些男欢女爱的背后，永远是剪不断理还乱的利益。一无所有的感觉真好，再也不用担心男人对我图谋不轨了。

鲜香的海鲜味里，夹杂着令人作呕的水沟味，不过这丝毫不影响人们的食欲。这种价钱，你还想吃到什么？环境将就点吧。想享受，不远处就有酒店，就近只能有臭河沟。人人平等，只能是臭水沟里的排泄物平等——不管是三教九流，味道都是一样，都是一样地令人作呕。

这里是城市的远郊，风景不美，人口素质极低，吆五喝六地问候对方母亲的划拳声此起彼伏。啤酒像流水一样流进这些五大三粗汉子们的胃肠，再如滚滚长江般冲向了不远处的下水道。大多数人只是在转角处就地解决。更有的人解决完后一边甩手一边走来，嘴里不干不净地说："尿到手上了，老板娘，拿点餐巾纸……"我就是在这样一群人中生存、生活——也许要这样一辈子。我在心底又问候了一遍徐明海的列祖列宗。

人有时候很奇怪，明明是恨一个人，却总是在每一分每一秒——只要大脑空闲下来——就会想对方。每想一遍，恨意就更深一层。除了怪对方无情，更怪自己脑残。这种方法如同自虐，痛并快乐着。至少能证明我曾经爱过——那个人爱不爱我，我就不知道了。

我也不想知道。

看一眼表，已经午夜十二点了。我是这家大排档的老板兼厨师，为了节省开支，只雇了一个十七岁的小男孩跑堂。他叫赵海，小平头，也是一双小眼睛，比我的还小。除了腿脚勤快外，一无是处。这样也好，至少扣他工钱的时候他不会跟我跳起来争辩。对面是另一家大排档，老板叫张什么的，反正挺文绉绉的一个名字。他戴着金丝边眼镜，一看就不是什么好东西。留着络腮胡子，让那张脸显得像是人猿泰山。更绝的是，好好一个男人，一大把年纪还学摇滚范，将头发一缕一缕地垂下。不过，总有一些艺校的学生远远看到他，就叫"偶爸"之类的。很长一段时间，她们误导了我，以为是像她们的爸爸，直到最近看韩剧才明白，"偶爸"的意思，是"哥哥"。

这年头，为了挣生意，什么招数都用，亏他也是男人。纵使如此，他们家的生意也远不如我。因为——

除了会炒菜，我什么都不会。那些漂亮的衣服从来都不曾属于过我，就算我把它们买回家，它们也从来不会把我衬托得漂亮一点点。我的要求不高，只要漂亮一点点就行。可男人们的目光从我的身上掠过时，无不充满着不屑：可惜了这件衣服。我怀疑父母把我带到这个世上的目的有点不纯——他们是为了让其他人活得更好，才生下我。

影碟机里正播着二人转。扎着两只冲天锥，穿着吊带背心外加大号拖鞋的小黄飞，怎么看都像我失散多年的亲姐妹。我们都是同样的辛酸——辛苦，酸楚。她是明明想哭还得笑，台下那帮人模狗样的家伙把她当作取乐的玩意；而我笑得如狗尾巴花般灿烂，心里却想哭——即使当取乐的玩意，我都轮不上。凭什么甩我龙虾姐像甩鼻涕一样，还每次都是带响的。

大排档的墙角有一张美女海报。海报里的女人据说是韩国的一个大明星，眼角眉梢无一不引人想犯罪。如果长成这个样子，应该就能得到想要的一切了。男人，说到底都是视觉动物。桌边的一个男人已经喝得大醉。松江市的每个夜晚，都有像他这样的男人。或许是对现实不满，或许是对自己不满。斜斜的灯光下，将他黑色的影子拉得老长。他的头伏在油花花的桌子上，手还在下意识地找着杯子。他的面前摆着一排啤酒瓶子，隐隐约约在说着什么："孟芸，别走……我错了……我什么都给你……别离开我……"语气透着凄凉。真好，他喝醉了还有想念着的名字，而我即使醉死，都不知道念谁。

我走过去，敲了下桌子，粗声粗气道："打烊了，付账。"叫了好几遍。

他挣扎着爬了起来——模样居然生得不错。是我欣赏的中长发，眉眼细长，有着勾魂的美，领口微开，露出了胸前的雪白。一股好闻的啤酒香从他的身上散发出来。他的手指纤长，醉眼蒙眬地晃着手里的一张卡，看着我，说："刷卡吧。"又摇了摇头，从口袋里摸出一大堆的零钱：有五块的，有十块的，就是没有百元大钞。

你他娘的有病呀！在大排档刷卡？别当我龙虾姐是好欺负的！我抓起了他——他的身体很轻，似乎一阵风就能吹走。黑色的休闲服，很多天没洗了——我的屋子里也有几套这样的，打算攒够一叠再洗——一摸料子就是地摊货，价钱绝对不会超过五十元一套。这条街上这种衣服多的是，这种人也多的是。就这德性还敢跟我刷卡？这张卡也是假的吧？刷你妈刷，我将他重重地扔回到椅子上。他竟回身紧紧抱住我："是我不好……别走。我从来没有求过人……"散乱的头发中，他那一双醉眼竟然有着说不出的痛。我恶狠狠地，一根根掰他的手指，咬牙切齿道："就你这种男人，女人离开你就对了！"

为了逃单也不至于这样吧。我推开他，继续冷声道："快他妈的付账！"原谅我，我现在心情也不好。这句话我是对心里的徐明海说的。我希望他再回来追我，然后我再甩了他，可惜他不给我机会呀，怎么办……

那个男人似乎清醒了一些，晃晃脑袋说："我打个电话。我的秘书应该在不远的地方跟着我。这么多年了……"他想了一下，又将电话放下，"都说好不再找她了……我又忘了……我这记性呀……"

手机应该是上个世纪的，直板，单色，连铃声都是那么枯燥。这种男人我见多了，他们有钱喝酒，有钱赌博，却没钱给喜欢自己的女人买一条丝巾，供自己的孩子上学。我轻蔑地用眼瞄他。他笑了笑，说："老板，我不会欠你钱的。"

"你是不是看《贫民窟的百万富翁》看多了？你是不是把自己当成微服私访的乾隆皇帝了？瞧你的衣服，瞧你的手机……算了，我也不指望你付账了。滚吧。"

"这样吧，再给我一杯酒，我给你讲我的故事，好吗？"他摸了摸口袋，似乎在找什么，"真是个矫情的夜晚，烟没了。你有吗？"

"有。"我递给他一根，不知道为什么，他找烟的样子像极了徐明海，我贪婪地盯着他，难道男人走投无路时都是这德性？我鬼使神差地拿了两杯啤酒过去，坐在他的对面。他似乎不急着喝，将酒送到唇边，又放下，突然仰望星空："我女人走了。"

我男人跑了。我心里说。

"她到另一个世界去了。"

我的男人就在这个世界，可我连他去哪都不知道。

"我想把所有的钱给她，可是那里没有银行负责兑换。"

我的男人拿走了我所有的钱，把我留在这个世界里炒海螺丝。

"我想跟她一起去，可是我现在走不了。"

我想找到那个王八蛋，把他大卸八块用锅炒了，可惜我现在没钱哪都走不了。

"即使身在阴沟，也有仰望星空的权利，对吗？为什么当我仰望星空的时候，天却阴了？"

真是个矫情的主。也许每个人的骨子里都是矫情的——不远处的臭水沟，倒映着星空——我们都把臭水沟里的星空当作星空了。

这样一个夜晚，两个同样失情寂寞的男女，各自怀着心事，一个鬼魂附体般喋喋不休，一个灵魂出窍般心不在焉，各自倒着啤酒，却像是品红酒一般，小口啜着，仿佛只有如此，才能让千疮百孔的心平熨一些。

他终于开口讲他的故事了。这一开口，竟然讲到了天亮，而且在他讲述的过程中，我和他喝完了所剩的酒水。这件事情过去很多天后我都在怀疑，这难道只是我的一个梦？毕竟我太寂寞了，所以在我的潜意识里也希望有这样一个男子能爱着我，哪怕爱的结果是伤害。

好了，即便他的故事是吹牛，就让他吹牛吧。然后，我知道了，他吹的是骆驼。再然后，或肥或瘦或高或矮的骆驼漫天飞舞。

2 非情勿扰

我叫刘义。我这一生中有过许多女人，但老婆只有一个。每当我和女人上床的时候，都在想，她们有没有一丁点爱过我。我渴望爱，渴望那种燃烧的爱，刻骨铭心……每当我付钱给陪我上床、陪我度过漫漫长夜的女人时，心里就忍不住痛。真的很痛，不是因为钱，而是因为，我想找一个不用付钱的女人。和她在一起的时候，我不用担心一觉醒来钱包还在不在。你知道那种和喜欢的人窝在一个四十平方米的小房子里吃泡面的感觉吗？也许你猜到了，孟芸是我的老婆，而且是登了记的那种。我们有证的。她陪我吃了所有的苦，却在应该享受一切时……离开了我。

你知道她最打动我的是什么？她说：夫妻就是患难与共，如果你的饭不够，把我的一半也给你。能陪我享福的女人有很多，可是肯陪我吃泡面的女人却只有这一个。她不计较我的一切，除了我骗了她……

那年我参加了电视相亲——前几年很流行的玩意——好像叫《非情勿扰》。

我换上一套干净的衣服，开始了人生的又一段旅程。人的一生，总有一次或几次叫命中注定的东西决定了结局或喜或悲。如果我不参加那个节目，就遇不到孟芸。如果遇不到孟芸，就不会爱上她。如果不爱上她，就不会一而再再而三地欺骗。如果不欺骗，她应该还活着。说不定已经给我生下了孩子。有时候我问自己，如果知道结局，当初还要爱下去吗？我不知道。有些事情不会再有机会改写。

那天我独自走在去电视台的路上，几次想要退出。这个游戏是挺无聊的。不过我每一天都在无聊着，反正也不在乎多一次。演播厅里热闹非凡，早已有看对眼的眉来眼去。

我得插一句，莎士比亚是对的。莎大叔说过，上帝给了女人一张脸，女人又自己造了一张脸。化妆和没化妆的女人就是不一样。经过后台的时候我看了一眼，一个个都跟菜市场练摊的，就上趟厕所的工夫，就像换了个人似的。但化过妆后，每个女人都差不多了——都是一样地美，可惜都一样地没有灵魂。只是有一个女孩子始终没化妆。她留着齐耳的短发，没有染色，穿着最简单的连体牛仔裤，竟然一件首饰都没有。这样的女生，应该是高手。近年来流行裸妆——就是化妆的最高境界——化了让人觉得没化。真正的色狼是懂得将人造美女和天生丽质分开来的。在高手面前，即使化了，男人也能看透。不过话说回来，男人也是如此。什么事情，做了，却让人感觉没做；没做，却又感觉是做了。似是而非，才是最高境界。大多数表面清高的人，实际上最龌龊不堪。有点扯远了。

我在工作一栏上写着：超市保安，月薪三千。我一上场，立马就傻眼了：那么多的灯光，那么多的女人。一双双的眼睛，像X光一样来回扫着，瞄着，似乎在计算着我的身家。可惜我让她们失望了。一套没有牌子的衣服，简单得不能再简单的发型，连块手表都没有。她们对我的热情远不如上一位有房有车的男嘉宾，甚至一个头上插着羽毛的女人对我冷笑一下，撇撇嘴。这种表情我懂。她是说，快点下去吧，就这种条件也来搞电视相亲。我那可怜的自尊心就要在她的一撇里消失殆尽了。

主持人先让我做自我介绍。大家对这样的场景是不是很熟悉？没办法。中国就是这样。一个节目火了，大家都跟着学。结果一打开电视，感觉每个台都差不多——只要换一圈频道，就不知道自己刚刚看的是哪个台了。

"请亮灯。"主持人说。他也十分媚俗地留了一个光头，仿佛光头就是智慧的象征。唰……二十四盏灯全部亮起。他十分满意地点了点头，"让我们欢迎新上场的男嘉宾。"不知为什么，我想起了张艺谋的一部片子《大红灯笼高高挂》。如果有人愿意跟我走，那么我是不是可以理解为：我，刘义，很荣幸地被某位女生点了灯？那种感觉，就像是一头牲口被牵到市场上，所有的卖主都可以品头论足：牙口太老了，灭灯；皮毛颜色不纯，灭灯；这个眼神色迷迷的，一看就不是好牲口，灭灯……突然明白为什么这个节目如此火暴了，因为讲了两千多年的男尊女卑，在这里终于掉了个过。

"我们的这位男嘉宾可能被场上的二十四位美女镇住了。让我们给他一点时间，平复心灵的撼动。"

主持人不懂，老子见过的女人多了。

我慢慢地说："我叫刘义，我来这里是寻找真爱的。我会让我爱的女人过上幸福的生活。"她们看了我的资料，嘴撇得更夸张了，还有的只看着自己的脚底板。

"你是小保安吧，对吧。你觉得真爱是什么？你能对自己喜欢的女人好吗？你能为她们买喜欢的东西吗？你凭什么能保证若干年后你不会和现在一样？你懂什么是幸福吗？你看看你这身衣服，你养得起我吗？"一个露着半个肩膀，头上插着一根红色羽毛，打扮夸张的女嘉宾居高临下地问。我能感觉到她鼻子里冒出来的冷气。

我说："那你有什么本事值得男人养呢？举个例子吧。如果说男人是房子，女人是家电。那么房子属于不动产，能保值，而且处于繁华地段的房子会增值。这就像是男人，只要一直努力，一定会站在最高的地方。家电是一种随着时间不断损耗而被淘汰的物品，就像女人的美貌和身材，随着时光而流逝，是一种逐渐贬值的东西。所以你看，房子老不要紧，只要结实就可以，而家电却是几年一淘汰。如果你能永远年轻貌美，那么我的话你可以忽略不计。"

那位女嘉宾冷哼一声："那现在你这破房子也该面临强拆了吧。就这样的危房，你还打算买新近流行的家电，是不是有点对不起新潮家电？你看过四十平方米的小房子放背投电视的吗？"

"我这个人比较怀旧。即使房子拆迁了，但家电还会留着。只要是我看上的家电，我会把它们再放到新房子里，而且只要还能将就用，就会用一辈子。"

全场的人都笑了。

"男人都这么说，不过成功之后，又有几个会和自己患难与共的妻子再在一起？现在社会上多少功成名就抛妻弃子的，你怎么能保证不会和他们一样？"那个女嘉宾针锋相对。

"人生，总是需要充满希望的吧。我给自己一次机会，可能是最后一次。对了，有一条资料我忘了写。其实我只有初中毕业，实在没法上学了，只好来到城市打工。因为你们的资料单上只有大专、本科和研究生，没有初中，所以学历那栏我没法填。既然是非情勿扰，我觉得有必要把我最真实的一面呈现出来。"有着短暂的冷场。空调风里吹出来的丝丝凉气让我清醒了不少。我远远望着一个个浓妆艳抹的女子，心里无比憎恨。我真的有些倦了，她们都是什么职业出身呀，明明是追求金钱和美男，硬说是要为事业和爱情献身。我把手里的话筒递给主持人："我可以不玩了吗？我相信她们不会选我的，我走错地方了。"

主持人两根指头拉住我的衣襟："刘义先生，再坚持一下，等她们全灭了你，你就可以下去了。相信我，会很快的……噢，导播，一会把这段掐下去，别忘了。"

"我说我不想玩了。"

"这样不合规则。"主持人挠挠一根头发都没有的脑袋说。

"你少跟我玩这套，我不干了。"我转身往外走，突然主持人拉住了我："大哥，你这样我在台里就没法混了。这个栏目是刚成立的，都是混口饭吃，互相关照一下吧。"

看来男人换脸也比女人换衣服快。刚想给他两句，又有女嘉宾发话了，是那个没有化妆的短发女子。她说："你相信这个世上有至死不渝的爱情吗？你相信一见钟情吗？"

"我相信。"我说，"虽然我没有遇到，可我一直在寻找。我想找一个不在乎我有多少钱，我是什么地位，不在乎我的长相，不在乎我明天早上起来睡在哪里，只在乎我的人。"

那个女孩沉吟了一下，说："在这个城市里，如果没有房子，没有车子，没有票子，这样的爱情会有明天吗？"

我说："如果有房子，有车子，有票子，但是不能和自己喜欢的人在一起，那么这样的明天有意义吗？即使活到八十岁，也只是行尸走肉。我们还这样年轻，为什么不给自己机会搏一搏呢？"

灯灭了一大半，也许我讲得太文艺腔了。剩下的那些女生用可怜的眼神看着我。

"你认为，人有可能改变命运吗？"那个短发女生问道。

"有。不过要付出很多。"我突然感到烦躁不安，一座火山在蠢蠢欲动。这么多年，我以为自己已经忘了。可那个面容干净的女生，一下就让我想起了许多不堪的往事。握着话筒的手有些抖，我缓缓开口，淡然道，"我有一个弟弟。当初我们来到这个城市的时候，口袋里的钱只够买馒头吃的。我们用尽了所有办法，都找不到工作。最后只剩下一个馒头了。我弟弟问我，哥，咱们这一辈子是不是就是吃馒头的命？要不咱们回家吧。回家吃馒头，还能弄点咸菜。天天这么干咽，我受不了了。然后我和弟弟抱在一起哭，我那时候就发誓，以后一定要和弟弟过上好日子。后来……"

"拜托，这里不是你忆苦思甜的舞台！你是不是有意要博得同情？好让那些白痴女嘉宾跟你走？又是馒头，又是咸菜的，你算是哪根葱呀？你觉得会有女生那么傻吗？这个世界只分两种人，一种是穷人，一种是富人。到处都是弱肉强食。如果女人跟你走的话，你拿什么养活她？养活她和你的孩子？你知道现在上个幼儿园多贵吗？你知道奶粉多少钱一罐吗？你知道上个重点小学还得查血统吗？你已经活得这样凄惨了，就别给全国的女同胞们添堵了。"

现场一阵哄笑。我从主持人的耳麦里隐约听到："这段好。播出去一定火。"

女嘉宾纷纷灭灯，扑扑之声不绝于耳，有点像是青蛙集体跳湖自杀。只是悲壮的音乐迟迟没有响起。

主持人又问："现场只有一位女嘉宾为您亮着灯，她似乎打定主意要跟你走了。她是15号孟芸。你愿意吗？如果你不愿意的话，现在可以拒绝的。"

主持人的眉毛微挑，似乎他也不明白，为什么孟芸这样一个漂亮女生会选我。我也不明白。

但我还是傻傻地点头，用最虔诚的表情，仿佛对着教堂里的神像发誓一样，说："我愿意。"是的，我愿意相信，这个世上还有不爱钱财的女子。

是的，我愿意相信，我刘义身上真的还有值得女人爱的地方。

是的，我愿意相信，只因为我想放纵自己一把。就像是飞蛾扑火。即使最后她还是贪恋钱财的女子，我也不会后悔。只因为她在这样一个寒风刺骨的夏夜里，给了我最后的一盏小橘灯。我在心底发誓：孟芸，你千万不要骗我。我想再信任一次……

3 新工作

有时我在想，如果我不是无聊地玩了这个游戏，就不会认识孟芸。也许孟芸真的会在这种电视相亲上认识一个大款，那么她现在会不会活得很开心？不过，终是我负了她。

那天节目刚结束，我主动送她回家。那个夜晚真的很美好。孟芸那天穿着的连体裤很时尚，但我却感觉一点不衬她。后来才知道，她同寝室的姐妹知道她要参加一个这样的节目借给她的。我们沿着马路走，一前一后。华灯初上，她踩着自己的影子，像是一只贪玩的猫。

摆夜市的人开始忙碌起来。满街的长裙短裤五光十色。一些小摊贩卖力地吆喝着，满街都飘着炸丸子的香味。我给她要了份炸牛排，但想不起钱放在哪个口袋里了，有点狼狈地翻着。她手里拿着五元钱放到小贩的手里，回头对我说："以后有的是机会，别找了。"

我们沿着夜市一直走，走到沿江而建的五星级大酒店。一层是落地玻璃窗。里面的情侣三三两两地坐在天鹅绒的红色窗帘后。红色的沙发包，银制的烛台，甚至是镂空的餐布，都散发出浪漫的味道，还有不时传出的钢琴曲。孟芸看了里面一眼，不置可否道："如果不能跟喜欢的人一起吃烛光晚餐，还不如和喜欢的人吃炸牛排。你说话挺有意思的，竟然用房子和家电作比喻。都说一寸光阴一寸金，只要有光阴，早晚都能兑换成人民币吧。"

我说："你也挺有意思的。那也得看方法，有些人一不小心就兑换成冥币了。那东西面值虽然大——我一直没弄懂阴间是怎么抑制通货膨胀的。"

说完我们哈哈大笑。她两只手都在吃，我自然没有办法拉她的小手。

孟芸吃着炸牛排，好闻的洗衣粉味从她的身上散发出来，我和她并肩走着。我们就这样一直走着。路灯下，她的身影非常迷人。

她开口了："刘义，你知道我为什么选你吗？"

"为什么？你难道不是因为喜欢我？"

"哪有这么快就喜欢上一个人呀？因为我怕你想不开。"

"我想不开？"

"是呀。那个女嘉宾——就是头上插羽毛的那个——每次节目都标新立异。你知道她为什么那么说你吗？不知道吧——她是广告公司的平面模特。她参加这个节目是希望有人关注她。想得到关注，自然得有点特别之处呀。不过她也挺可怜的，我相信她不是那种人。这个世上总有人为了所谓的理想去做自己不喜欢的事情。"

我有些烦，原来她是可怜我。不过也对，哪有那么快就喜欢上一个人呢。可能是我太自作多情了。

她看到我的情绪不高，接着又说："刘义，我很喜欢你讲的那个馒头的故事。最后只剩一个馒头，你们怎么活下去的。"

我的喉结动了两下，却一点声音没发出来。

孟芸转过头，给我讲了她的家庭。她是从很远的地方来到这座城市的。她以为考上了大学就能改变命运，可大学毕业了才知道大学生比白菜还便宜。她在一家小得不能再小的礼仪公司做前台接待。每天看到有人来了，要起身，微笑。挣得不多，但很辛苦。她觉得有点对不起为了她付出一切的哥哥们，可又不想回到那个小镇上去过和普通人一样的生活。

她说："刘义，你知道吗？我有一个哥哥，他为了供我上大学，到最苦的煤窑工作。那个煤窑里总是三天两头地往外拉人——拉死人。哥哥总说，只要我上了大学就有出息了，别像他们一样。可是——现在我怎么有脸回去呀？我只能拼命地挣钱。我不是没想过找一个条件不错的人。

"可那些有钱人哪会对我们这些贫苦人家的女孩子动真情？他们那些富二代只是想和我们玩玩。我今天只是想走，想离开那个虚伪的舞台。那里没有真爱。而且如果我真想嫁富二代的话，在家乡就嫁掉了。我不想没有尊严地活着。"

尊严？尊严算什么？她还是太天真了。在穷人的眼里，有一口饭吃就已经很不错了。我曾经出卖所谓的尊严，只为了能活下去。我为了能活得更好，拿走了其他人的尊严。这个世界想要活得比其他人强，必须得抛弃正常人身上应该有的东西。比如说：善良、诚实，甚至是爱情。

她拍拍手，将吃完的包装放到垃圾桶里。抬起头，似乎在看着漫天的星斗。我说："孟芸，我没想到你竟然懂得天象。太厉害了。告诉我，谁是你的真命天子。"

孟芸笑得前仰后合："你看着吧，我不会在这里做一辈子前台接待。我要凭自己的力量，过上想要的生活。即使身在阴沟，也有仰望星空的权利。我不可以输的。"

我点头笑了笑。这个傻丫头，好天真呀，可惜长得这样漂亮。

那真是个美好的夜晚。我站在离她最近的地方，跟这个傻丫头一起仰望星空。夜风微凉，我将自己的外衣脱下来给她披上。她笑着跑开了，说是不习惯陌生男人的味道。我身上有味道吗？我闻了闻。什么都没有啊。

我大叫道："你身上都是洗衣粉的味道！我还没说你呢。你就不能加点碧珍吗？"

把孟芸送回住处后，我望着漫天的星光，突然想写一首人生美好的诗。可对着星空仰望了半天，连个屁都没憋出来。好多年没有动笔写东西了。然后我打了个电话。我说："我想换个工作。"

"……"

"超市保安，月薪三千的那种。"

电话那边憋不住乐了。

挂上电话，心想，这有可能是真正的爱情吗？请原谅我，虽然活了一大把年纪，但我真的不知道什么是爱情。看着电视里那些俊男靓女为了爱情寻死觅活，我就不明白，那东西有什么魔力？我的心里也寂寞呀，我也需要有一个女人爱。身份证上显示着：刘义，三十岁。我怕再不努力一下，这辈子就没儿子了。不孝有三，无后为大。尤其是跟那种一早醒来就管我要钱的女人睡觉，真是提心吊胆。所以我只和女人睡觉，不留女人过夜。现在连和女人睡觉都很少了。这天晚上，我整夜都在意淫，如果搂着孟芸这样一个大脑短路的女人睡觉，醒来会是什么感觉。

4 保安

我的新工作就在离孟芸不远的一个超市。这样当孟芸偶尔出来时，我就可以看到她。她的生活很简单，除了学习，就是工作，再不就是睡觉，偶尔也来这家超市买点东西。超市里总有一些包装损坏的用品。老板让我们把它们放到一起，降价出售。它们摆在一起花花绿绿，引起了不少人的围观。这些人里就有孟芸。我向她招手，她认出了我，和我打了招呼。

"真奇怪，以前也常来这家超市，怎么没注意到你？"

我说："那时候你可能没想到我这么英俊的人竟然没女朋友，所以不敢来勾搭吧。"

她也笑。

我将她带到超市后面："这里还有许多也是降价的，比外面那些包装要好一些，但价格是一样的。有喜欢的吗？我请你。"

她有些不好意思。

我说："这是老板给员工的福利，我想买也买不了这么多。"

我给她挑了几件确实是物美价廉的东西，并且像那些搞传销的人一样，滔滔不绝地说着这些东西的好处，而且还顺口插几句段子什么的。说得她乐得合不拢嘴。

末了，我说："孟大小姐，孟大美女，孟大善人，看我说了这么多，可怜可怜，买两样回去吧。"

她将我推荐的东西全部买下。到收款处，我对收银员说："这位小姐是老板的朋友，请按内部价处理。"

收银员用羡慕的目光瞅着孟芸，然后飞快地打着价码。孟芸不相信地问："怎么才这样少？"

我说："这是内部价。也是为了争取回头客嘛。如果觉得好的话，欢迎随时光临小店，不胜荣幸。"

我将东西装好，放到孟芸的手里。又说，"咱们真的是巧呀。原来竟然离得这样近，你说我怎么没发现你呢。"

孟芸说："这很正常，我长得又不出众。"

她的美，不是第一眼就可以看出来的。不像李书洁，美得让人失去神智。她是美得自然、舒服，就像是路边最普通的小雏菊。和她在一起，我心里有一种从未有过的平静。我喜欢静静地观察一个人。我喜欢研究人的本性。我更喜欢看一朵小小的雏菊是不是羡慕牡丹的艳紫，是不是真能忍受住默默无闻的冷清。我还想知道，女人是不是都一样，都喜欢香车宝马，奔驰越野。女人是不是都是无情的候鸟，一边唱着《我不想南飞》，一边投入有钱人的怀抱唱着《好日子》。真正的好日子是什么呢？我好像许久没有过过了。

后来，孟芸经常来我们超市。每次我都给她推荐那些破损不太严重但价格却很便宜的用品，大到凉席被褥，小到口香糖、牙膏，甚至还有一两包卫生棉，她也很配合地全部买下。

有时，我会顺手从架上拿下来一罐可乐："我请你。喝吧。"

她扭头："别为这件事把工作丢了。"

"不会的，老板看不到的。乖，看你热的。超市里允许有千分之一的损耗。"

我和她躲在货架的角落处——这个地方摄像头照不到。她喝一口可乐，和我聊上一段。我们什么都聊，我都不知道自己有多少年没这么神侃了。从人生理想，谈到世界格局；又从中华美食，谈到医学健康。用琼瑶的话说，那就是聊星星聊月亮，聊山川聊大海。算了，再说下去有凑字的嫌疑。不过，这日子过得太有聊了。

孟芸有时候也给我带点自己做的好吃的。炒土豆丝、烧茄子……比你做的炒龙虾什么的好吃多了。别瞪眼。女人一瞪眼就不美了，而且你的眼睛本来就小，真的不适合瞪。她带了双份的午餐，这时我们就坐在超市后面的休息室里你一口我一口地吃着。兄弟们都很识相地躲了出去。有时候，她看看书，看累了就在我的肩膀上趴一会儿，像是一只倦了的小猫。她说，要靠自己的力量得到想要的一切。她要给哥哥们买上大房子，让哥哥们有钱娶嫂子。她还要……她的愿望太多了，多得我都有些记不住了。不过我也问她："我哪里好？"

她说："你哪都不好。"

"我知道，所有的一切我都知道。我除了长相还可以外，其他的一切都为负数。"

她又说："可我就是不知道为什么放不下你。吃饭的时候想着你饿不饿，天冷的时候想你冷不冷。我也不知道自己是怎么了。怪不得都说爱情是盲目的。我告诉你刘义，你吃过我做的饭了，这辈子就不能再吃别的女人做的东西。否则，你就得肠穿肚烂。"

"不用这么狠吧？那如果你不在我身边呢？"

她的眼圈红了："你是说我死了吧？那你就自己学着做呗。"

"如果我不想学呢？我很笨呢？"

"那你就绝食殉情吧。"

我抱着她的头傻笑。好久没听到这么过瘾的疯话了。我很想知道，自己系着小围裙的样子有多可笑。她嘴上的大道理一套套的，如什么样的男人才值得托付终生，什么样的人不好接触，可实际上她什么都不懂。那些很傻的道理在我听来是那么可笑，不过我也真的很喜欢她这点。这座城市这么大，不在乎房子车子的女人太少了。

她有点奇怪："为什么别的保安都站着，你总是坐着？让老板看到了多不好？"

"我腿不好，以前落下毛病了。老板照顾我。"

她听了直笑："你们老板太大方了，还把自己的电脑让给你玩？雇这样的员工，他脑子进水了？"

"对，他脑子进水了，不是一般地有病。哈哈。实话告诉你吧，我们老板是个超级游戏迷，可他打得超烂，没办法，只能求我游戏天才刘义了。我不坐着，怎么帮他打装备呢。而且我们老板也说，一看我就不是爱干活的人，这个岗位是最适合我的。这叫什么？宝贝就是放错了地方的垃圾。像我这种人，在别的地方一定是被当成垃圾员工，但这里的老板懂得让自己的员工发挥特长。"

她说："你就吹吧。等哪天被炒了，看你怎么养我。"

我说："这是你说的，你什么时候让我养？"

她推开我，拿起一本书："过几天要考试呢，等等再说吧。"

可我不能等了。我怕了。我真正的对手出现了。

5 对手

孟芸的单位门口最近总停有一辆崭新的陆虎，车主是一个四十岁左右的胖子，肥头大耳，大腹便便。每次孟芸的老板送他时，孟芸都会跟在后面，而那个胖子的脸虽然是朝着孟芸的老板，但眼神却落在孟芸的身上。这种眼神我太熟悉了——那是色狼才有的眼神。我记下了他的车号。

我特别想知道，一个真正有钱的人站在她的面前时，她会不会动心。那种吸引力不是一般的女人能抵挡得住的。想象一下吧：只要闭上眼睛忍受顶多半个小时，想要的一切都有了。尤其对女人来说，只要做出很"嗨"的表情，男人就会觉得很满意。所以我很理解为什么《蜗居》会那么火。不能怪女人太势利，毕竟只要是个普通人都会有不劳而获的念头。我一边打着游戏，一边用眼角瞄着孟芸公司的大门。我在等着这个答案。

第二天孟芸来找我的时候，没有了以往的活泼劲。

临走时她才说："刘义，你到底是不是真的喜欢我？"

我反问："为什么问这种问题。"

"如果喜欢我……"她不言语了。

"你是相中什么东西了吧。"我揶揄道。

孟芸似乎恼了，脸色变得纸一样白："你是不是也把我当作那些人了？我如果为了虚荣，会和你在一起吗？我早和那个……"她狠狠地咬着下唇，转身跑了。

我外衣都没穿就追上去，边跑边怒道："你今天是怎么回事？你到底怎么了？我哪句话惹你了？"虽然嘴上这样说，但心底却感觉，她是故意找碴。她想离开我。

"是我不好，"她说，"我不应该爱上你。刘义，我就问你一句，你喜不喜欢我。"

"我……我……"我一时语噎，说不出下一个字。总共才三个字，为什么我就是说不出来。如果我说了这三个字，她会不会要求跟我登记。而且我的心里盘算着《婚姻法》。如果登完记后，那么我的也是她的，她的也是我的。我会得到什么，我会失去什么。我双目无神，再努力了一次，还是说不出那三个字。认识孟芸已经一年多了。我们在一起吃着简单的盒饭，喝处理的可乐。每次盒饭都是她带来的。她没有一次管我要过伙食费。而我只能借她一个不算太宽的肩膀，让她在劳累的时候休息一下。孟芸很上进。我看她捧着厚厚的《计算机编程》在看。对于女孩子来说，这种书太枯燥了。有时她看书累了，在我的怀里睡过去……

我看到她的眼里闪着一种恨意。

"孟芸……对不起。"我想抱她一下，汲取一点力气。她却一下闪开了。

"刘义！咱们完了，你以后不要找我。"孟芸像个负气的小女生一样，那么可爱，那么呆小，有点像愤怒的小鸟。

我呆呆地站在原地。我的心底渴望婚姻，渴望家庭，但我不希望这么快就结束，有些事情我还要再看看。而且我也不知道自己为什么喜欢孟芸。男女之间很奇怪：总希望有人莫名其妙地爱自己，但，如果有人喜欢自己，又觉得莫名恐慌——到底为什么爱我呢？因为我实在没有优点。

孟芸跑得很快。也许她就会这样在我的生活中消失。

我回到超市，呆呆地坐在椅子上。电脑里那些游戏，生生死死，没有一个人物是真正属于我的。看着成堆的货品，花花绿绿的放在那里，无聊的人把它拿起又放下，放下又拿起，到底拿还是不拿，到底买还是不买，就像哈姆雷特的生存还是毁灭问题一样让人寻味。那些营业员趁着没有顾客的时间，交头接耳地说着家长里短。不是婆媳不和，就是姑嫂不和的，要不就是孩子又上了什么补习班……

突然间我想到，这才是人间的烟火味。即使贵为九五至尊，还不是一样要吃饭拉屎打嗝放屁？我就像是一个渴望吃到鱼饵却不敢咬钩的鱼。我只想到鱼饵可以不让我饿死，但一看到明晃晃的钩子，我退却了。我是真的爱孟芸吗？我还是爱自己更多一些？

就在这时电话响了。我一看是孟芸，就不想接。我不知道接了之后要说什么。它一遍遍地响着，突然又一点动静都没有了。我的心一下沉得可怕。我在想，如果有一天我的生活里没有孟芸，我能接受吗？我突然无比怀念孟芸做的午餐，怀念孟芸毫无心机的微笑，甚至怀念她身上洗衣粉的味道。孟芸，你不要骗我。我这次是认真的。我把电话打了过去。我想告诉她，我爱她。我想告诉她，我想娶她。可是我没有房，没有车，没有存款，甚至连一个像样的戒指都拿不出来……我想问她，即使这样不堪，她还愿意嫁给我吗？我能给的，也只是一日三餐白米饭，举案齐眉到白头。

漫长的等待，我的心七上八下。结局有两种，一种是被拒绝，一种是被接受。可是我不等待，那么只有一种结局。老子赌了。

无聊的铃声响了很多遍，最后是：您拨打的用户已关机。她一定是很生我的气了。我盯着对面孟芸所在的公司。我就不信她还能不上班。可是这一天，孟芸都没有出现。

在他们快下班的时候，我走了进去。前台接待很有礼貌地接待了我。

"我找孟芸。"

"请问您是她的——"

"男朋友。"

那个女孩露出不可思议的表情，仿佛我是火星来的。

"再说一遍，我叫刘义，是孟芸的男朋友，在对面的超市当保安。她哪去了？为什么下午没来上班？我没有多少耐性！"

我想我是快疯了，那个女孩子被吓得不轻。

"中午的时候，老板告诉她，要陪客户喝酒，下午不用来上班了。"

"是不是开陆虎那个王八蛋？"我逼近道。

"您是说李总？是的。"她飞快地答道，似乎我是个瘟神，越快打发走越好。

我开着超市的那辆货车，开始满世界地找那辆陆虎。只要找到了它，就能找到孟芸。那时候我头一次感觉，这个城市好大，我好小，小到像一只蚂蚁。在蚁穴里，一只蚂蚁想到到另一只蚂蚁，会不会也像我这样，这样疯狂地跑着。我终于又打了电话："那个胖子是谁？我要找到他。他的车牌号是××××××。"

终于找到了陆虎。开陆虎很了不起吗？又不是骑着一只真老虎。我就不懂了，为什么女孩子一看名车就都跑去，难道骑白马的都可能是王子吗？开陆虎的都是武松吗？

它停在一个KTV前。我的手机里有那个胖子的资料。不过是个皮包公司的代理人，却有这么大的胆色。一踏进这家KTV，我的心就跳个不停。那些衣着暴露的女郎，空气中散发着的荷尔蒙味道。一个个或暧昧或明媚的眼神，那些男人随便将手停留在随便女人的不随便部位。有一瞬间我甚至不想找了，我怕看到了什么不敢面对。包房里冲出一个女人。她的身材火暴到爆炸，胸部低得夸张，明显是想让人犯罪。她看到我，张大了嘴："刘义？"

　　我一下想起来了，她是《非情勿扰》节目里露半个膀子插一根鸡毛当令箭的羽毛女。我连珠炮般发问：

　　"看到孟芸了吗？哦，还有一个胖子跟着她的。"

　　羽毛女想了一下："你们还真走在一起了？难得有人看得上她。那可是身家千万的李总。你如果真爱她，就放过她吧。当小三也比跟你喝粥强……"她没有再往下说，因为一把水果刀抵在她的咽喉处。我想我是疯了。

　　我威胁道："人的动脉血管的厚度是一点五毫米。每问你一次，我都会深割零点五毫米，你只有三次机会。"

　　她吓傻了："你不会玩真的吧？杀人犯法！"

　　"孟芸在哪里？"

　　我的身体贴紧她的身体——我怕被这里的保安看到我的举动——所以保持着和她暧昧的姿势。

　　"好吧，"她指了尽头的一个包房，说，"你的女人在那里，不过你如果不赶快去的话，她就不一定是谁的女人了。"

　　我扔下她，疯子一样地跑了过去。门打开了，我看到猪一样的胖子抱着一个女人正在说笑，而那个女人似乎神志不清，顺从地抚摸着胖子。我上前拉开他，他愕然地瞅着我，说："刘义？"

　　世界真是小，这个胖子我认识。他满脸堆笑着说："喜欢玩什么？我埋单。"

　　"去你妈的！你这个禽兽！畜生！"

　　他被我骂傻了，说："我招你了？你神经病呀？"

　　我转向他身边的女人。那个女人酥胸半露，正在风情万种地对我笑，说："哥哥，你是不是想玩3P？"

居然不是孟芸！幸好不是孟芸。

6 我要娶你

我问："孟芸呢？不是说跟你来喝酒了吗？"

胖子说："是有一个女的叫孟芸。你还别说，那妞真够劲——她竟然把我给咬了！"

原来，这天老板叫孟芸陪客户去喝酒，她挺不情愿的，但是没有办法。李胖子席间提出包养她，被她泼了酒，还被她咬了。李胖子给我看他的伤口，一排细小的牙印——看来孟芸的牙齿保养得不错。我莫名地冷笑两声，那胖子吓了一跳。

原来孟芸的老板答应，只要这笔生意谈成了，就给她一套房子。他以为孟芸会和那些女人一样；孟芸以为只是陪着喝个酒，也就不再坚持不去了。这个傻丫头。如果我不在她身边，她这么傻不得被男人骗死？以为喝几杯就能得一套房子？做梦吧。别人辛苦一辈子都不能得到的东西，凭什么几杯酒就能换来？我心里一边暗骂着孟芸，一边去她的住所找她。

第一次来到孟芸的住所，里面摆了四张床位，但只有她一个人住。这是公司为员工租下来的，可以在里面免费住宿。但大多数女孩觉得太过简陋都选择了自己租房，只有孟芸一个人。孟芸正在收拾东西。她的东西很少，只有一包就装够了。我从后面抱住她，说："孟芸，我离不开你。我想我是爱上你了。"

怀里的孟芸没有动，时光仿佛静止了，暖暖的阳光打在我们的身上，地上是一团巨大的影子，依稀可以分辨出两个相爱的男女。他们环绕得那样紧，生怕一旦分开，就再也没有缠绵的机会。她的脖子里散发出好闻的洗衣粉味道，很干净，同时还有一种女人特有的芳香。它们混合在一起，让我想起了家的感觉。她把手放到我的手上，似乎想要挣脱，我不放手。她只得无奈地任我抱着。

我说："孟芸，我们结婚吧，我再也不逃了。"

孟芸在我的怀里转过脸。这时我才发现，孟芸的额头上竟然缠着白色的胶带。这个死胖子，看我怎么收拾他。

孟芸说："可是我跟你受够了。我们相处了一年，你有没有说过'喜欢我'？如果你不喜欢我，你为什么利用工作之便，将那些东西的包装损坏？别以为你们男人的小心眼我看不出来。你想对我好，却又怕伤我的自尊。这曾经很让我感动。可你到底想得到什么？我本来想一横心，傍个大款嫁了，怎么说也能改善自己的生活条件。可惜我做不出那种事情。刘义你知道吗？我整个下午都在想，如果你知道我跟了别人，做了不为人齿的小三，你会不会疯？会不会？我恨死你了！我恨你！！我恨你！！！"

我任她在我怀里挣扎，厮打。直到她累了，攻势缓了下来。她又说，

"你有真的爱过我吗？如果你爱我，为什么我感觉不到？你每天除了帮老板打游戏，我看不到你一点上进的迹象。我跟你看不到未来。离开你，不是因为你穷，而是因为你不够爱我。就是那么简单的三个字，你都不肯给我。我和你在一起，会有未来吗？相处这一年来，我除了知道你叫刘义，你是超市员工，你有一个弟弟，其余的一无所知。我没有安全感。"

"你还想知道什么，我都告诉你。你问吧。我所有一切都向你坦白。坦白从宽，抗拒从严。你得给我一次争取宽大的机会吧。孟芸，你想问什么。其实，不用问也能知道。我就是一个也许、大概、差不多、极有可能、一辈子游荡在社会底层的社会青年。不，也许社会青年都不能容我。"

孟芸堵住我的嘴："我总得见见你的父母吧。"

"我没有父母，"我说，"我和弟弟来到这座城市的时候，父母刚刚离开我们。为了生存下去，我们在工地上当过苦力，在餐厅刷过盘子，还到保洁公司去给雇主家擦过玻璃。三百六十行差不多都干完了……"

"那我总得见见你弟弟吧。"

"他，他现在服刑，你见不到他。"我说。

孟芸不再言语。

半晌她又说："现在结婚恐怕不可能了。"

"为什么？"

她说，她的工作可能要没了。中午吃饭的时候，那个胖子对她动手动脚，说话也不中听，她就将酒泼到胖子的脸上，胖子打了她一巴掌，还骂她贱人，然后就扑了上来。孟芸上口就咬，那胖子将她的头撞向了旁边的

酒柜，后来害怕出人命，才放她走了。额头的伤口还是她自己打街边的小诊所包扎的。

她说得很简单，但我却听得七窍生烟——李胖子竟然敢说没对孟芸怎么样！我说："孟芸，早晚有一天我会让他向你端茶认错的！"

孟芸扑哧一声笑了："就你？算了吧。我只想好好过安稳日子，没有人找咱们麻烦就行了。既然是求婚，怎么也得有戒指吧。"她伸出了右手，道，"刘义，不管你用什么办法，只要有戒指，我就马上答应你。过期不候呀。现在可是超市特价时间哦，挥泪大甩卖外带跳楼价。"

孟芸歪着脑袋看我，我想了半天，从口袋里摸出一张十元的钞票，将它先折成条，然后按照小时候学过的方法，折了一个戒指。我说："孟芸，用不了多久，我就会把它换成钻石的，而且是十克拉以上的。"

孟芸说："你就吹吧。那你也应该跟我去见我家人了吧。"

我点头。然后我们定下了去孟芸家乡的日子。这个游戏到此为止了。

我决定向她坦白我的一切。隆隆的火车上，孟芸抱着我沉沉睡去。我要找一个合适的机会告诉她一切。可她会相信吗？她幼小、脆弱、纯洁的心灵能够接受这样一个事实吗？

如果我知道后来发生的一切，我宁愿就和她在松江市默默无闻地结婚，生子，永远不要回去。或许我会和她找到一个别的什么城市，或许……

7 不归路

列车飞一样地向前推进。我的脑子里一片空白，我在想选择一个什么样的时机对孟芸说出我的过去。孟芸终于睡够了。为了省钱，我们买了两张硬座的票。这十几个小时，可真够难为我的，为了让孟芸睡得舒服，我的一条胳膊已经麻了。还好，另一只胳膊可以抱住她软软的身子。好久没有这样享受过了。仿佛还是昨天，我和弟弟从小山村里走出来。那时我们连硬座都没有，一路靠逃票离开的。

"想什么呢？"孟芸问我，"是不是想怎样讨我几个哥哥的欢心？放心吧。他们很好相处的，而且都很疼我。"

我淡淡地"哦"了一声，越是接近孟芸的故乡，我的心里越是乱成一团麻。这是一座不能被我熟知、掌控的城市。我对那里一无所知。而火车上的旅人，衣着也越来越简朴，面目却越来越粗犷。他们的身上有着一股说不出的味道。

对，那是煤的味道，阴冷而刺鼻。他们三三两两地聚在一起，吃着烧鸡，喝着烧酒，大声地说话。我让孟芸坐到了里侧，害怕那些粗糙的人过往把她伤到。她说我矫情。她怎么会理解呢，我和他们打过交道。他们就像煤一样，简单而野蛮，不起眼的外表下，却有着毁灭一切的能量。就快要到了。我应该告诉孟芸一切了。

我说："孟芸，你给我讲讲你的哥哥们吧。他们喜欢吃什么，喜欢玩什么，我好投其所好呀。"

"把你那套油嘴滑舌的东西都收起来。他们对我最好了。只要你对我好就行了。还有，千万不要骗我们家人。我最讨厌骗子了。"

她这么一说，我把打好的草稿收起来。我相信凭我的智商一定能想出一个好办法来。

"刘义，见过我的哥哥们，我们就登记吧。我相信他们会喜欢你的。"

我不置可否，含糊地"嗯"了一声。他们如果知道我现在的情况，会让孟芸嫁给我吗？孟芸到底是爱我多一些，还是爱她的哥哥们多一些？如果她的哥哥们不同意，她会铁了心嫁我吗？心里的算盘又开始自动启动。

我真讨厌我他妈的性格。总是想占有一切，总是希望我是太阳，所有的一切都围着我转。我希望在孟芸的心里，自己是唯一，即使所有的人都反对，她也爱我如初。可我却始终不愿意把我最有说服力的一面露出来。因为那是不为人知的一面，是我人生最不耻的一面。

孟芸望着窗外飞驰的景色，半晌才开口道："刘义，可能你不了解我的家庭。我有四个哥哥。我是他们拉扯大的。这里的女孩子很少有读到高中的，可是我是个例外。当我要读高中时，家里已经很困难了。我的哥哥们——不，除了我的三哥——都不同意我再读书。可三哥说，只有读书，才可以不再像他们那样。三哥总说，我不是属于这里的。他为了我，竟然选择了下煤窑。你知道煤窑吗？像你这样的人怎么可能知道呢？虽然你是个保安，虽然你也是从乡村来的。但煤窑……在我们这里有个规矩，只要一个家里有人下煤窑，即使欠别人再多的债，对方也不许再要了。下煤窑，是没有办法的办法，再逼下去就只能收尸了。三哥为了我，为了供我上该死的高中、大学，他选择了下煤窑。

"有一次我去看他，他就穿一条短裤，那可是冬天呀。他看到我来了，先是很高兴，然后就很生气，说这里不是女孩子应该来的。我身上穿着三哥给我新买的羽绒服。虽然款式旧了点，但很保暖。我抱着三哥哭。三哥说他对不起我，不能给我最好的环境，他已经尽力了。我们待了十分钟，有人喊三哥，他就又要下窑了。我抱着三哥，说，'哥，这个书我不念了，我不要你这么辛苦'。他当时就跟我急眼了。他说，再坚持一下，一生就会改变。他把我的眼泪擦干，又说，还有七年，还有七年他就可以离开这里。他要我答应他一定考上大学。

"那可是三九天呀。那可是我的亲哥呀。我眼看着他只穿一条短裤又下井了。你知不知道，每一次下井，都可能是最后一次。那几年煤窑的事故频发，我真的怕。怕是我最后一次见到三哥。那时候我不敢看电视，也不敢听新闻。我只希望时间快一点过，快点毕业上班。我上了大学，就不再管三哥要钱了。我一个人兼了两份工作。虽然很累，但那种感觉真好。我那时候想，如果毕业了，我一定找一份好工作，挣好多钱，给三哥买一幢大房子，帮他娶一个他喜欢的女人。

"可是——我真的很努力，可为什么只是一个小小的前台接待，还要陪阿猫阿狗出去喝酒。我不知道这个世界是怎么了。我甚至不敢给家里打电话。我知道这次的事情我搞砸了，公司一定会把我炒了。刘义，我们结婚后，可不可以留在这个小镇？虽然这里很脏，人也很土，但他们都很善良。我想好好报答我的三哥。"

孟芸说到这里，把头埋在我的怀里，一动不动，但我感觉到我的衬衫湿了。我用手轻轻地环着她，轻语道："乖，你的三哥，也是我的三哥。我会好好报答他的。"

孟芸在我怀里轻轻地点头："我知道。刘义，你是个好人，从第一面我就知道。不许骗我噢。你是我第一次见面就喜欢上的人。我要你发誓。"

我说："执子之手，与子偕老。"

她说："我要你发誓不骗我。"

我说："我答应不骗你。"

"发誓。"

"好，我发誓。"

"如果你骗我怎么办？"

我说："那就让我不得好死。"她捂住我的唇。

"那就罚你永远见不到我。我会离你远远的，让你心疼死。"

孟芸说这句话的时候，像个小孩子撒娇一样。我也没心没肺地笑，心里却隐痛。只要一想到永远见不到孟芸，心就像撕成两片似的疼。我怎么可能不见她呢？相爱中的人哪怕分开一秒都是残忍的。我是要和她一生一世的。但心底却有一个声音：刘义，你确定吗？你确定她是真的只爱你的人吗？

你确定吗？

你确定吗？

你确定吗？

我抱着孟芸的手有些松开了。

孟芸看着我，说，"刘义，你怎么哭了？原来你也这样善感呀。"

是吗？我哭了？我用力眨眨眼睛，一滴泪从眼眶中挤出，落到了孟芸的手背上。

8 三哥

终于到了孟芸的家。

上个世纪的房子，虽然老旧，但中规中矩。正值夏季，墙外开满了或红或绿的爬山虎，倒也别有一番情趣。老旧的窗户里，时而冒出一张更脏更旧的脸。每张脸上都写满了对生活的辛酸。

楼梯里竟然没有声控灯。阴暗的甬道又长又陡，害得我差点摔倒。九曲十八弯的楼道里满是瓶瓶罐罐，我像在八卦阵中走着。终于看到门了，我惊出了一身冷汗，还好，没有碰倒一个瓶罐。

孟芸做出了一个悄声的手势，她要给他们一个惊喜。这个时候正值午餐时间。他们应该都在这间屋子里。我拿着买来的一大堆东西站在屋子外。第一句该说什么呢？用什么样的语气呢？是斯文点，还是市井点？他们更喜欢哪种说话方式？他们会不会喜欢文艺男青年？见惯了大场面的我竟然有些紧张。孟芸看出了我的窘，说："我的几个哥哥很好相处的。你见了就知道了。他们很疼我的。"

孟芸将门打开。门里是一个看起来四十岁左右的男人。他的一只手上缠着绷带，看来应该是骨折之类的，还夹着夹板。那只手的形状很怪，竟然是朝外翻着的，像是被人硬掰成那个样子，脸上更是青一块紫一块，有的地方只简单地贴了胶布。我相信，那贴了胶布的下面更是触目惊心。他仅有的一只能动的手，搅拌着锅里的东西。他看到孟芸，明显愣了一下。

"四哥！"孟芸喊道，"你这是怎么啦？"

四哥不言语。我抱着大包小裹进到屋里，竟然不知道放到哪——屋里连张像样点的桌子都没有。

屋子里的摆设很简单。四张床，一台普通的电视机放到小几上。小几一看就已经用了很多年，上面油腻腻的，应该是很久没擦过。地上摆着一个印着鸳鸯的暖水瓶。房屋面积大概有四十平方米。怎么看都不像是住家，倒有点像集体宿舍，或是军营。厨房里热着水，那个男人艰难地用一只手拌面条。清汤清水的挂面，里面竟然连菜叶都没有。孟芸拉着他说要出去吃，他甩开她："现在用钱的地方太多，先对付吃吧。"

他费劲地将面条弄到碗里，孟芸要上前帮他，他闪身躲开。他用一只手盛出来一碗，也不管我们，自顾自地吃了起来。他对孟芸不冷不热的，对我更是连正眼都没看一眼。

这就是她的哥哥很疼她？我甚至怀疑自己是不是走错了门。那个男人自顾自地吃着面。一股湿气升腾在屋子里。

"四哥！"孟芸终于受不了了，问道，"家里到底出什么事了？"

四哥似乎也受不了了，将碗狠狠地砸在地上，说："三哥快死了！这么多年你电话都没一个，你心里到底有没有他？他不让我们告诉你，连电话号码也不给我们。我们只能看着他死。你回来干什么？给他收尸吗？这个男人是谁？你一声不吱就回来了，还领了个男的。你当我们是死人吗？"

男人的脸涨得通红，像是两块红膏药。地上的碗碴和已经煮好的面条，渐渐变冷，使本来就破落的家，显得更加破落，连下脚的地方都没有。

孟芸愣在了当地。"我不知道，四哥，我真的不知道。三哥在哪里？他到底怎么样了？我要是知道这样，一定早回来了。三哥……"

她给三哥打电话，过了好久，那边才有人接。

然后她说："刘义，三哥住院了，在人民医院。"

我和她赶紧打了一辆车前往医院。这一路上，孟芸只是呆呆地望着窗外，泪水不住地往下流。

我安慰她："三哥会没事的。真的，三哥的人那么好，一定会吉人天相的。"

孟芸只回了我一句："要是我早点回来就好了。"

医院大厅里，人满为患，到处都是挂号排队的人。我和孟芸背着行囊，穿梭在人流中。三拐两拐，终于找到了三哥的病房。这是在走廊尽头一间阴面的屋子，阳光照不到，屋子很阴冷。

屋子里只有简单的床和桌子。旁边还有两个病号。屋子里散发着一股腐臭的味道。一个精瘦的男人，满头白发，胳膊上吊着点滴，无神的双眼在看到孟芸的一瞬间充满了光彩。他的唇动了半天，却一个字都说不出来。孟芸奔过去，抱住了那个男人，只是"哥、哥"地叫个不停。半晌才说："你怎么病成了这样？你怎么不告诉我？你为什么不叫我回来？"

那个男人只是哭，哭着哭着又笑了："我都这个样子了，不想让你担心。在大城市也不容易。"

"可是，三哥……"孟芸拉着那个男人的手，只说了句"我想你呀"，便泣不成声了。

我到走廊，发了个短信回来。

那个男人看我站在孟芸的身边，眼神中充满了疑惑。他左一眼右一眼地打量着我，似乎想猜出我的身份。

孟芸说："哥，这是我的男朋友。我说过，将来我的老公一定要三哥拍板我才嫁的。对了，他叫刘义。我们是在松江市认识的。"

那个男人咧开嘴笑了。这时我才发现，他的牙齿稀疏，门牙处明显的黑洞洞，像是吃了什么脏东西。他向我招手，示意我过去。我坐到他的床边，他拉过我的手。他的手可真粗糙，可以想象得出，这双手的主人年轻时一定很有力量。手背布满了血管和青筋，不过现在奔腾的血管里，只剩下干涸的河床，一层刮手的皮，包着一堆骨头，几根筋将手衬得更加狰狞。他拉着我，有气无力道："刘义……我就这一个妹妹。"

我说："三哥，您放心。我会对她好一辈子的。"

他点点头，没再言语。看了看孟芸，欲言又止，但随后道："芸，你快走吧。三哥不是说叫你别回来吗。"

孟芸愣了："为什么？"

"老张家的三小子。"

孟芸震怒："我都已经跟他说清楚。不可能就是不可能。三哥，我不管。怎么说我也要好好地伺候你。"

三哥摇摇头："我知道自己得了什么病。不会好了。镇城这么小，你回来的消息用不了多久他们就会知道。"

"三哥，我已经是刘义的人了。他还能拿我怎么样？"孟芸说道。

我吓了一跳——我们至今为止还是清清白白的。但孟芸这么说，我只得心虚地点头。

三哥叹了口气："芸，你知道吗？三哥就希望看到你开心。只要你喜欢就好。"

这时，护士过来拔针，没好气地说："你是十三床的家属？快交费吧！再不交就断药了啊。你们这群乡下佬，没钱还住什么医院？这是你们来的地方吗？"

孟芸一听，就冲出去跟护士吵了起来："交钱就交钱，你凭什么侮辱人？"

那个护士还嘴硬："你知道他都欠医院多少钱了？还天天赖在这里！医院也得吃饭呀！"

我看了一眼三哥床头的吊瓶，说："那你们就给病人挂生理盐水吗？这根本就不能治病！你们这不是骗财害命吗？你们当医生的心都黑了吗？"

那个护士自知理亏："你们交那么点钱，还要挂什么？有生理盐水就已经不错了。像他这种病……"

"你他妈再说——"我冲上去，狠狠地将她拉出门外，"你还是不是人？如果让他知道了，我要你的命！"

护士被我吓到了，声音终于小了下来："你交钱不就没事了。"

交款处已经排了如长龙般的队伍。队伍里大多数是穿着寒酸的和三哥一样的人。他们两只手习惯性地穿插在袖子里，愁眉不展。夹在这样的一支队伍里，我的白衬衫倒显得不合时宜。

旁边的一位老乡与我搭讪："兄弟，一看你就是斯文人，不容易呀。"

我点头应和着："都不容易。"

也许是同命相怜，我和他相谈甚欢。时间过得很快，转眼就轮到我了。

身上只留下一百元的现金，剩下的都交了。五千块，应该够几天的药钱了。我得找个机会跟孟芸坦白，然后给三哥找个好点的地方。

怎么坦白呢？说我中了五百万？她会信吗？不过这不失为一个好主意。

我又发了短信：帮我弄张五百万的彩票。

9 我快穷死了

五百万的彩票不是那么好弄的。一张彩票两元钱。那么买一张必中的彩票需要多少钱呢？这个我不太会算。我也没心思去算。

中午我买了点好吃的，放到病床前。我、三哥、孟芸，吃得有滋有味。三哥的脸上像是笑出了一朵花。他吃饭的时候偷偷看我。我怎么感觉比第一次面试的时候还紧张？

三哥往我的碗里夹肉："刘义，你多吃点。"

好久没这么开心了，我憨憨地笑着："三哥，你也多吃点。等你病好了，我和孟芸带你到各处走走。"

三哥叹了口气，以为我在安慰他："不中用了，自己的病，自己知道，挂什么药都不顶事的。刘义，我知道你是个实诚人。听小护士说，你只给自己留了一百，交了五千的药费。看来你对孟芸是真心的。你看，你刚交完钱，他们就把药给三哥换了。三哥心里痛快。这么多天都受他们的气，我真想不看了，回家算了。可他们不干——老大、老二非说怎么也比在家里强。其实我知道，他们是害怕我死在家里，房子没人敢住。这也怪不了他们。都是命呀。他们也不容易。"

我说："三哥，虽然咱们接触的时间不长。我知道你是好人。我是把你当成我的亲三哥看了。以后有我刘义一口吃的，就有你一口。咱们是一家人，以后你的医药费我会负责的。我和孟芸再苦，也一定会治好你。然后，我就和孟芸结婚。"

三哥黑脸上皱纹聚成了一团麻，他摇摇头："你和孟芸以后好好过日子吧。我的病多少钱都没用的。治得了病治不了命。"他突然咳了起来。巨大的咳嗽声似乎要把肺叶咳出来，毫无血色的双颊瞬间变得不正常地红。

孟芸吓得赶紧放下手里的碗筷，给三哥抚背。

三哥好半天才缓过气来。

孟芸说："这都是为我才变成这样了。我和刘义一定要管你。"

三哥说："你们好好过吧。在这里待几天就走吧，这里没什么好留恋的。三哥曾经最大的心愿，就是离开这里，到别的地方看看。可惜我读书太少，走不出去。"

正说着，门外突然进来两个人。他们穿着布满白点的工作服，像是刚给人装修回来。个子都没有孟芸高，一个手里拿着饭，一个拿着菜，身上散发着一股油漆的味道。

他们看到孟芸，突然冲过来，哭骂道："小芸！你这个没良心的！你可算回来了！老三不让我们告诉你，说是怕你工作上分心，可他也不看看都什么时候了！"

"大哥、二哥……"孟芸又好一阵哭。晚上我们一家人吃了一顿丰盛的大餐。大哥和二哥得知我只是一个超市保安，对我的态度一下变得冷淡起来，不再跟我说一句话。中间大哥还出去打了个电话。

这个小得叫不上名字的镇，却有着全国知名的煤矿。街上有富得流油的开着宝马的富二代，自然也有孟芸三哥这样只能挂生理盐水的穷二代。我们在住院处的最底层，一个长年见不到阳光的病房，一个散发着霉味、散发着腐臭味、散发着穷味的病房。而楼上却是阳光明媚，甚至连音响都一应俱全的病房。楼上每个房间都有独立的卫生间。而我们这一层，却只有一个卫生间。没有人管我们是否行动不便，是不是刚手术完。

就在我们吃着廉价的熟食，费尽心思地逗着三哥开心时，旁边那个床的老人排便了。老人有点不好意思。臭味在空气中蔓延着。

他的儿子抱歉地看着我们，以最快的速度收拾好。这一折腾，我没了食欲。大哥、二哥和三哥还吃得很香——也许这种情况他们早已习以为常。

老人的两个儿子前不久死在煤窑里。尸体都没找出来，稀里糊涂地就这样没了。两万块钱，两条人命。剩下唯一的儿子靠拉三轮为生。小儿子收下了钱，没有再找矿上。实在是惹不起了，如果他再有事，老人就没人照顾。老人看三哥的眼神充满了同情。也许他在想，如果他的两个儿子没死，也许和现在的三哥一样病入膏肓。还好，他还有小儿子。只要有希望，生活就不算太难熬。等病好了，也许能看到小儿子结婚生子。到时候，又是幸福的一家子了。

父子俩姓什么我不知道。只听老人一直叫儿子"小狗子、小狗子"。这么多年我一直记得。那个小儿子似乎对这个名字很满意。老人一叫，就恨不得摇头晃尾地跑上前，一点都没有不好意思。小狗子对他爹很好。这个病房到晚上很冷，小狗子跟他爹挤在一张床上，把他爹的双脚搂在胸口，一点都不嫌脏。老人半夜有尿，小狗子就站在床头接，有时候就得接上半小时。小狗子坚决不让护士给老人用尿袋，说是看缠那么多胶布，老人太遭罪了。吃饭的时候更是先让老人吃……我对他的印象极好。

小狗子的右手少了小指。这件事不方便问，以至于竟然看错人了。现在想想，若不是那时认识他，我可能也活不到现在了。

这就是这个社会的最底层。各种我们难以想象的事情，在这里都习以为常。

三哥躺在病床上睡去了。我将自己的外衣加在他的身上。这个房间太冷了，除了冷，还一阵阵地让人头皮发麻。即使换上了药，也救不回他的命。他现在就像是一根被吸干了水的甘蔗，只剩一坨渣子，在静静地等着死亡的到来。他的呼吸很微弱，像是一条极细的丝线，随时都可能被命运的大风吹掉。不过他似乎一点都不在乎这些。

我独自走在走廊上。过了就诊时间，这里显得如此寂寥。拿起一支烟，又放下，心里乱成一团。我直接打电话过去："李书洁，我急须用钱。你他妈的能不能快点？"

李书洁一阵媚笑："你不是不想我吗？"

"想个毛！你他妈的快点。我心情不好。"我吼道。我知道她不会生气的。

"我正在尽力。你知道买一张必中的五百万元的彩票要多少钱吗？我的大少爷，需要三千多万呀。咱们的账面上根本就没那么多钱。用三千万换五百万，你叫我怎么做？如果都买了，咱们下半辈子喝风？所以，我只能用别的办法。不过，不是每个人都那样好说话。现在的人是不见兔子不撒鹰的。而且我也需要现金呀。公司里的事情一大堆。您当您的甩手掌柜，我这里可是忙得要脚打后脑勺了……"

"好吧。你尽力吧。我快死了。"

"……"

"我说，我快他妈穷死了！"

挂上电话。心里翻江倒海。穷真的太可怕了。比死还可怕，我宁愿死也不愿意穷。可并不是每个人都有改变自己命运的机会。对于一个人来说，一辈子只有一两次的机会，还有的人一次都没有。起点越高的人，选择的机会越多。对于像孟芸这样的家庭，这几个哥哥一看就没有什么文化，只能生活在社会的最底层。他们从一生下来就注定会是命如草芥的小蚂蚁，只要有人轻轻一捻，就会死无葬身之地。他们从来就没有什么机会，所以他们把一切都押在孟芸的身上，希望她受到好的教育，希望她有一个不一样的人生。但孟芸这样的女孩子，一点都不懂得运用自己的美貌。她不像李书洁。她那么单纯，或者说，那么蠢。不过只要她足够爱我，就会得到她想要的一切。

正想着，一双手蒙住了我的眼睛："猜猜我是谁。"

"孟芸，别开玩笑了。"我说道，并且抬手拨她的手。不对，这双手不是孟芸的——孟芸的手圆圆肉肉的，而这双手却是非常骨感。"谁？"

转过头，却看到一个艳丽女郎。她穿着一身的宝姿，手上戴着一枚闪闪发光的钻戒，恰到好处地让我看到。身上散发着第五大道的香水味。我的记忆里从来没有过这样的一个女人。她到底是谁？

10 又逢故人

"讨厌！你们男人都是没良心的！这么快就把人家忘了？！你还压过人家呢！"我心下一慌，最近好像没做过什么荒唐事。我把她的相貌在大脑的记忆库里仔细、疯狂地扫描了一番——虽然可以有，但这个真没有。而且我的口味还不至于如此深入民间。

她见我实在想不起来，做了一个抹脖子的动作，阴沉沉道："人的动脉只有一点五毫米。我只问你三次。你想起我是谁了吗？"

我恍然大悟，原来是羽毛女！"怎么是你？还真是巧。"

"我怎么不能来这里？这里是富豪扎堆的地方。掉下一个砖头砸到十个人，其中九个是富豪。"她递过来一个销魂的眼神，"你那天还真勇猛，有没有一点想我啊。"她将丰满的胸部冲向我，就像是一个人肉炸弹。怎么胸大的女人都以为男人喜欢大胸？我又不想找头奶牛。

"不过也有穷鬼，小心被伪富豪骗了哦。你生命力这么强，应该是不怕的。"我躲开她。她身上的香水味让我避之不及。我讨厌这个牌子。她极其迅速地冲我瞄了几眼，然后一双手摸上了我的胸，但只一下，就退回去了。"刘义，我当初真是小瞧你了。你到底是什么来头？这衣服手感不错。棉质还真是细腻。叫什么牌子了？有点想不起来了。这么好的衣服，能穿得起的，松江市不会超过十个吧。"她又像勾引似的，将手指一点点地在我胸前划着圈。

"这一切跟你无关吧。"我转身想走，却被她一把拉住："刘义，你那天压了我，你想就这么算了吗？你也太小瞧姑奶奶了。其实你看看我，我身材不错的，还会打扮，皮肤又好。对我有没有兴趣？我比你那个土包子孟芸好多了。而且我知道你们男人想要什么。"

看着她那张化得精致的脸，我一点兴趣都没有。也许我在这小姐的眼里，就是一叠会走会跳的人民币。这种女人我见多了。她们看你有钱时，像苍蝇一样，轰都轰不走；看你没钱时，变脸比翻书还快。她们出卖的根本就是肉体，却还以爱的名义。

"你根本就不知道男人想要的是什么。"我淡然地和她保持距离，"你的姿色对我一点作用都没有。你去迷那些土包子富豪吧。一个西瓜，我一口没吃，就拍了一下，你就让我埋单，你以为你是皇军吗？而且我告诉你，离孟芸远一点。不管你知道我什么事情，你如果敢告诉她的话，我都要你好看。"

我的手抚上她的脸，说，"这张脸的手感也不错，比我的衣服滑多了，不知道得花多少金钱和时间来保养。如果我在上面画个棋盘，和你下盘'五指棋'，不知道你有什么感想。我没有心思知道你是谁，你也不用告诉我你是谁。如果你忘了今天要记住什么，我就会知道你是谁。你好自为之吧。"

她推开我的手："你这个疯子。孟芸怎么会看上你呢？"

"这是我们之间的事，与你无关。你钓你的金龟婿，我选我的孟姜女。祝你好运吧。还有，以后不要穿宝姿这个牌子。真正的有钱人是不会穿的。宝姿在巴黎只是个小牌子，连三线都算不上。"

羽毛女狠狠地瞪了我一眼，高跟鞋在走廊里响个不停，由近及远。她上了二楼。不久，她甜腻的声音响起："达令，想我了吧……"

真奇怪，得多没品位的人，才能相中这样的女子——隔了老远都避不开她身上的铜臭味。

世界还真是小，小到转个身就和刚刚放出去的屁相遇了。

这天晚上，我陪孟芸在医院里过夜。不大的房间里没有多余的床位。凳子是在早市上买的，两块钱一个，纯塑料的，坐着都觉得屁股疼。我们两个凳子一搭，靠在墙上就是一宿。我很不习惯，孟芸似乎不在乎这些，她太累了。她的背靠在墙上，小嘴不知道嘟囔着什么。嘴角还时而牵出笑容。天快亮了，我把衣服盖在孟芸的身上，走了出去。

外面的空气真是新鲜。还好，新鲜的空气不收费。

伸了个懒腰，眺望远处的群山。它们有的已经被脱去了青翠的外衣，黄土色的岩石裸露在外面。远处大大小小有许多坑眼，都是煤窑留下的，就像是人脸上没好全的痤疮。真是一寸青山一寸金，寸金难买寸青山。如果没有这些，这应该是个很美的地方，就和我的家乡一样。可如果没有这些，这个小镇也不可能如此富足。不远处的大条幅上写着：建成国际大都市。

有满脸痤疮的大都市吗？即使建成再多的楼，再高的楼，可站在楼上的人却无远见，那是国际化的大都市吗？只能是乡村的土包子房子。房子和房子，是不配叫都市的，虽然它也车水马龙。

散了一会步，到医院的食堂买了早餐：最简单的包子和白粥，还有几样小菜。回去的时候看到孟芸已经醒了，正拿着湿毛巾给三哥擦脸。有了女人的病房就是不一样。房间里的地面已经扫好擦净了，是拿洗衣粉擦的。昨天刚来时上面厚厚的一层油腻的东西已经不见了。三哥的每一样东西都被她擦得锃亮。她的脸上露着温馨的笑意。看到我，她把自家的小木桌支了起来。我将白粥和包子放到桌子上。三哥吃得很开心。他喝了两碗粥。孟芸替他擦去嘴边的饭粒。他的眼睛一直盯着孟芸，像是依依惜别。

终于，他说："孟芸。看到你和刘义在一起，我挺高兴的，也没什么放不下的。人活百年，终有一死。你和刘义走吧，我能见你一面已经知足了。"

"哥！你怎么又说这样的话？！"孟芸嗔怪道，"你一定能好的。"

"再不走，我怕来不及了。你那三个哥哥在想什么我很清楚。我不怪他们。可我不想看到你不幸。老张家的小三……哥知道他的为人。这么多年，我不敢存你的电话号码，就是不希望他们找到你，利用你。你知道他那条腿是怎么跛的吗？说是坐牢的时候被人打折的。这种人怎么能让你嫁呢？我很清楚自己的病。就算是治好了，也只能再活个几年。用我这几年的时间换你的后半辈子，不值。和三哥待了这么久，三哥知足了。"

孟芸一句话都不说，就像是一只乖乖的小兔子。

"女人早晚得嫁人。刘义这小伙子不错。三哥挺喜欢他的。你跟着他没错。要是三哥命大的话，能看到你们生的娃，就更知足了。"枯木一样的手拉住我，放到孟芸的手上道，"三哥就把她交给你了。好好对她。这辈子我就这么一个妹妹，好不容易上了大学，有文化了，和其他姑娘不一样的。孟芸心肠好，别让她被人骗了。好好替三哥照看她。"

我点头，心里却像是有一团火，不停地燃烧，似乎要把我烧成灰烬。

在这个苍老男人的面前，我总觉得自己是那样地渺小。那一瞬间，我想把我所有的秘密都告诉他。他就像是一个宽厚的长者。我知道如果我说了实话他一定会原谅我，可是……我还有自己的打算。我想证明一件事情。

不一会儿，大哥和二哥也来了。他们一脸的兴奋，和昨天一点都不一样。手舞足蹈似乎有什么喜事一样，他们一进屋就盯着孟芸的脸，说孟芸漂亮之类的话。他们对我视而不见，从我身边经过，都绕得远远的，仿佛我身上有梅毒。昨天我们还在一起吃过饭呢。看来不只是女人，男人有时候翻脸也比翻书还快。大哥径直地走过去，说："小芸，哥带你去买衣服。这一身挺不配你的。我的妹妹这么漂亮，怎么能穿这种东西？一看就是地摊货。"

孟芸皱眉："我不缺衣服。现在给三个哥治病，用钱的地方太多了。"

"小芸，哥有件事跟你说。"大哥看到我在场似乎有点不方便说。

我识相道："你们聊，我出去走走。"

我一个人站在走廊里。来往的人都是形容憔悴。我知道他们想要的是什么。我走到对面的彩票中心，买了一张彩票。这可是改变我命运的彩票。只要兑奖的时候，我将两张彩票换一下，就神不知鬼不觉了。

我静静地坐在台阶上。阳光暖暖的。烟已经没了，我更懒得买。我不想再骗她了。但如果我直接说出来，孟芸一定会不乐意。其实我知道，即使她不高兴也只是暂时的。但我心底还有一个声音隐约呼唤我：再看看吧，再等等吧，看看在她的心底，到底是你重要，还是——三哥重要。

三哥，原谅我的自私。

11 五百万

时间差不多了，该谈的应该都谈完了。大哥和二哥都已出去。病房还是一样地阴冷，手碰到冰冷的门把手，我真害怕多年前的一幕重演。我想赌一把。我想证明，我刘义还是有人爱的。

即使我一文不名，还是有女人愿意和我天涯海角。不在乎我有没有房，有没有车。只求举案齐眉，白头偕老。这一年的感情，我倾尽付出。心里曾经的防空洞已经修补得七七八八。我只想再赌一回。孟芸，三哥，原谅我的自私吧。

推开门，三哥满眼泪水，旁边病床的老人怜悯地看着我。我不喜欢怜悯，我不需要同情。同情只能属于弱者。强者是不需要别人同情的。孟芸坐在床边，嘴角牵出一个勉强的笑容："刘义，你回来了。"

我知道他们在谈什么。在社会上混了这么多年，骗过许多人，也被许多人骗过，他们的小伎俩怎么能逃过我的眼睛？从大哥和二哥刚开始对我的冷淡，我就能猜出他们打的什么主意。不过这根本就不重要，我只想知道，孟芸爱我爱得有多深。

我点头："你有什么要跟我说的吗？"

孟芸目光有些呆，说："你陪我出去走走吧，这屋里有点冷。"

我握着她的手，冰冷冰冷的。跟我这一年，我没有给她买过任何东西。我所能做的就是在超市拿一些零食哄她开心。她的衣服也还是那么几件，也许多余的钱都寄回家里了。这几天她更瘦了。我们十指相扣，一步，一步，走出了病房。我不在乎别人怎么看我了。我想这样握着她的手，一直走到天荒地老，哪怕尽头是地狱。

终于走出了医院。我们在台阶上坐下。她的头靠在我的肩上，说："刘义……"

只唤了我的名字，她就再也说不出话来。泪水一滴一滴地打在我的手背上。不用再说了。我知道我输了。可我真的不甘心。

我强笑着说："他们跟你说了什么？"

孟芸说："没事。真的没事。我的心有点乱。让我靠一会儿。"

世界突然变得好静。那些喧闹的人群不知道都去了哪里。我呆呆地任孟芸靠在我的肩上，听着她均匀的呼吸。医院门口停着许多车，那么多人，为什么他们都像是存在于另一个世界？为什么他们一点声音都没有？天地之间，只有我和她。我们两个小小的人，身挨着身子，心贴着心。我的手紧紧地握着她的手。像是生离，又像是死别。时间不知道过去了多久。该面对的还是要面对。我决定了，我要把我的秘密说出来。我说：

"孟芸，我要跟你在一起。我们去看三哥。"

玩够了，我再也不想考验谁。面对如此善良的三哥，如此纯洁的孟芸，我不想因为我的疑心病而失去这一切。一家人就应坦诚相待。

病房里，三哥看到我和孟芸回来，脸上露出惊讶的表情。他不解地望着孟芸。

我说："三哥，我刚刚买了张彩票。如果中了头奖的话……"

孟芸面无表情，似乎我讲的是火星语。我说："我如果中了头奖……"

"我不是叫你们走吗？难道你们听不懂？！"三哥突然大怒道，他的脸色潮红，上气不接下气。

我继续说："我很有钱的。钱多到你们想象不到。我不想再骗你们了。你们相信我。"

孟芸的脸上闪过痛苦的表情："刘义，我知道你很伤心。真的对不起。你不用这样的。"

她不会以为我精神失常了吧！？不过此刻我的确像是个神经病一样。我的手指深深地掐着孟芸的手臂。我真不愿意就此放手。我就差跪在地上求她了。语调有些变了，我不停地摇头或点头，希望他们能听清我在说什么，语速快得自己都有些不受控制。但有时候又莫名地口吃。该死的爱情。它是魔鬼。它把我变成了一个怪物。

"你拉倒吧。"大哥冲了过来，"等你中了奖，我们兄弟在不在还不一定呢。"

二哥用眼斜乜我："刘义？是吧……我不知道你怎么就把我妹妹给骗了。她年少不懂事，你应该懂吧？我们家这种条件，好不容易出了一个这么水灵的妹妹，我当哥哥的怎么能忍心让她跟你受罪？你知道老三为了她，一下窑就是九年。你细皮嫩肉的，你知道什么叫煤窑吗？你知道大冷天只穿一条短裤下到几十米的地方挖煤是什么滋味吗？我他妈只干一天就受不了了。每次下井都不知道晚上还能不能上来。每一天都是和老天爷在赌命呀。就算没被活埋，就算是活着上来了，将来也是一身的病。粉尘把老三的肺弄坏了。他上窑之后根本就干不了重活。你知道我们哥几个为了他，做了多少吗？你大嘴巴一抹，什么情呀爱呀的……日子是用来过的。

你知道老四吗？他为了老三，给人帮工，从三米高的脚手架上掉下来，现在还躺在家里，连院都住不起，只找了个江湖郎中把骨头对上了。那家伙还喝多了酒，硬将老四的手臂给接歪了。老四以后都不知道靠什么活。告诉你吧，实话说——现在已经有人看上我们家孟芸了。只要过门就付二十万。而且孟芸过门后吃香的，喝辣的。你如果识相，你如果真的有你嘴上说的那么爱孟芸，你就赶紧给我滚，滚得越远越好。"

他似乎还觉不够，又说，"我们孟家四个男的，到现在没有一个能结婚。为什么？因为我们穷。我们四个挤在一个小房子里，哪会有女人嫁给我们这样的人？即使结婚了，将来孩子住哪？我们连自己都半死不活，怎么能养女人？老子吃苦吃够了。这么多年，哪一天不在拼命？可为什么我们还是这样穷呢？我们出苦力，我们不偷懒，可连老婆都娶不上。即使是菜场摆摊的女人，上来也问房子有多大，多少平方米。我们怎么回话？你说我们该怎么说？说有几十平方米的房子，四兄弟挤一间，还是说有一辆车，就是拉苦力的三轮车？有时候真不想活了。孟家不能在我们手里断了。再说，孟芸也该为我们做点什么了。你看看这些东西。你能给孟芸吗？孟芸跟你能有幸福吗？你一个月挣多少？我妹妹跟你这么久，你给她买过一件像样的衣服吗？你为她做过什么？虽然孟芸没跟我说，但我能猜出来，就你一个小保安挣的那点钱，哪能够呀。你也不照照镜子？你死了这条心吧！"

我扭过头，看着孟芸，她的手里拿着一块毛巾，似乎要给三哥擦脸，可是却抖个不停。她的背影僵直地立在午后的阳光里。她的睫毛抖了两下，像是蝴蝶的战栗。

床头上放着一套打开的金饰品，那一整套，用眼睛一扫，起码得是一百克以上。金光闪闪，即使在这种没有阳光的病房里，也能看出它的贵重，它的俗不可耐。还有各种滋补品。而大哥和二哥，已经换上了一套干净的衣服。

我说："孟芸，你真的不要跟我了吗？你难道真的为了钱——我如果没有房子、车子、票子，你就不跟我了吗？"

孟芸还是没有言语。她似乎听不见我说什么。她的头似乎用力地点了一下。她用尽了全身的力气。是呀，我是一个一无所有的保安，为了生存每一天都在想着往上爬。我有什么资本给我所爱的女人一个窝。我甚至都忘了我真正的身份。只记得，那天，那么冷。盛夏，每一个毛孔都散发着冷气。

如坠冰窖。

钱！这么多年，我一直跟它作战。可终究是，它赢了。

我最喜欢的女人，我一直想要为之付出一切的女人，竟然为了它不要我了。

那张彩票在我的胸口发热，似乎告诉我要清醒一些：女人，哪里都有，她们都是一样的。

我说："孟芸，其实我——"

大哥一巴掌抢了过来："都什么时候了，你还在这里磨叽！老张家的人都快来了，让他看到成何体统！万一他们不要孟芸了可怎么办？怎么办？你要得起吗？你这个……这个……"他一时间找不到好的形容词。

我被大哥打得无还手之力，嘴角一片酥麻。

我被他们像扔垃圾一样扔了出来。整个过程，孟芸一句话没说。她侧过头，细心地为三哥擦着脸，有条不紊，神色安然，仿佛我不存在一样。

女人绝起情来，还真是可怕。我真是看走眼了，看栽了。

我拍拍手，笑了笑。哪怕孟芸上来拦她哥哥一把，我也会想尽一切办法让她明白，我有能力给她想要的一切。她竟然看着我挨打！血从我的鼻子里流出来，落在衬衫上，一滴一滴，像是盛开的梅花。她竟然没看见！是呀，她转过身子，一直没有看我，她怎么能看得见？可是她应该听到呀，皮肉接触拳头的声音，那么振聋发聩，她难道聋了吗？哪怕她回过头，露一个不忍的表情，我也会想尽办法让她相信我的身份。可是她……孟芸，我想说我很爱你，可事已至此，连我都感觉爱情是如此虚伪。也许这个世界上根本就没有纯粹的爱情，男女在一起只是为了繁衍后代。既然如此，找一个安乐窝不失为明智之举。我想起身动一下，肋下却钻心般地痛。背靠着水泥墙，艰难地爬起。大哥二哥一直在对我怒目而视。三哥脸色潮红，似乎一口气憋在那里吐不出来。不得不承认，经常干粗活的人就是有力气。

大哥冲我挥挥拳头："识相的快滚！"他冲二哥递了一个脸色，二哥架起我就跑，一直把我拉出门外。我永远也忘不了他身上的煤味。

有些不甘心，有些无可奈何。病房里静悄悄的，我在走廊听着，没有人说话。突然三哥大吼道："你们都给我滚！"

我蹲在医院入口处，像是刚刚上访完的弱势群体——精神不济，两眼呆滞，麻木地盯着过往的行人。

一辆奔驰驶进了医院。一个一条腿跛了的中年男子，从车上走了下来。他的肚子高高隆起，头发像钢丝一样根根立起，一看就打了摩丝。不像《上海滩》里的周润发，倒像一只急于过冬觅食的刺猬。他四下望了一眼，似乎很开心。一身的意大利名牌的 GUCCI 休闲服。一挥手，一道金光闪过。每个手指都戴了一个十五克以上的金戒指。这么有品位的衣服，穿在他的身上显得像地摊货一样可笑。他一跛一跛走进了医院。我靠在树上，静静地等着，每一分钟都是如此难捱。他们会怎么谈？孟芸会同意吗？我还在天真地想。不知过了多久，我眼看着他又走了出来。他摇头笑笑，似乎很满意，拉开车门钻了进去。

奔驰带着一股烟，消失在医院的入口处。我还木然地站着，总是怀疑刚才的一切是一场梦。只是肋下一阵紧似一阵的疼痛提醒我，刚才的一切都是真的。

我刘义被一个女人甩了。

12 迟来的彩票

李书洁的快递终于到了——一张五百万元的彩票，就在上一期。可此刻它对我却是嘲讽。我要它有用吗？我能用它买到爱人吗？我怕她生气，想出这么恶心的点子。天知道，我为这期的中国福利彩票做了多少贡献。它轻轻薄薄，却能承载一个普通人所有的梦想。房子、车子、票子……有了它，丑可以变美，美可以变丑；淑女可以变成娼妇；勇士可以变成走狗；它颠倒众生，它看着众生为它厮杀。莎大叔真是有先见之明。

可它现在对我一点用都没有了。我有那么一刻想把它撕了。

"刘总，你知道我费了多少力气吗。既要在这个镇方圆百里的彩票中心买的，还得要不少于五百万。可真累死我了。你回来一定得给我涨工资——"

说情说爱真是麻烦，不但麻烦还啰嗦。还是李书洁好，明码实价。至少我心里有底——不付出真情就不用怕受伤害。

比如，和她喝一杯酒要多少钱，让她帮忙搞定一个方案要多少钱，让她帮忙遛狗要多少……

"钱是王八蛋！"我大骂道。

我常怀疑自己是不是有些变态。总是想证明自己手里的宝贝到底是不是最好。为了证明，我不惜用一切毁灭性的实验。可惜，人性往往是最受不住考验的。我特别喜欢看那些知道我真实身份后的人的表情。所以我曾经穿着睡衣逛珠宝店，所以我曾经骑自行车去买楼，所以我曾经……我只是想找到一个只爱我本身的女人。我的要求过分吗？

现在想起来是挺过分的。有一个女人，不在乎车子、房子和票子，死心塌地要跟我在一起，只是面对亲情的时候她退却了。也许是我太贪心了。现在回想一下，如果孟芸抛下病重得要死的三哥，死心塌地跟我。这样的女人，我敢要吗？可我那时真晕了头。我已经很久没被人打了。我早在若干年前就发过誓，这辈子只许我打别人，再不许别人动我一个指头。

那天，我取完彩票回来，就冲着医院的大楼傻笑，真像个傻子一样，边笑边骂："钱是王八蛋！钱是王八蛋！！钱是王八蛋！！！"

孟芸冲了出来，说："刘义，我告诉你吧。我从来都没爱过你。我怎么可能爱上你呢？像你这种男人街上一抓一大把。跟着你一点前途都没有。我早就知道。如果不是你长得还说得过去，我看都懒得看你。你现在明白我是什么人了吧。为我这种女人伤心值得吗？如果你是个正常人，那就好好活着，功成名就，到时候要什么样的女人没有？"

我拉住她的胳膊："我错了，孟芸。我不想骗你。给我点时间吧。我中了五百万的彩票，真的，就在刚刚。咱们一起兑奖吧。相信我。"

也许是我之前的笑太疯狂了。孟芸挣脱了我："刘义，你别这样。你越这样我心里越难受。你已经清楚了我的为人。放我走吧。对了，这个给你。"

她的手里有十元钱，上面的折痕清晰。

她竟然给我这个！我愣愣地看着十元钱，她不会想让我买个盒饭吃完好上路吧？

"对。刘义，那时候我真太傻了，连个纸戒指都当宝贝一样收着，藏着。现在还给你。只要我嫁过去，要什么样的戒指没有？白金的，黄金的，钻石的。老张家是开煤矿的，有的是钱。对了，昨天你交的五千元药费，我现在就还给你。从此咱们两清了。离开这里，我不会再认识你，你也不要再记得我。咱们相遇本来就是错误的。如果我们真在一起，会是怎样？我还继续当我的前台接待，你还继续当你的小保安。生下的孩子呢？也和我们一样的命运。长大了不是当前台接待就是当保安。还好，咱们两个的样貌都不差，各自找一个条件好一点的绰绰有余。刘义，再见了。"

她的指尖微凉，但却没有我的心凉，一根根地从我的手中抽离。我麻木地任由她的手一点一点消失。这个女人，从来就没有属于过我。即使她曾经爱过我，也是因为我还说得过去的相貌，也许还包括有趣。一年多，三百多个日夜，我孤注一掷地追求她……为了她，我将所有的东西抛下，这就是我换来的结果？

我行尸走肉般走在绿阴遍地的马路上。斑驳的树阴让阳光点点滴滴地洒在我的脸上身上。她还是露出了自己的本来面目。她还是爱钱的。当巨大的诱惑摆在她的面前时，她还是没有承受得住。也许三哥只是她的一个借口。即使我以一个保安的身份跟她结婚，她还能爱我多久？当她看到同事的姐妹们住着大房子，开着跑车时，她一定会后悔死的。她不是不爱钱，而是没有受过诱惑。当真金白银摆在她的面前时，她还是丢掉我。难道我刘义是垃圾吗？

我曾经发过誓，如果孟芸真的只爱我，我是真的要和她一生一世的。就在一天前，她还抱着我，说只要找到工作，就安定下来，照顾三哥，结婚，生子，一辈子。

我将两张彩票折在一起，给李书洁快递了回去。本来我是想先给孟芸一个希望，然后等那张真正五百万的彩票到手，再偷偷换下来。她为什么这点时间都不给我。

我在电话里说："这两张是你的年终奖。跟了我这么多年，你也不容易。"

李书洁在那边一定用手缠着电话线笑，她说："刘总，难得您这样大方。"

"我对你不够大方吗？"

李书洁叹了口气："你们有钱人脾气真是怪。你知道弄这样一张彩票，你账面上损失多少钱吗？既然你不在乎，我就笑纳了。刘总，跟着你这样的老板真好。我都有些想你了。公司里的一大摊子事还等您呢。您老人家何时摆驾回宫呀？"

我说："你自己看着办吧。我不是已经授权给你了吗。"

"女人很不禁老的。天天那么多事情，我都烦死了。我也需要恋爱呀。我已经快三十了，再不嫁就成豆腐渣了。"

我大笑："我是专门造豆腐渣工程的。你还是别嫁了——哪个男人上辈子做损了，罚他娶你？"

她亦大笑："刘总还是这样幽默。"

"你也是。"我说道。

我们笑够了，挂上了电话。

如果这个世上还有谁值得我信任，那么只有李书洁。我不爱她。我们就像是树和藤的关系。我们是这个世界上的最佳拍档。虽然她的职务只是总裁助理，但她可以做我这个总裁的主。

13 返回

口袋里有孟芸给我的五千元，正好可以买火车票回去。之所以没买飞机票，是因为我现在的心情不好，我不希望那么快回去。我要让自己的身体和精神都麻木一些，这样心就不会痛了。

我看到路边有乞丐，头也不回地丢下一百元就走。我也不知道散了多少财。身后聚了二十多个乞丐，长长的一溜仿佛我是即将上朝的皇帝。他们跟在我身后，像狗一样。我只留下够买车票的钱，剩下的往空中一扔。飘飘洒洒，像是一场夏雪。他们争先恐后地抢着从空中飘落的票子。看，这就是人性，最不禁考验的人性。我是个混蛋：明明知道人性靠不住，还是愿意一遍一遍地考验着，仿佛我就是上帝，我就是神。

买了车票，想着来时孟芸坐在我的身边，小鸟依人。回去的时候，我却形单影只。都是我自找的。将头靠在车厢的硬座上，感觉冰凉透骨。我在想，孟芸现在在干什么？陪着那个什么老张家的小三子试婚纱？

早在松江市，她就相中了一款婚纱。我马上让李书洁订下来。那款婚纱一直摆在那里，每当我和孟芸经过时，她就和我站在那里看一会儿。现在，我不知道回去后，这套婚纱给谁。也给李书洁吧。她也是寂寞的，她早晚会嫁人的。

还有，孟芸喜欢一款笔记本电脑。她说，可以没有电视，可以没有冰箱，可以没有整体橱柜，但一定要有笔记本电脑。她说，只要有了它，就可以学很多东西，然后挣很多钱，让我过上好日子。她还说，家里一定要有我。只要她一回家，就看到我在等她。她还说，只要她回家，我就不许玩电脑，要看着她。看着她洗衣服，做饭……然后，一口口地看我把她做的东西都吃完，一点都不许剩。还有，她还喜欢一个婴儿车。她说，等以后有了孩子，让他（她）睡在车里，阳光好的时候，我们一家三口，推着车子，出去吹吹风……

现在，我独自靠在硬硬的车座上，想起了一切。我特别有一种冲动，我想下车。我想回到孟芸身边。我想告诉她，就算她爱钱也好，我也要和她在一起。我把所有的钱都给她，我想跪在她的脚下，我想告诉她，我宁可死也要跟她在一起。可我——只是愣愣地望着天空。我在想，世上还有没有不爱钱财的女子。站台响起了播音员甜润的声音：列车即将启动，请没有检票的同志及时检票。

我还愣愣地望着天空，腿像铅一样沉重。即使用这种办法追回孟芸，那她还是当初那个非我不嫁的孟芸吗？那她和李书洁她们有什么区别？那我刘义，岂不是输得一无所有？就剩下钱了？

我呆呆地坐着，天上的云很洁白，可风一吹就散了。白云苍狗，不过如此。上车前买的水还剩一半，我想喝一口，却发现水瓶不见了。一只布满核桃纹的手，紧紧地握着它。手的主人是一个上了岁数的大娘。她的口袋里已经有了好几个这样的瓶子，可能是打算当废品回收的。她望着我，神情立刻鄙夷，所有的核桃纹纹路一律向下揶揄道："就一个瓶子，至于吗？"

我这才发现，自己不知何时已经泪流满面，一双饱含深情的大眼盯着大娘。不是的，大娘，您误会了。

是呀，就一个瓶子，至于吗？

是呀，就一个女人，至于吗？

是呀，就一段爱情，至于吗？

我闭上眼睛，不再想这些，但风中却传来了孟芸撕心裂肺般的喊声："刘义……刘义……刘义……"一遍一遍，不绝于耳，每一声都那么绝望。每一声都像刻刀般在我的心上一道道地划着，每一声都是我最心爱的孟芸在叫我。怎么可能是她？她现在也许已经在试婚纱了吧。她穿婚纱的样子一定很好看。虽然如此，我还是强迫自己睁开了眼睛，将头探出车外。

车外，一个女子披头散发，一节接着一节车厢地跑着。凄厉的声音从她的喉咙里发出来，像是被人挤压着。她的鞋跑掉了一只，光着的脚底似乎有血流出。也不知道她跑了多久。她将两只鞋都脱掉了。大声地喊着；"刘义……刘义……刘义……"

她在向我挥手。

一定是我太想她了，以至于出现了幻觉。我将头缩回，再次闭上眼睛。

当我睁开眼睛时，却发现所有的人，都将头伸出车窗外。

"——刘义——"

多年以后，当我每次回想起这个声音，都觉得肝胆俱裂。那是怎样地决绝和不舍、不忍。此生此世，不会再有一个女人，用这样的声音来叫我，以至于我的灵魂都飞出了车厢。

窗外，奔跑着的孟芸，一个箭步跨上了车，车门刷地一声关上，列车

14 新生

孟芸的脸哭得像只小花猫："刘义，三哥让我来找你了。"

短短的一句话，我竟然有些承受不住。我以为，我以为我输了……哈哈，一种莫名的喜悦让我有些昏厥。

孟芸抬起头，轻轻说："三哥看到张陆明了，就是张家的老三。他一下就给三哥拿了二十万的住院费。他说，如果等到登记，时间来不及了，反正迟早也是一家人。大哥和二哥长这么大都没见过那么多的一堆钱。他们马上要强行拉我登记。可是我真的很伤心，我让他们再等一下，至少眼睛不那么肿了再说。三哥把他们都支出去了，他告诉我，他宁可死也不能花张家的钱，那钱上有不干净的东西。这些年，矿上死了多少人？有家属的，他们赔点；没有家属的，就一埋了事。他当年也有一次遇难，是从死人堆里爬出来的。这些我不懂，三哥也不跟我解释，只说，如果真的跟了张陆明，他就没我这个妹妹。张家没好人。矿上没有不骂他们家的。即使再搭上四哥的一条胳膊，也不能让我嫁给这样的畜生。他什么时候都是这样疼我。他跟我说，叫我找机会找你去。我如果再耽误下去，这一辈子都见不到你了。他说看你走的方向应该是去火车站。他说，如果我不幸福，那么他死不瞑目。"

"那你就来找我了？"

"嗯。刚开始我不同意。他就说，如果我不找你，他就去死……住院费交上了，三哥已经被他们安排到了六楼。那个病房可真暖和。我没有办法。我说我来找你。他让我带上这个。"

孟芸把一块手帕包着的东西放到身前。手帕包着的是一叠很旧的钱。一张张，似乎都被人用汗水泡过一样，散发着咸腥味。

孟芸说："三哥说这些钱他攒了好久了，他一直没舍得拿出来。他说要送我当嫁妆的。他还说你是个好人，这么多天鞍前马后地服侍他。他说……叫我跟你一辈子……"

我抱着孟芸，不知如何是好。看来我真是错怪三哥了。他为了亲情，可以牺牲一切。我真不是个东西。我有点后悔把那两张彩票都给李书洁了，否则我现在就可以拿出来，然后我们一起回去，从此和三哥过上幸福的生活。可我现在，口袋里只剩下了为数不多的钱。

我问她："饿不？"

"光顾着跑了，害怕再也找不到你，就忘记饿了。"

我给孟芸补火车票，却发现钱不够，还是孟芸用三哥的钱补的。不过这些对于我来说都不是问题。只要我回到熟悉的城市，找到李书洁，所有麻烦事都可以交给她。我一定要让三哥比所有人都幸福。我会把他当作我的亲哥哥一样对待。

我给孟芸泡了方便面。她正要吃，她的电话响了。她望向我，似乎在问我，接不接。

我点头："是福不是祸，是祸躲不过。接吧，事情再坏又能怎样。"

电话那边的声音很大，以至于我离得很远都听得到："孟芸！我们从此以后没有你这个妹妹。三弟死了！我们还不起钱，三弟被他们逼得跳楼了。"

孟芸的手机滑落到地上。我能想出当时的场景。

煤矿的人将三哥团团围住，叫他打电话给孟芸。三哥嘿嘿一笑，说，等着，然后他靠近了窗户，一个飞身跳了下去。三哥明白：只要他在，只要他的病在，孟芸即使身逃了，心也会回去。所以他选择了一个干脆的方式了断自己。我相信，在他即将撞到地面的时候，还会惦记着坐上火车的妹妹。他还会想，刘义那个小子，应该会对孟芸好吧。

他是在拿命成全我们。

你为什么不再等一下？等我把一切交代好了？

看，这就是人生。你不知道它在哪里转弯，它也不会管你是否准备好了。我被它玩弄于股掌之中，像个小丑一样。我总是想证明人性的卑劣无耻，但却证实我就是一个小人，一个卑鄙得不能再卑鄙的小人。

突然，一个念头闪过脑海：如果孟芸知道我一开始就很有钱，那么——我不敢再想下去。我只有一个念头：不管怎样都要瞒住孟芸。

我对孟芸说：我们不要回原来的城市了，我们本来就一无所有，到哪里不一样呀。

她对我的决定没有任何的怀疑。而我是因为那个城市太小，害怕万一哪天被熟人看到了，我可伤不起。

我和她来到了南方的一个小镇——以前我来过这里——这个小镇，暂且称它为C镇吧。当初也有一个傻得不能再傻的女人，和我在列车上想要去C镇画地为牢，生生世世。当我第一次来到C镇时，就被它美丽的景色迷住了。这里不失为一个养老的好去处。如今终于可以和心爱的女人在这里共度一生，心底竟然有些感慨。也许我还能顺便找到一些意外之财。

我又给李书洁打了电话："看来公司的事情还得你先照料着。这回我真的走不开了。"

她嗔怒道："刘总，你就拿我开涮吧。不过看在彩票的分上，本姑娘忍了。"

这个见钱眼开的主。其实我心里知道，她不在乎钱。她在乎的是什么，我知道。正是因为她在乎，所以她在这场游戏里注定是输家。

我和孟芸登了记：简简单单的两张证，我们的笑脸印在上面。可我觉得，还有三哥的鲜血。现在登记只要身份证就够了。身份证只是证明我不是通缉犯，而是一个合法的公民。但它上面不可能看出我的身家和道德。我和孟芸将两个身份证交了上去。一个大红章卡下来，从此之后，我们就是真正的夫妻了。照片上我们笑得有些心不在焉。不过孟芸还是那么美丽，我还是那么帅。回来的路上，我拉着她的手，却没有像往常那样的通心、贴心。她也不再像一年前的那个小女生，笑得单纯。

一千块钱，刚够我和孟芸找到新工作之前的开销。我们算计着每一分钱，生怕花了上顿没下顿。一千块，能做什么呢？租一个不太贵的房子，买几箱泡面，至于过日子用的锅碗瓢盆都是到二手市场买的。对于我和孟芸来说，能生存下去才是根本。我们不在乎一切，只要能活着，只要能在一起。对于孟芸这样一个漂亮的姑娘，跟着我真是委屈了。可是她愿意受苦。吃面的时候怕我不够，把她碗里的面夹了一半给我。有这样的妻子，我夫复何求？

我突然觉得我是如此幸运。这个世上比我有钱的人多的是，但他们未必能找到一个像孟芸这样肯一起陪自己吃泡面的老婆。一个女人跟着男人吃香的喝辣的很正常，如果连一日三餐的泡面都能忍下去，那么这种感情一定是用尽所有文字都无法描绘的。那碗面，我吃了很长时间。我好久没吃过这么美味的泡面。

　　我们就像一对私奔的男女。对，私奔。我喜欢这个词。为了逃避世俗的眼光，怀着心事来到了这座小镇。

　　我曾经想过，等我老了，想真正安定下来，就带着妻子来到这里。这里有一条小河从镇子中央穿过，空气湿润，而且可以捕鱼。如果下班时间早，我还可以拿着鱼钩钓一会鱼。虽然比我预期要提早一些，而且也有许多意外的改变，但仍旧不能让我对这里的爱有一丝减淡。不过，光有鱼也不能过日子，我们还得生存。于是，我和孟芸安顿得差不多了，就马不停蹄地去找工作。

　　我还是干着老本行，超市保安。月薪只有一千块钱，而且还不包括午饭。一千就一千吧，反正在这个小镇有钱也花不出去。没有那些贵得要死的牌子货，也没有那些让男人们拼命挣钱的女人。一切似乎都慢了下来，就像镇子中央流淌的河水一样，静静的看不出流动。那些在河边洗衣裳的大娘，多是一辈子都住在这里，没有踏出镇外一步的婆姨。古老的婆姨，妖娆的少女，对比如此强烈，以至于让人有一种如幻如梦的不真实感。不过我还是要说，这里几乎埋葬了我一生的快乐。

　　孟芸也找了一个文员的工作。是给本地的一家公司做文件归档之类的工作。我不希望她太累，但是她自己一定要出去工作，她不忍心看我一个人奔波。再说她也觉得一个人在房子里挺寂寞的。对了，说说我们租的房子。一个月四百块。再也找不到比这更便宜的房子了。四面漏风，好在是夏天。四十平方米。卧室小得只能放下一张床和一个柜子。就连床和柜子也是房东可怜我们，免费留给我们用的。厨房只能容得下一个人转身。厕所，更是小得只能放下一只马桶。

　　我看到这样的环境，只想哭。可孟芸却很开心。她将房子重新刷了一遍，是她最喜欢的粉红色。她说，要结婚了，得有点气氛。那一桶油是七块钱，我们刚刷的时候觉得太红，又买了点白色的兑了。至于涂漆，是我和孟芸一起做的。我们用报纸做了两个小纸帽，一人一顶戴在头上。她拿着刷子，心不在焉，却又努力装出开心的样子。我知道她在想什么。我们自从三哥死后，之间就像是隔了什么看不见的东西一样。我和她都不忍心沉浸在自己的幸福中。房子漆好后，散发着一股好闻的油漆味。

孟芸看着房子发呆，我强行把她拉了出去，在宾馆开了个房间。

孟芸洗完澡，裹着白色的浴巾，湿湿的长发垂在肩头。我那颗寂寥已久的心像是升腾起了一团火。我从未想过孟芸的样子这样美。她看到我的眼睛直了，脸一下就红了。

我走过去，用手将她的腰环住，说："要不，今晚就是咱们的新婚之夜吧。"

孟芸挣脱着，却更加令我难受。我将头埋在她的脖颈间艰难地大口呼吸着。

她无奈地说："刘义，你尊重一下我行吗。这里毕竟是宾馆。不知道有多少人躺过这张床。别让我恶心。"

我没了兴致，放开了她。

半夜，我睡不着。我在她的耳边低语："要不，让我抱抱吧，反正咱们也有证了。"

她轻轻地"嗯"了一声，不知道是睡梦中无意发出的，还是真的答应我。

管不了那么多了，我抱着孟芸穿着睡衣的身体，头一次发现原来和女人睡觉这么有意思。现在回想起来，我都觉得自己有柳下惠的定力——那么喜欢的一个女人，我就抱着睡了一宿。所以你要记住噢，如果男人真的喜欢你，他是不会随便对你的。他宁愿自己流血，也不会看你流泪；他宁愿自己遍体鳞伤，也不愿意看你伤心受屈。

我们就抱着睡了两宿。其实我还想再多住一段时间的——油漆没有散尽对身体有害的。可孟芸心疼钱，一定要搬回去。

我打趣道："是不是你想新婚之夜了？"

她转身不理我。

新婚之夜，一个千万富豪的新婚之夜。你能想象吗？没有接得如长龙般，能把交通弄堵塞了的名牌跑车，没有带花园加游泳池的上千平方米的豪宅，没有世界级的服装设计师做的礼服，连最便宜的焰火都没有。我像一个真正落魄的超市保安一样，穷得都发酸了。

　　我告诉远在千里的李书洁：我结婚了，祝福我吧。

　　天空如墨一样黑，对面的屋子都早早地亮起了灯。灯光是橘色的，暖得人心里发颤。从明天起，我就可以心安理得地吃妻子做的早餐，穿妻子为我洗的衣裳，甚至每夜抱着一个不可能害我的女人睡眠。这难道不是我一直想要的生活吗？我终于得到了，但感觉总是失去了什么。

　　手机响了一声，是李书洁。她回了两个字：恭喜。

　　这是我收到的唯一祝福。我太想把心中的喜悦告诉每一个人了，可谁会对我的幸福感兴趣？其实早在很久前，李书洁曾经做过一个婚礼策划，那是我无意间看到的。不知道她为什么做这个，反正看完后，我曾经跟她说过，以后我结婚一定要用这个方案。

　　时间：夜晚九点。

　　地点：无名小岛。

　　人物：新娘，新郎。

　　工作人员：乐师，花童。

　　礼服：镶满钻石的婚纱（在月光下反光比较好）。

　　具体操作：

　　1.租一座小岛，种上遍地的玫瑰。（必须是蓝玫瑰，这种玫瑰在月光下最浪漫。如果刘义怕浪费，那就种白玫瑰吧。）

　　2.新郎亲自划着独木舟，接新娘。

　　3.新郎看到新娘的一瞬间，乐师奏乐：《月光》。

　　4.新娘走向新郎，花童在旁撒花。

　　5.两人上小舟，向远方划去。

　　6.上游艇，开始环游世界。

看到"如果刘义怕浪费，那就种白玫瑰"，我的眉头皱了起来："李书洁，你结婚，什么叫刘义怕浪费？你不会是连结婚的费用都想让公司给你报销吧。你的良心太坏了。"

我假装生气，"我是不是该扣你工资，你利用工作时间做私活？外加辱骂老板？"

她似乎看穿了我的心思，往我面前一扔："你喜欢就拿去好了。"

那份方案现在还在我远在千里的办公室抽屉里。我可不相信她是随便玩玩的，连封面都选用粉色的樱花图案，甚至连请帖都做得很精细。我知道她想嫁了。不过以她的心思缜密，到哪才能找配得上她的男人呢。正常的男人都希望妻子比自己弱一点，而李书洁太精明了。以她的精明，任何男人在她的面前都像是没穿衣服一样。哥是不喜欢裸奔的。

15 大婚

新婚之夜，看着简陋的四壁，我满是内疚。我怎么能让我心爱的女人在这里，在这张床上，开始和我的第一夜呢。我在楼下买了两根红烛，怎么说也得有点洞房花烛夜的气氛。总共花了一块二毛钱。我点着蜡烛，突然想笑，看来我刘义还是真的有本事的。一块二毛钱就搞定了一个老婆——是我太聪明了，还是孟芸太傻了。

卧室里还有一盏新买的台灯，也是淡粉色的。看来孟芸最喜欢的颜色是粉色。噢，连她的新婚内衣都是粉色的。

我抱着她，说："孟芸，我们终于在一起了。"

她点头："刘义，真不容易。"

说完了这两句，我们都不知道再往下说什么。

烛光下，我一点点地细心地将十元钱折成戒指的形状，我说："孟芸，我再向你求次婚吧。虽然咱们暂时什么都没有，给我点时间，我一定让你成为最幸福的女人。"

她说："我已经是最幸福的女人了。我第一眼见到你的时候就喜欢上了你。明明知道你哪都不好，既不上进，又喜欢乱花钱，可我就是喜欢你。我知道你什么都没有，只有一张嘴天天油嘴滑舌地没正经。可我一天看不到你，就想得要命。知道吗，明明我知道你有那么多缺点，但是怎么都忘不掉你。在医院的时候，我看着你被我两个哥哥打，我死的心都有了，可我不能那么自私。我看着他们把你拖出去，我真想拦着，可我不能。还有，在医院外面，明明知道那些话能把人伤死，可我还是跟你说了。我是怕给自己留后路，我是怕看到张陆明再跑回来找你，我必须把这条路堵死。天知道那时候我的心都快碎了。刘义，对不起。"

她这么一说，把我的心都搅乱了。

我将戒指套在她的手上，有些大。看来这些天她瘦了不少。

我说："过去的都过去了。咱们还要过好日子呢。"

这一夜，我们和衣而眠。孟芸说她有些不好意思，还需要时间来适应自己的新角色。后来她告诉我，她那天"大姨妈"来了。几天后我们才圆了房。

快天亮了，她晕晕沉沉地入睡了。她睡的样子真美，像一个纯洁的布娃娃。虽然她没有化妆，但比有些女人化了还要美。我对着她的唇，轻轻一吻，转身披上衣服上班去了。

在这座小镇的超市里，我不能像以前那样，时而坐着，时而打游戏，我必须像一个真正的保安一样。孟芸永远不会知道，我在决定追她的时候，就将她公司对面的超市买了下来。也就是说，我才是那家超市真正的老板，所以我可以肆无忌惮地给她拿饮料，拿一切她喜欢的东西。所以那些小兄弟才会那么识相，看到她来都走了出去。

可是在这里，我输不起。世上没有不透风的墙。如果我照搬老样子，早晚会有人嘴不严，走漏了风声，到时候孟芸听到了会做出什么事情我就不知道了。我们俩身上，有三哥的命。如果她知道我家产千万，却不肯给三哥拿出区区治病的二十万，她会怎么对我？二十万，也就是我平日里请朋友吃顿饭的钱。但在三哥身上，却能买他好几年的命。孟芸呀，孟芸，你现在在我的心里，已经是第一位了。

我不能想象没有她的日子。如果这次再失去她，那么真的是一生一世，不再相见了。

超市的工作很苦，老板不想多雇人，忙的时候我什么都得干：收银员、搬运工，甚至是保洁员。我对这些一点怨言都没有。大家都说刘义这个小伙子仁义，什么活都不捡。如果发展不错的话，年底会评上优秀员工的。每当这时我就会调侃："老板，那工资涨点吧，我的干劲会更大。"

超市的老板叫财叔，长得就像只招财猫，人却精得要命。

财叔佯装不解道："一千块已经不少了，在这里够花了。这样吧，你想买什么东西，我算你进价。"老板娘是一个有些风骚的中年妇女，看到来往的男人就抛以媚眼，若是女人就迎以笑脸，老板对此视而不见。他们两口子倒也挺和美的。

每当看到老板两口子坐在超市门口闲聊，孟芸就说："刘义，以后咱们有这样一间超市就好了。我收钱，你进货。"

"为什么喜欢超市？"

"那是因为，就不会等到下班才看到你了。还有呀，我喜欢吃什么，都不用结账。"那时她已经从阴影里走了出来，而且怀了我的孩子。

言归正传，对于老板的夸奖，我一笑而过。天知道，我把这些驴一样使的体力活都当成赎罪。每多干一些，我就希望天上的三哥能够原谅我一些。身体的麻木，让心灵不再满是愧疚。老板很欣赏地要大家向我学习，我着实吓了一跳。镜子里的我，三十多岁，还是蛮精干的。我只想和我喜欢的女人过上好日子。记得以前无聊，我也到超市胡闹过：我像孙子一样伺候老板，然后下班的时候，我的女秘书来了，开着我的兰博基尼，当时老板的表情真是太有意思了。见过开兰博基尼的保安吗？你们应该都没见过。一个轱辘，就能把他的超市买下十个来回。

而此刻，我对这种游戏再也不感兴趣了——这辈子可能也不会玩了。我背着五箱摞在一起的啤酒，使尽全身的力气艰难地走着。绳子勒进了我的肉里，像是一条带火的鞭子嵌了进去。我对自己说：不疼。

除了负责这些，我还得手脚麻利地收钱，找零，并将货品以最快的速度放到塑料袋里，而且是面带微笑服务，就像是一个不能停下的陀螺。这下孟芸该说我上进了吧。那个游手好闲的刘义已经在这个世界上消失了。

大多数时候，孟芸下班早，就做好饭菜等我回家。虽然材料简单，但有家的味道，五星级的厨师也做不出这种味道。因为她是做给喜欢的人吃的。每翻一下铲子，都在想着我吃的样子。我真不明白，就我这么一个人渣，凭什么得到她的爱？我静静地吃光了她做的饭菜。

"手艺还没退化。"我说道。

"那你还不帮忙收拾？"

在狭窄的厨房里，我和她的身体碰到了一起，不禁激起了一阵电流。像是第一次接触女人一样，吻在她滚烫的唇上。她抱着我，手里还拿着盘子——下一刻是碗盘跌落地面的声音——我抱着她，挪出厨房滚到屋里的床上。

枕巾上印着大红喜字——这个小镇上实在没有什么新潮的玩意，都像是"文化大革命"那些年剩下来的——床单上印着：毛主席教导我们知识青年要到农村的广阔天地中去。只有婚被，是大红的缎面，上面是手工刺绣的鸳鸯戏水，才有点像是新婚的样子。这一瞬间，我怎么有穿越的感觉？我就像是偶然流落到此的城市知青，孟芸就是乡间的淳朴女子，我们在这里相爱了，我为了她愿意留在这里，一生一世。

孟芸把脸别过去。这是我第一次看到她的裸体，她将被子盖在身上，说冷。三伏天她竟然说冷要盖被？我知道她不好意思，于是忙把灯关了。银色的月光洒满了这个不大的屋子，我像一只饥渴的狼一样，钻进大红的缎被。

这一夜，我睡得无比香甜。醒来已是日上三竿。闹铃响个不停："刘义，快点上班，给孟芸挣钱；刘义，快点上班，给孟芸挣钱……"

懒洋洋地起床。突然想，如果那张彩票还留在手里就好了。如果我们有钱，可以不用上班，整日窝在家里该多好。又一想，这太不现实了。这个小镇，根本就没有卖彩票的点。即使我拿出来，孟芸也不会信的。她虽然单纯，可并不傻。

如果我没有那么多秘密，该多好。这真是个幸福的小窝。我抱着她，直到她轻轻推开我，我才穿衣上班。这就是我的新婚之夜。床单上有着一抹似晚霞般的殷红。孟芸翻了个身，又沉沉睡去；在我临出门时，她懒懒道："我今天不去上班了，身体好累。"

我替她给公司打了电话，说："孟芸感冒了，想休息一天。"

那天的经理很好说话，还说要过来看看孟芸。我连忙说不用了，休息一天就行。他这才作罢。小地方的人，人情味就是浓。

晚上回家，孟芸已经将饭菜做好了。只是这个粗心的小女人，竟然把手指头切到了——家里又不是没钱买肉？我笑她："你是不是想把自己切成一片片地喂我？"

她低头含笑不语。

我不再觉得这个房子很小。是呀，一个女人，长得如花似玉，肯跟我窝在这里粗茶淡饭，这真是最幸福的事情。而房子的大小，车子的好次，甚至票子的多少，都不能代表幸福。我想，在这个小镇，风景如画，和孟芸隐姓埋名一辈子，也不失为一件美事。她已经不在乎我一个月挣多少，她不在乎这辈子还能不能换上大房子，那我要那么多钱干什么？钱是王八蛋，我要离王八蛋远一些。

我和那个世界唯一的联系就是手里的手机卡。我想过，如果把它抛到水里，那么李书洁不一定会找到我，这个世界也不会有人对我有兴趣。那么岂不是很好？我想了很久，将手里的卡拿起，放下，放下，拿起，终还是舍不得扔，又放回到抽屉里。手机号码是新的，只有孟芸知道。这样的生活真好。幸福得想让人死在这里。

这就是我的新生。

早晨，听着窗外小桥流水的声音醒过来，吻一下怀里的老婆，然后穿衣，到厨房做好早餐。早餐很简单，炒鸡蛋，白米粥，偶尔还会有生煎馒头。孟芸不爱早起，早餐就由我负责。做好了，将孟芸吻醒，然后一起喝粥。喝完后，她负责收拾，我开始上班。

日子过得飞快。

我差点忘了有李书洁这个人的存在。直到她坐在我面前，我才恍然大悟，时光已经过去了半年。

许久以后，那时候孟芸已经离开我了。我偶然间打开抽屉，又捡到这张已经废旧的电话卡。奇怪的是电话卡居然没有停机。打开手机，里面一条条的短信，让我痛不欲生。

16 李书洁

面前的女子，温文尔雅，她盯着我，从上到下，从左到右，足足打量了够，才终于开口道："刘总，你竟然跟我玩失踪，是不是太过信任我了？"

她的嘴角扬起浅笑。

我说："如果我连你都不信，真不知道这个世上还有什么值得信任。"

不知道为什么，每一次看到她，心底都会无比安宁，仿佛即使天塌下来，都无所谓。有这么一个能力超强的女秘书，实在是我的福分。

阳光下，李书洁媚气得如一只小狐狸。细长的眉眼，尖尖的下颌，手指纤长，神色却在不经意间散发着冷意。明明是微笑呀，但为什么会让人感到冷呢？我明白了：她就像我手里的一把利刃，如果对抗敌人，那是最锋利的武器；如果她对付的是我，那就是最大的伤害。太聪明的女人，我不喜欢。不过太聪明的男人，她也不喜欢。我和她就像是两只久经风浪的老狐狸。她娇美的笑容不知道能迷死多少男人，可她至今也没有嫁出去。有时候我也开玩笑问她，她说，这辈子弄不好要砸手里了——没有人敢娶她。

我说："你看孙思怎么样？典型的富二代，而且他还挺中意你的。自从认识你之后，他再没有找过别的女人。"

你猜她说什么？

"混得太熟，不好意思下手。"

那么我就更不用说了。我和她就像是左手握右手，比熟还要熟，那就是熟透了。她把一张卡给我，说："彩票的钱我替你取了，存在卡里，密码还是以前的那个。"

我把卡推给她，放在我这里不安全。我现在要全心扮演好我的角色。我是一个普通的超市保安，一个穷鬼而已。

她眉头微蹙，细长的眼里流出一丝不易察觉的精光，冷声说道："你是不是有毛病呀？放着豪宅不住，非和一个村姑级别的女人躲在这鸟不拉屎的地方。你知道我找你有多难吗？"

"对于你李书洁来说，世上还有难事吗？虽然我的手机卡不用了，但只要你想找还不是一样找得到我？你喜欢权力嘛，那你为什么不好好享受呢？你这次来，是不是出什么事了？"

"我想你了。"

午后明媚的阳光照在我和她的身上。我端起咖啡喝了一口，却喷了出来，大笑。她也笑。

"你这个段子好冷。"

"是呀，我知道。演技还可以吧？先拿您老练练手而已。我就知道你不信，所以才敢这么演的。什么时候带我去见见嫂子？应该是个绝色女子吧？其实不用见我也知道。"

我说："是，是，是还能有您李大小姐不知道的事吗？"

"你这段时间过得真挺写意的，没发现自己胖了吗？"

"言归正传吧。你这次来想要干什么？我正在休假噢。"

她定定地看着我，似乎在凝想什么，眼光在我的身后聚焦。半晌才说："刘长出来了。"

这句话说完，我们之间出现了短暂的冷场。刘长，我唯一的亲弟弟，从监狱里出来了。我淡淡地"哦"了一声，下面不知道说什么好。

是说他对不起我的那些事？还是说他曾经和我那么贴心？还是说，这是我的亲人。我一直没想好该怎么面对他，所以面对他的突然出狱，我不知道该怎么办。所以我只能示意我知道了。虽然他曾经背叛过我，可我们毕竟有血亲。我们血脉里流的血是一样的基因。我能怎么办呢？虽然我想把他分尸喂狗。

李书洁的眼光飘向窗外，也许她也不想看我无措的样子。

半晌，她说："我替你想了个办法，每个月给他十万块钱生活费怎样？另外公司再给他解决一套住房，再送他一部车子。但是住房和车子都远离公司，这样你就不会看到他了，也有益您老的身心健康。"

"主意不错。"不愧是我肚子里的蛔虫。我满意地点点头，"李书洁，如果就是这么点小事，你还真不用特意跑来找我。"

"您的手机打不通，我至少得知道您的下落呀，万一公司有什么大事，我也得知道往哪个方向跑才能找到您呀。"她满脸疑惑，说，"刘义，我想不清楚一件事情。你如果不喜欢钱财，那么你当初为什么要挣那么多钱呢？有一段时间我真怀疑你想把我和公司都抛下。你是不是想做陶渊明？采菊东篱下，悠然见南山？不过这里真是个养老的好地方。四十平方米的房子，连你的厕所都比这大，你住得惯吗？"

她拉过我的手："你看，你看这上面的勒痕。你什么时候干过这样的活？我的大少爷？我昨天看到你背啤酒箱了。跟我回去吧。要不我去跟孟芸说。她一定会开心死的。你那些自作聪明的小段子真的挺恶俗的。她知道了一定会跟你走。你回去，把她锦衣玉食地养起来。不好吗？"

我说："你不懂。不是所有的女人都以为钱就是一切。我以前也错了。如果我告诉孟芸我有的是钱，她一定会杀了我。她恨别人欺骗。我现在也正在想一个办法，回到以前的轨道上。不过这里的生活让我不想走了。"

李书洁冷笑一声，拿出一张纸放到我的手上，说："你真的不想走了吗？你能抛下荣华富贵吗？刘义，你太瞧得起你自己了。如果真能，你就签下这张纸。写下将所有股权转让给刘长的保证书。只要你签下字，不但我不会再找你，刘长也不会，而且他还会谢谢你。你如果真爱孟芸，真想和以前的生活告别，你就签了它。你敢吗？"

莹莹的笔尖散发着幽光。只要我签了，就真的一无所有了，就不用再演戏了。我冷笑着将纸揉成一团："你当我傻吗？你让我签我就会签吗？李书洁。"

李书洁与我对望，似乎要望到我的灵魂深处。她的眼光凌厉凶狠，似乎在与我叫板。这是我熟悉的李书洁吗？第一次见到她是在哪一年？我有点记不清了。那一年的李书洁，也是如此泼辣，处处散发着凌厉。她就像一股狂风，不管我乐不乐意，都横冲直撞地闯进了我的世界。从那以后，我不能缺少她。她在我身边，我就会安心。

那天我和孙思吃饭，我们都喝多了。孙思的弟弟孙亮还是高中生。我们喝多了就到酒店内专设的歌厅去唱歌。到了歌厅，我想走，可是孙思一定要拉我坐下，还叫来老板说要找小姐。我皱着眉瞅他："孙亮在这儿呢，他还未成年呢。"

"没事，又不给他找，咱们找两个女人陪着唱唱歌，不做别的。"

"孙思，让你弟弟回去吧，然后我请你还不成吗？"

孙亮以为我瞧不起他，自以为是地站起来说："我都满十八岁了，早就成年，凭什么你们都找美女唱歌，我就不行？不就是唱歌吗？难得刘哥埋单，我得好好挑一个。我要研究生学历的。哥，我只是想见识一下研究生是什么样的。刘哥，我爸天天要我读书，他说我哥是没指望了，将来也就是继承家族产业。可我总得见识一下研究生——我爸将来要我成为什么样的人吧。"

旁边的妈妈桑早乐开了怀："小少爷，您想要什么样的女人，我们这里都有。我这就给你找一个研究生学历的。"

大厅里，三三两两的美女散落在四处。妈妈桑喊道："谁是研究生学历的？"

"刷"地站出一排。孙亮点了一个面相姣好的女人，然后贱兮兮地打开书包："姐姐，这是高中奥数题，你帮我做一下呗，钱我照付。"

那女人结结巴巴地说："大哥，我卖身不卖艺。"

我和孙思笑作一团。

孙亮说："我就知道这地方的东西都是假的。连我的作业都不会。哥，你们玩吧。我还是先回家写作业了。你们真无聊。"

孙思曾经说过，不要总对小姐鄙夷，不是小姐脏，是每个男人都是脏的，这个世界就是脏的。本身咱们挣的钱比谁都脏，还敢笑人家小姐，人家至少是付出劳动的，是真正的劳动人民。哪像咱们呀，干的哪一件事情敢拿到台面上讲。他的观点我很赞同，但我每次看到从事这种职业的女孩子还是会有反应——别误会，不是一个男人见到女人应该有的反应，而是恶心。我在想，她们一个个有着漂亮的脸蛋，苗条的身材，干什么不好，偏要干这行。太好挣的钱，通常都不太好花，将来老了，挣的钱还不够看病的。做爱做爱，一定要和爱的人一起做，看着她们的伪高潮我都感到恶心。

孙思正要选唱歌的小姐，一个女人张牙舞爪地扑过来。

那一刻我觉得天旋地转，时空倒转，仿佛是正在亲历一部日本恐怖片。天哪，这拍的是《贞子》，还是《鬼娃娃花子》，还是《午夜凶铃》？——孙思曾经纠正我无数遍，《贞子》和《午夜凶铃》是一部片子，可我还是认为这是两部片。

这张脸，泛着青幽幽的光，血红的唇只化了樱桃大小，长发垂肩，在一众小姐里，是那样出众，想不注意她根本就不可能。更主要的是她穿的是日本的"和服"——宽大的衣袖，小小的背包，也不知道我称呼得对不对。

只见她大步流星地向我们走过来，一把将孙亮快要塞进书包里的奥数题拿过来扫了两遍，问道："真的钱照付吗？我很贵的。"

孙亮满脸的问号，看得出他也很好奇。其实我觉得自己的脑袋不算笨，不过孙亮满纸的X、Y、Z打死我也做不出来。我们都好奇地看着这个女人。

她不知从哪里变出一支笔来，刷刷刷，不到五分钟，一张卷子写完了。说："付账吧。糟！是按钟点算的，我应该做慢点。"

我问妈妈桑："这个妞是不是价钱比其他的妞贵？会做奥数题的特殊服务人员，应该很贵吧。"

孙思在旁边起哄："刘哥，快付账吧。"

我看着她。她是那么高傲，不像其他女人一样搔首弄姿，她把自己隐藏在人群的后面。她是不是有什么难处？做这一行如果还有廉耻感会是很痛苦的一件事。所以她看到大家都后退，有一个可以不必出卖色相的机会，就迎了上来。我看着她，良久："这个妞我要了。"

那天我们在包房里，她有一杯没一杯地喝酒，还不时牵起强笑的肌肉讲着并不可笑的笑话。我的手伸向她，她下意识地一躲，下一刻却像勇士赴义般凑上来。她在怕我吗？还是怕所有的雄性动物？毕竟来这里作乐的人有几个是正经人？

我和她对饮了一杯："来这里多久了？"

"这是我第一次做。"

我心里暗笑，哪个小姐不是说自己是第一次？难道还会说自己阅尽千帆吗？

"哪所大学毕业的？现在的奥题很难，不容易噢。你是不是遇到什么难事了？"

"这是我的隐私。既然沦落到此，说别的也没有意思，大哥，如果您真可怜我，就陪我多喝几杯，我们这里是按照酒水销售量提成的。"

我按住她将要拿杯的手，说："你的酒水我都买了，不用你喝。晚上有时间吗？"

她晕晕地点头："有。只要不误了明天早上就行。"

我埋了单，带着她走。旁边不远就是一家商务酒店。我和她开了房。

孙思俯在我耳边说："刘义，你不觉得小姐脏吗？怎么转性了？"他还递给我两粒蓝色的药片，说会让我快乐似神仙。我把它们扔到垃圾桶里了。不是我对自己的身体有自信，而是我根本就没想过要和这样的女人上床。能活到这么大本身就是个奇迹，我可不想像同治帝一样，死于非命，还得被后人研究。

她缓缓除去上衣，身材属于纤细的那种。里面只穿着三点式内衣。看到她脱下的衣服，我的茶水喷了出来——明明就是床单和枕套，她竟然能给整成和服。

我侧过头，给她倒了杯水，说："陪我坐会吧。"

她穿着三点式内衣，大大方方地坐在我对面，不卑不亢。

我示意着床上的被子，"你先进去吧。"

她顺从地钻了进去。

我将电视打开，看了会儿新闻联播。里面无非是老三段：领导们都很忙，领导们都很关心劳苦大众，他国人民都生活在水深火热之中。

过了半天她问我："你怎么不进来？"

我关上电视，说："我习惯看完新闻联播做运动。"

然后，我走过去，和衣趴在床上，做起了俯卧撑。直到满头大汗，才坐了起来。她独自在被窝里，眼神淡定地看我。半晌才说："您是诗人？艺术家？"

"不是，我习惯了寂寞。我今天不想找女人，只想找个人聊天。其实你不懂，我和你的职业是一样的，只不过一个是出卖肉体，一个是出卖灵魂，到底是卖肉的可怜，还是卖魂的可悲……"在我如唐僧念经般的布道中，她沉沉睡了去。

她睡熟了，睡得很香。这么细腻的皮肤，她能有多大？普通人家这么大的孩子也许还在读书呢。这么聪明漂亮的姑娘，真是可惜，可怜，可叹。不论她多大，我都不想碰她的。她睡着的样子让我心疼。许久以前，也有一个女人这样睡在我的身边，对我心无芥蒂。我的心蓦地就打了个冷战。所以说人不要做坏事，否则怎么一朝被蛇咬，十年怕井绳呢？这句话用的地方不对，但是传神。我现在就是这个心理。她睡着后，我翻了她的包。

理工大学经济系，李书洁。人不可貌相啊。难不成她是体验生活？现在的姑娘可真够大胆的。不过不像呀，如果昨天晚上碰到一个像孙思那样的色中饿鬼她不就被生活体验了吗？我在床边上，和衣睡着了。这一晚我睡得不好，总是被各样的噩梦惊醒，后来我只得坐在窗边的椅子上等着她醒。

手机的闹铃声将她吵醒。当着我的面从包包里拿出衣服，穿上。然后看了一下表，按照和我在一起的时间再乘上单价，得出了我应该付的账。

我愁眉苦脸道："可是昨天晚上我什么都没做。"

"那是你的事情。就像你上饭店点了一桌子菜，能因为自己一口没吃就拒绝付账吗？所以同理，虽然昨天晚上你没做什么，但我昨天晚上的时间都是属于你的。快点了，大叔，我的时间不多的，要点名了。"

镜子里的我顶多二十五六，竟然被一个比我小不了多少的女生叫大叔，真有点受不了。

我数也不数地拿出一叠人民币，说："李书洁，你很有意思，以后别做这行了，不适合你。"

"你，你怎么知道我的名字？"她看了一眼包包，"你昨天晚上翻我的东西了？"

"小姑娘，下次记得不要带证件做坏事。你妈妈没教过你吗？做好事的时候记得把校徽别在衣服上，做坏事的时候一定要藏好。"

她冷哼一声："谢了，大叔。"走到门口时，她回头对我说，"你是好人，不过我没有妈妈。"

我无心理会她的事情。我们前后脚走出酒店。我看到她站在公交车站的旁边等车，她看着旁边的人吃着带来的早餐，咽了两口吐沫，又倔强地别过头。我开着车的手，在那一瞬间竟然有些抖动。天气有些冷，她将衣服往身体上又裹了两下，两只胳膊抱在一起。公交车来了，她上了车。

不久，我和李书洁又见面了。

赵市长告诉我，一个成功的企业家除了有良好的业绩，还要注重形象工程：像是给政府盖座楼呀，像是给市民修条路呀，像是给大学捐个款呀。

我选了最后一条。我知道这是赵市长给的硬摊派，不论想不想都得做。我就在那天下午，又一次见到了李书洁。她坐在礼堂的前排，一头乌黑的长发瀑布一样垂至腰际，明眸皓齿，顾盼飞扬。这样的女子，安静而美好。如果不是那晚她那嚣张的样子，我根本就不能想到这是一个人。

"下面请刘董事长为优秀学生颁发助学金，请获奖学生上台。李书洁……"听到校长念出这个名字，我的头"嗡"地一声大了。看见李书洁头扬得高高的，像一只高贵的天鹅，信步走上主席台，我心想，我也要演好这场戏。我最大的特长就是演戏，怎么能输给这么个小丫头？我微笑地注视她，握手，送助学金。她也甜甜地说："谢谢刘叔叔。我一定会好好学习的。"

最后我们还一起合了影。后来她没有毕业，就来到我们金盾公司工作，没想到一下就这么多年。她是一个不错的员工，聪明，好学，上进。最重要的是她看起来养眼，带着她去谈判，不论多难的CASE，都一定会拿下。

我们常说的话是："干活吧，下面该收购哪家公司了？"

然后她开始调出一大堆表格跟我一起分析——她做正经事的时候还是

挺正经的。

　　我们就这样认识了，孙思对此后悔不已。

　　他说："这是我这辈子做的最错的一件事情。"

　　他还说："还是你刘义有眼光。那天李书洁足足像刷大白一样涂了二两粉，我哪能看出她是一美女？光顾着当鬼片看了。"

　　他最后说："傻人有傻福。竟然在小姐堆里找秘书，还是那么一个能干的秘书。除了处理正常事务，还得帮老板找女人发泄。"

　　他始终搞不明白，李书洁这么正经的女秘书，是如何帮我搞定一个个不正经的或貌似很正经的三线小演员、二线小模特，难道一点都不吃醋吗？而且我和她的目光中竟然像是兄弟般——那种有着外人难以插足的亲密气场。

　　我告诉他，我们之间根本没有醋，我和李书洁是纯洁的革命友谊；倒是你和她之间，有一种醋精的味道。他打了我一拳："纯你妈洁，你什么人我还不清楚？"

　　不过我们的确是秋毫无犯。我在想，如果那天她没有穿那身衣服；如果那天不是孙亮恶搞了一场奥数题之战，也许我和孙思都不会注意到她，也许现在她还是在五星级酒店接客的一个小姐，用她的手段玩弄一个个商客政客。不过我敢担保，她不会在那里一辈子的。凭她的手腕，早晚会遇到属于她的伯乐，带她离开那里。她根本就不属于那里。你们见过有哪个小姐包里会放一本《政治经济学》的？可惜的是，千里马常有，而伯乐不常有。她自己说第一次接客就遇到了我——她只在那里待了一晚，后来我让她换上正常的衣服，还一起吃了宵夜。

　　从那天之后，她就跟着我，一直到现在。这期间发生了许多事情。可以说，没有李书洁，就没有我刘义的今天。她的这副小狐狸相貌，不知道迷死了多少男人，替我摆平了多少个关口。以至于我有什么事情都想着她，只要找到她，一切都会解决。除了那天晚上惊鸿一瞥她的胴体，我们秋毫无犯。她似乎很享受我们之间的这种不远不近、不弃不离的关系。

　　有一次我问她："你那晚为什么穿和服？"

　　她说："做这种事情，害怕对不起革命先烈。"瞧瞧，这就是我们伟大的无产阶级爱国主义者——李书洁同志。她继续说，反正这是他们国家引以为荣的职业，我只不过是帮他们发扬光大而已。之所以化浓妆，她说是因为即使走出去，也没人会记得她。

关于那一夜，我们都没有再提过。她穿着一丝不苟——任何人都挑不出毛病的白衣黑裤，穿梭于一座座写字楼，一个个政府机关。为了我的口袋增值做着无私贡献。从那夜后，我只见过她穿白衣黑裤——她像是唯恐别人不相信自己是良家妇女般地用服装标榜着自己的清白。看来她把衣服当牌坊了。栗色的长发被她高高地绾起，修长的脖颈挂着一条相当有品位的天鹅吊坠。身上洒着淡得不能再淡的香水。如果不仔细地闻，根本就感觉不到她涂了香水。艺术是什么？艺术是似是而非，是介于像和不像之间。你看书法家写的字，有哪个能一眼认出来像字的？如果一眼就能认出，那只能说是普通人写的。所以女人是喜欢猜谜的，也是擅长做迷的。李书洁的两条长腿，将她的身材衬得更加完美。

孙思来找我的次数渐多。

他说："刘义，你终于正常了。我还以为你得用一辈子男秘书，幸好你不是搞基的，以后我可以放心跟你交往了。不过，这个女秘书是谁？这么正点。你跟她有没有……"

我说没有。他不信，直到我赌咒发誓，他才放心。

我又说，你别打她主意哦。她的段位比你高，你小心吃不了兜着走。

他笑嘻嘻地拦住李书洁："小姐贵姓大名？晚上一起吃个饭。"

李书洁云淡风轻地一笑："我的职业不是小姐，我是刘总的秘书。现在是工作时间，不谈私事。"

"那你的电话号码是多少？"

李书洁轻轻在孙思的手背上写了几个号码。孙思刚要打，李书洁说："这是我的QQ号。现在90后都玩QQ了，30岁以上的人才喜欢打电话。"

孙思被她说得有点不好意思："我没到30，我25——比你们刘总还小一岁呢。"

他跑到我的办公室："借下电脑。"然后熟练地上了QQ。

QQ好友设置了提问：请问我的手机号码是多少？

孙思一拍键盘："这拒绝人也太高段了。"

我大笑："早说了你跟她不是一个级别的。还是我陪你喝酒吧，要不，我帮你撮合一下？"

"你侮辱我！我泡妞还用你撮合？"

孙思等李书洁下班。拿着一大把玫瑰，红色的保时捷在阳光下闪闪发亮，不少路人回头侧目。孙思戴着黑色的墨镜，拉风地如男模般站在我公司的楼下。我看了一会儿，实在忍不住了。给他拨了电话：喂，二哥，差不多行了，再这样下去我公司里就没人安心上班了。

我敢保证，有一半的MM坐在办公桌前，眼睛已经瞄向窗外，心更是飞到了车上。有哪个女人能挡得住多金帅哥的玫瑰诱惑呢。只要是女人，就不例外。我已经做好了换秘书的打算。

不过李书洁的确是个例外。她说："刘总，晚上能一起吃个饭吗？"那时我和她还不太熟。她人前总是叫我刘总。

我说今晚有事。

她"哦"了一声，脸上有淡淡的失望："看来我得找别人帮忙了。这些富家公子哥还真难打发。"她走到门口，又摇摇头。我趴着窗户，看她一个人走到孙思的车前。孙思一脸的讪笑，又是递玫瑰，又是开车门。——这孙子，一见到女人就像发情的公狗。

但片刻之后，我看到孙思败下阵来。他张大嘴巴，眼睛死死盯着李书洁，似乎要从她的脸上找到宝藏地图一般。

消失了一个星期没看到他，我给他打电话他也不接。我问李书洁："你怎么刺激他的？"

李书洁笑了一下："我告诉他，我是那晚的AV女主，穿和服的那位。他不信，我就把那天解奥数题的经过讲出来。"

孙思只消沉了一个星期，又生龙活虎地出现在我公司的楼下。红色的保时捷，数不清的玫瑰，他在万花丛中故弄风姿风骚地笑。玫瑰是一天一换，车子也是一天一换。今天是保时捷，明天是陆虎，后来是奥迪A6，仿佛开车展般热闹。

我有点受不了了，把他叫来我的办公室。我问他，你是不是想让哥把职员都换成男的才高兴？你要是喜欢发情，到别的地方发去。李书洁不是告诉你她的身份吗？这种女人只能利用，而不能让她睡在你的枕边，你懂不懂？你不像我，我娶什么样的女人都没有人会管我；你呢？你老爸知道你要娶一个当过三陪的小姐，他不得和你断绝关系？你聪明一点吧！还不只这些……

他的表情一下变得僵硬起来，眼神惊恐地望着我的身后。李书洁面无表情拿着一叠文件，轻声道，刘总，麻烦您签个字。递过来的笔和纸没有一丝抖动。这丫头的心理素质不是一般地好，换作其他女人，早就将文件劈头盖脸地砸下来。她没有，只是将身子挺得笔直，如刀切般的裤线倔强地要把我的自尊切成两瓣。其实我不是这个意思的。

我心里直骂自己混蛋——怎么也应该先把门关上。孙思走后，我对李书洁说："书洁，对不起。刚才说的话你别放在心上。男人嘛，都是喜欢开个玩笑什么的……哈哈，你知道的……哈……"

"刚才？刘总，您刚才什么都没说呀，我自然也什么都没听到。我们这种女人，只要当过一次，就是一辈子，怎么洗都洗不干净的，我只求在您手下赏我口饭吃就成。而且我现在每天都很开心，说起来还得谢谢刘总呢。"她合上文件。走廊里是她渐行渐远的高跟鞋声。

不知道为什么，我总觉得那晚穿着和服的李书洁，才是真正的她。虽然她穿上了职业装，但怎么看都像是穿着别人的一张皮。冷峻的面孔，恰到好处的举止，甚至在那些专业的商务酒会里，她也如鱼得水，应付自如。

我警告过孙思，千万不要把李书洁的过往告诉别人。他说："你太小瞧我了。我是那么弱智的人吗？我这次是真的。我一直想找一个这样沉静安稳的女人。她就是我的梦中情人。"

可我知道，李书洁从来没有过真正的沉静安稳。她那平静的外表下有着一颗狂放不羁的心。她的心底从来没有臣服于谁。

还有，我很奇怪，李书洁明明想告别过去，为什么会告诉孙思自己的过去？李书洁对此问题笑而不答。真是个小狐狸，没有男人能逃出她的掌心——我是个例外。

这个下午，那只狂放不羁的小狐狸仿佛又回来了。她笑意盈盈地拿着笔，也跟我学起了考验人性的游戏：你有能耐你就签呀！

我轻蔑地笑。

她得意地点头："我就知道你会这样，这才是你刘义的真面目。对了，你猜，我是怎么找到你的？"

我摇头。

她说："费了我好大的工夫。我新认识了一个公安局的。我说我的丈夫和别的女人跑了，再不找到他，肚子里的孩子就要出来了。只要查一下您身份证的号码，就可以知道您最近用身份证做过什么，包括结婚。那个警察，当时都吓傻了。哈哈……"

我有点生气。

"骗你的。这个世界，只要有钱什么买不到？"

"时间不早了，我得买点菜，再晚就不新鲜了。"我站了起来，伸了个懒腰。不知道一会儿回去，财叔会不会骂。

李书洁睁大了眼睛，怒道："刘义！你还是我认识的刘义吗？"

我哂笑："我不是刘义，那么谁是？相信我，用不了多久我就会回去的。先替我把对面的那家超市买过来。扛了这么久的啤酒，我也有点累了。"

她大笑，说，这才像刘义。

17 宝贝来了

晚上我吃着孟芸做的饭，明显有些心不在焉。她问："你有心事？"

"没有。"

她夹了一大块鸡蛋放到我的碗里。

"孟芸，住这样的房子真是委屈你了。"

"没什么委屈不委屈的，夫妻就是患难与共。"

从来好吃的东西都是放到离我最近的地方。只有简单的两个菜，她却做得有滋有味。

孟芸跟我说过许多话，有许多我都忘记了，只有这一句，像刻在我心上一样，不时地浮现，就像是对我不定期地凌迟一样，一刀一刀，我怎么都忘不了。她是一个好女人，谁娶到她都会是福气。可是她却跟了我。

"不说这些了。"我说，"孟芸，告诉你一个好消息，超市老板说要给我涨工资。"

她无可奈何地一笑："别太拼命了。要那么多钱有什么用呢？"她拿起我的手——今天是第二个女人拿起我的手看——"刘义，你以前没干过这样重的活吧。跟我让你受苦了。"

这句话应该是我说才对的。老天，她竟然抢了我的台词。

这天晚上，我抱着她，迟迟不能入睡。我不能在这样的小地方生活一辈子。为了我喜欢的女人，更是为了我们即将出生的孩子。

某天早晨醒来，我发现孟芸晕倒在厨房里。我吓坏了，带她去最近的医院。大夫说，是怀孕初期的贫血。孟芸第一次怀孕，慌得不得了。她眉头皱在一起，又是幸福，又是惊愕，我也是。我不知道该怎样对待这个即将来临的小生命。一想到十个月后，一个小得不能再小的、流着我和孟芸血液的家伙就要来到这个世上，让我怎能不欣喜？我快要乐疯了。

我给孟芸买了许多补品。虽然它们看起来外形很一般——那是因为我把包装换了——我换上那些普通保健品的包装。鸡蛋也是我托人从乡下买的，然后擦净，一只只放到冰箱里。每天我都要给她做一两样新学会的孕妇粥。没想到我还是挺有厨师天赋的。我那时候想，如果有一天我不做公司了，就一定开一家粥铺。孟芸刚开始看我弄出的东西，不敢吃，我强迫她一口口地吃下去，她竟然也赞味道不错。当然，这是爱的味道。

空荡的四壁，少得可怜的家电，只容得下一个人转身的厨房，都不合刘家小少爷出生时的身份。不过宝贝，这些都不要紧，你要相信爸爸，在你出生之后，一定会很幸福的。

我要让我的孩子继承我的一切，除了我和孟芸的相貌，还有几千万元的资产。我要让他含着金汤匙出生。让他一睁开眼睛，就得到全世界最好的东西。不用像他妈妈，也不用像他爸爸那样，为了金钱，抛弃亲人。我要让他快乐地过完一生。我把手放到孟芸的肚子上，觉得责任重大。

时间过得真快，已经入夏了。门前的梧桐树，叶子开始伸展。那么巨大的一棵梧桐树，哗哗地摇着叶子，不知道是不是也对我的生活羡慕不已。夜渐深沉，孟芸枕在我的胳膊上，沉沉睡去。手臂有些麻，我就让它一点点地麻木掉。现在能给爱人的，也只有这样一条胳膊了。

第二天早上，我像往常一样上班，超市门口还是那个老头。我朝他笑笑，转身给李书洁打电话："不是告诉你买下来吗？怎么还是他？"

李书洁说："刘总，钱在这里不是万能的。你猜他是怎么说的？这个超市有他最美好的时光，他想守着这里，一直到死。无论我加了多少价都没有用。想别的办法吧。"

我说："要不这样吧：你在对面给我开家超市，雇我当保安。"

她说："行，这个方案还是可行的。"她顿了一下又说，"刘总，堂堂金盾集团的总裁助理，竟然要做这种小CASE，怎么感觉是千里马当驴用呀。"

我说："你的老板现在就是磨盘，所以你只能当驴。对了，以金盾集团的名义在这里投资。还有，帮我去孟芸的老家，照顾一下她的几个哥哥，别让他们死了就行。再帮我打听一个叫张陆明的人，这人什么来头。"

李书洁挂了电话。我回头，看到财叔从高高的货架后面走了出来。他拍着我的肩意味深长地笑，像是第一次见到我时上下打量着。

我说："财叔，今天心情好？"

财叔说："是呀，不错。"

他像个深藏不露的武林高手一样，信步而去。背着双手，一步三摇，更像是招财猫了。不知道刚才我和李书洁的话他听到了多少。不过我相信，人活到这把年纪了，都应该是老狐狸级别的。没有好自找事他们是不会做的。就算知道了，只能是躲得更远。他们本来就没有多少时间，所以更输不起。

对面的超市如期而开，我还是保安，一个月三千元。大家都很奇怪，为什么我挣的这样多。不过无所谓，多出的这些钱，足够我和孟芸搬到一个好一点的房子。采光很好，虽然还是一样地小——只有四十平方米，可毕竟不透风了，室内的装修也不错。本来我是想换一批家具的，可是孟芸说用习惯了，舍不得扔，其实她还是在想方设法地为我省钱。

我把手放到孟芸渐渐隆起的肚子上，感觉胎儿的每一下心跳。

孟芸笑："现在还什么都摸不到呢。"

我说："我只是想让他感觉到，爸爸爱他。爸爸为了他平安来到世上，什么都愿意做的。"

孟芸的头发很长，柔柔地散在肩上。我爱抚着它们，每一丝都如此柔软。

我说："剪了吧。反正生完了孩子要做月子，长发很难收拾的。"

她说："再等等吧。我喜欢长发。"

那是多久前，我记不清了，我随口说喜欢女人长发飘飘的样子，从那之后她就留了起来。平日里总是将长发绾起。她的发质很好，到了晚上，将长发散下，像是一条奔流的瀑布，每一根都散发着女人的味道。她穿着小熊睡衣的样子好可爱。我那时就在想，我的孩子会是什么样子呢。无论是男孩还是女孩，我都会很爱很爱他（她）的。

超市带给了我无尽的灵感，我已经想好怎么让孟芸相信我了。

是这样的。我首先要因为业绩出色，而成为这家超市的经理，然后再调入金盾集团任经理，最后再把自己提升到董事长。

有点搞怪，是吧？自己提拔自己。我问过李书洁，走完这些步，至少需要五年的时间。不过这样也挺有意思的。我带着世间最挚爱的妻子，品尝着由苦到甜的百般滋味，等老到牙齿掉光的时候坐在摇椅上慢慢聊。

我穿上笔挺的西服，看起来真的很精神，手里拿着笔记本电脑，问："孟芸，开心吗？这是超市奖励我的。"

孟芸轻抚着电脑。我知道她喜欢好久了，是她最喜欢的淡粉色外壳，她摸着键盘。我说，你打开试试。

孟芸合上了，说："刘义，你有点让我看不懂。"

我吓了一跳。

她说："如果是公司发笔记本，怎么有可能发粉红色的呢？据我所知，有颜色的笔记本电脑，要比一般的贵，所以如果公司发的话，也只能发黑色的。你不会背着我做什么事吧。"

我说："怎么可能？每天下班我除了回家，从来不跟同事出去，怎么可能做什么事？"

"你的新老板很漂亮啊。"

"噢，你觉得有可能吗？那么漂亮的女人，我怎么高攀得上呢？她只把我们当驴使，真可惜了我这匹千里马了。"

"你们老板我见过，你和她在一起喝茶。"

"喂，你别无理取闹好不好？她请每个员工都喝过茶的，不只我一个人。你可以挨个去打听。还有，笔记本也不只我一个人得。那可是五个名额呀。人家有钱，愿意怎么花，我们打工的还能说什么？难道给我我不要吗？"我假装不悦道，以掩饰我的心虚。

还好，孟芸似乎意识到自己有些过分，终于不言语了。

看她熟睡后，我给李书洁发了短信：一个星期之内，找所有的员工喝茶，并再送四个人笔记本电脑，都要粉色的。我能想象李书洁接到这条短信时的神情，她一定笑得前仰后合。没办法，谁叫她摊上我这个老板呢。

18 骗是因为爱

日子过得真快。我西装笔挺地忙我的工作。每次我都跟孟芸说，金盾集团要在这里投资，到时候我就可以大展拳脚了。我要把你养得白白胖胖，还有咱们即将出世的儿子。

孟芸听到我提儿子，脸上闪过一丝阴云。她慢慢地说："刘义，这个孩子，来得不是时候。咱们先不要他，好吗。"

"为什么？"

"你看，你的事业正处于上升期，到时候生下孩子，我怕会忙不过来。还有，你看这房子，听说现在大家都喝洋奶粉，一桶就够我半个月工资。要不，等咱们条件好点再说？"

"不行！"我怒道，我刘义的孩子怎能因为穷而不能来到这个世界上？他老爹可是千万富豪呀。我说，"孟芸，其他的事情你不用管，你好好把孩子生下来。你要相信你老公的实力。现在我已经是这个超市的主管了，用不了多长时间，我会调到总部去工作。到时候金盾公司会分房子的。对了，你听说了吗，他们正要在江边盖房子，就是一推开窗户就能看到大海的那种。面朝大海，春暖花开。"

我有点精神失常了，竟然将一条名不见经传的小河沟说成了海。孟芸的脸上终于有了一丝笑意。我又说，"只要我挣的多了，你们娘俩的那点开销真的不算什么。你相信我，我求你了。"我抱着孟芸，让她动弹不得。

我说，"你发誓，不管怎么样一定要留着这个孩子。"

孟芸不言语。

我说，"求你了，我这辈子还没这样求过人呢！你看我现在多上进呀，如果再添一个小宝贝，我会更上进的。一个成功的男人，背后除了有一个贤良的女人，还得有一个能花钱的儿子，否则他怎么有动力呢。"

孟芸终于点点头："我答应你。"

松开孟芸我才发现，我后背已经湿透了——比和财团的顶级专家谈判还要辛苦，因为我输不起。

孟芸的肚子一天天吹气球般地大了起来，我能感觉到胎儿的心跳。孟芸不碰电脑，那个笔记本就成了我和李书洁沟通的工具。每日下班回家，我都是等孟芸睡后，挂上ＱＱ，和她讨论一些金盾内部的事情。李书洁对金盾比我这个总裁还熟悉。她做事我一向放心，即便如此，她还是把大事小情都一一向我汇报。有时候一聊就是后半夜。孟芸有两次起夜，静静地走到我身后，幸好我反应及时，切换了页面。

她看到的只是函授课程。我对她解释，将来如果没有学历的话，走不了太远。她竟然信了。现在不用说函授，就连正规本科生找工作都不容易。何况我本来的学历就是中专，但这并没有影响我一步步得到财富。她只是对我说："太晚了，注意身体。"

从那以后，我没有再在家里办过公事。我已经是这家超市的负责人，有自己的办公室，即使有再大的事情，我都要在办公室里完成。回家后，我系上卡通围裙，为心爱的女人煲汤，做一个三好男人。有一次下楼买酱油，忘了解围裙，正被开车经过的李书洁看到，她的一口可乐全喷到车外。随后她给我发短信：老板，要是我把你刚才的相片发到网上去，您看会不会比艳照门还火？

"不许瞎说。你刚才照了吗？"我回短信。

片刻后，传来一张图片，竟然真是我系着小围裙，拿着酱油的样子。照片上，一个脸上洋溢着幸福的男子，拿着酱油好开心地笑。任何看到相片的人都会有疑问，打酱油有这么高兴吗？

有的，因为那是为爱人打酱油。

我警告她不许外传。她答应我，只用这张做自己手机的屏保。

我随她了，反正也不是什么大事。

那个时候，虽然每天很忙，但一想到快要出生的儿子，我都觉得从未有过的快乐，以至于大街小巷中弥漫的节日气氛我都有些忽略了。

旅游节要搞活动，需要找几个发传单的人。我看着那些人穿着或是喜羊羊或是灰太狼的衣服，粗笨地走来走去。他们当着来往的行人做着或搞怪或可爱的形态。那只灰太狼似乎对我不太友好，每次经过它，它都转身，去给别人发传单。这天，我突然听到一个人说："快瞧，灰太狼怀孕了，那么大的肚子，哈哈。"

我像明白了什么似的，拨开人群，冲了过去。那只灰太狼转身就跑，但怎及我快？我一把抓住她，将她的头套拿下去，果然是孟芸。

我怒道："孟芸，你忘了是怎样答应我的吗？你怎么可以干这个活？你不要命了吗？"

孟芸挣脱我的手："刘义，我的事情不用你管。我知道自己的身体。你快放开我，这么多人看着呢！"

我三下五除二地剥去了她可笑的卡通服。虽然已是秋天，但是穿在这种东西里面，孟芸还是热出了一身汗，她的脸色微红，嘴唇都干了。我给她买了水，她一口气都喝完了，看得我真心疼。

一个男人走了过来："这是你男人吧？早就劝你不要干了。你好好劝劝你老婆吧，没见过这样不要命的。"那个男人给了孟芸一张五十元的票子，说，"明天不用来了，我们也害怕出事。"

孟芸不去接钱，说："老板，我没事的，我明天还可以干的，真的。我不会耽误你……"

那个男人叹了口气，将五十块钱塞到我手里，说："对老婆好点吧，当女人真不容易。"

钱虽不多，但很烫手，以至于我的手莫名地抖个不停。我转过身，怒目道："你为什么要做这种事情！难道我挣的钱不够多吗？如果你觉得少，我还可以兼职的。你难道不要我们的孩子吗？"

孟芸一脸委屈："刘义，我瞒不了你了。我的两个哥哥被人打住院了，现在只剩一口气，我实在没有脸回去帮他们，而你的钱，还要留着换大房子，还要给咱们的儿子买奶粉，我舍不得花。而且我知道你恨他们，如果我说把钱寄给他们，你一定不会同意的，我也是没有办法。"

我明白了。可怎么会这样，我明明叫李书洁照顾他们。虽然他们打了我，出卖了孟芸，可怎么说我也得叫他们一声大舅哥——这是怎么回事？

我说，"虽然他们打了我，可我不恨他们。咱们家里还有多少钱？明天都给他们寄过去。救命要紧，而且你兼职的那点钱根本就不够。"

孟芸感激地看着我，我却心如倒海。到底哪里出错了？难道是张陆明？不会吧？他已经逼死三哥了，没有理由再穷追不舍。

事后我问过李书洁，孟芸的几个哥哥是怎么回事。李书洁说："是你叫我收拾他们的。你亲口说的，替我照顾孟芸的几个哥哥，只要不死就行，所以我找人修理了他们一下。"

李书洁竟然这样理解我的话！我的本意不是这样的。我说，"李书洁，我是真的让你想办法照顾他们，而不是把他们送进医院。给他们一口饭吃，要把他们养到我当上金盾集团总裁的时候，我要让他们后悔当初对我的行为。"

"就这样？"李书洁有些不解，"他们可差点把你打死呀！"

"他们也是我未来的大舅哥。还有，千万要把四哥的手治好。他的样子我看着有些别扭。如果他不想治，那就再找人把他打断。"我说完挂上了电话。

人生真是很奇怪：有些人明明是讨厌得要命，却还要笑脸相迎；有些人明明心里爱得可以连命都不要，却倾尽平生之力去欺骗。突然想起一句话，如果一个男人肯骗你，那么代表他还在意你。我在意孟芸，所以我骗她。只是，她能明白我的苦心吗？

19 太幸福了

以后的日子，孟芸很乖地待在家里。噢，忘了说了，中间由于身体太虚弱，在我为她找的医生那里打了几天营养针。孟芸还一直心疼钱，说自己食补就好了，不用打那么贵的药水。可是，大夫告诉过我，如果怀孕时妈妈缺营养，那么孩子将来也不好，所以她只能依我。现在想想，我真应该听孟芸的话。女人的话有时候，有一种直觉的准。

我又把自己提拔了。这个世上最快的升职就是提拔自己。我以前总是告诉手下的员工，一定要努力工作，只有自己，才能提拔自己。这话用在我身上，真是太恰如其分了。

孟芸顺从地辞职在家。每日，她除了翻翻杂志，就是上街买菜，要不就是在家门口的大石凳上晒太阳，悠闲慵懒如一只美丽的波斯猫。我叫人把石凳换成了木椅——她现在如果受凉可了不得——木椅的上方用钢丝吊起，仿佛大树下的一个秋千。果然，她看到秋千木椅后，兴奋地坐上去，还叫我在她的身后推她。更多的时候，是我们俩一起坐在上面，木椅随风轻摇，看着太阳一点点地从地平线上落下。现在回想起来，都温馨得要命。

晚饭后，我扶着孟芸，一起沿着风景如画的小街走过来，走过去，就像是一对白发苍苍的老夫老妻一样。我一只手挽着她的腰，另一只手握住她的手，那样子就像是小太监扶着慈禧太后和在后花园赏花。我觉得，我马上就要成为天底下最幸福的男人了，想要的一切我都有了。孟芸把头靠在我的肩上，说："刘义，为什么我觉得这个世界这样不真实？我真怕有一天你不要我。"

"不会的。只要你不背叛我，我们就永远在一起。"

她捏我的鼻子："刘义，你还好意思说呢。我告诉你，你也不许背叛我。不管你将来当了经理，还是总经理，或是董事长，你都是我的刘义。这个世上你只许喜欢我一个女人。别以为当个什么小经理就了不起，也别以为有一天买了房子尾巴就翘起来。哪怕有一天我背叛你，你也要爱我如初。"

我笑："你又说胡话了。"

"还有，刘义，等有一天咱们有钱了，一定要让宝宝吃最好的奶粉，不，咱们给他请十个奶妈吧。以后生完宝宝，我要买十条漂亮的裙子穿，我们要去夏威夷去看草裙舞，还有，还有什么呢？你还要带我去冰岛，看看那里是不是都是冰。"

"傻瓜，叫冰岛就都是冰吗？那里确实很冷，但并不都是冰。"

"人家知道呀，可是没见过嘛。"

孟芸歪着脑袋想了一会，把我的手贴到她的脸上，极其温柔地说，"刘义，其实我以上说的，你都不用放在心上。每天看你工作那么辛苦，我都觉得心疼，钱够花就可以了。孩子出生后，我可以给他喂母乳的。还有，我住惯四十平方米的房子了。这样一睁眼就知道你在哪儿，一睁眼就可以看到你，而且我也不喜欢车。不要那么拼命好吗？至于我想去的地方，等你退休了，带我将中国游遍就可以了。到时候，咱们两个人，背着一个旅行包，我们每到一个城市就生活一个月，你说好不好？我不需要锦衣玉食，只是每顿饭的时候，我吃你都得在旁边陪我吃。"

"奴才接旨。"我学着电视里的小太监弯了一下腰，满脸谄媚道。心底却像是开了一朵花——它甚至要因为感动而低贱到尘埃里去。她说的这些，我又怎能不当真？她说的每一句话，我都恨不得刻在心上。我在心底发誓，等她接受我的新身份，我就要帮她完成所有的心愿。不用等到退休，人生苦短。如果最好的光阴不能和心爱的人相守，那才是真的白活了。

其实她不知道，我甚至连婴儿车都订好了，是意大利的那种雕花带镂空的。那种古朴的样式，现代的功能，以及可以买一幢房子的价格，都让我心仪不已。这样的婴儿车才配得上我刘义的儿子。孟芸在某些方面不太精通，例如，她现在穿的衣服，都是由香港的师傅手工缝制的，每一件都价格不菲。大师就是大师，只是传了两张相片过去，做的衣服居然分毫不差。该肥的地方肥，该瘦的地方瘦。而且腰部有松紧功能，即使生完孩子都能当裙子穿。我还说："李书洁，你倒是挺会为我省钱的。这一件衣服穿二十年都不过时。"她只是嘿嘿一笑："经典的东西都不会过时。您看有世界名著过时的吗？既然老板都不怕花钱，我这个下属自然乐意替您花钱。不过花钱真挺享受的，你不知道那些店员是怎么接待我的，居然跪着给我倒茶。刘总，当有钱人真好。"

"那你不赶快嫁个有钱人？"

"还是自己当个有钱人比较有保障。谁知道你们这些人花花肠子里装的什么东西。记住噢，这种衣服一定要送到专门的地方洗，否则会对衣物有损伤的。"

我收回游走的心神，就看到到孟芸将衣服放到盆里。盆里是刚放满的自来水，她大腹便便地坐下，然后拿着透明皂一阵猛搓，看得我心惊肉跳。她见我神色有异，诧异道："有什么不对劲吗？"

我擦擦额头的冷汗："家里有洗衣机，干吗不用呢？"

"就这么两件衣服，我就当活动一下筋骨。书上不是也说，孕妇要多多运动的吗？"她明明是为了省点电。不过也对，孕妇要多多运动。我将暖瓶里的热水倒进盆里，仿佛听到香港手工制衣师傅的哀号，但孟芸的手可不能着凉。我坐在她的对面，两个人一人洗一件衣服。

阳台上飘着灰灰白白的孕妇装，像是和天空中的蔚蓝和雪白融为一体。那两件不起眼的衣服里，承载着我一生中最重要的两个人。我盯着那两件衣服，在想，如果我们一家人在一起，会是什么样子的？孕妇装的旁边，是我工作穿的白衬衫。两件衣服的袖口随风飘着，时而纠缠，像是手挽着手在天上飞；时而分开，又像是闹别扭耍小心思。突然间觉得天这么高，这么蓝，活着的感觉真好。或者说，这才是人的生活。

正在想着，耳边响起了孟芸的声音："刘义，为什么你最近买的这些衣服都没有商标呢？"

我的声音无比温柔道："这些衣服是在网上淘的，都是外贸货，因为线头缝歪了，或是颜色不纯正才处理掉的，所以出厂时就不缝商标。"

她点头，似乎很接受我的解释。她吞吞吐吐道："隔壁的邻居李婶也相中了我的这件衣服，说是样式和料子都好，昨天还向我打听价格呢。要是方便，帮咱们邻居也淘一件吧。平时我们买菜都是一起去的，她还帮我拎过菜呢。"

"好吧，"我说，"谁让我的孟芸喜欢呢。"

一个星期后，我看到孟芸和隔壁大腹便便的李大妈穿着一样的衣服拎着菜篮子回来。她们有说有笑，一点也不知道，她们身上的衣服得好几十万。菜篮子里放着普通的青椒、芹菜，李大妈的那件新衣服上还蹭上了一点泥土。更气人的是，她还跟人说："这件衣服这么便宜，上街买菜穿也不觉得心疼。"差点让我吐出半升血。

她哪里懂得，这就叫作低调的奢华。真正的富豪，是掉在人堆里找不到的；真正的豪门，是正常人用正常的思维也想不到的。

不过一想到要离开这个小镇，我还真有些不忍，我已经习惯了这里的平静。算了一下，再过一个月，我就要离开这里，任职书都打印好了。如果被提拔得太快，孟芸一定会起疑的。其实若干年前我就因为某种原因必须保持低调，所有的一切都授权给李书洁。如果我重新登上这个舞台，那么又会曝光在众人的围攻之下。有时候想想，这是图什么呢？如果把金盾卖了，那么这些钱够我和孟芸花几辈子的。可惜我还是不忍。

有一天，孟芸突然问我："刘义，如果我先你一步而去，你会怎么样？"

我从她的身后想抱住她，她却跳开了，眨着一双美目，期待着我的答案。

我说："你要是敢先我而去，我就找十个八个小老婆，让你一个人在那边羡慕嫉妒恨。"

她说："你要是能做到就好了。"

我又说："我怎么能让你一个人孤零零地在那个世界呢？我会陪你。我说过，我会一生一世陪我的爱人。"

她推开我，无尽伤感。也许每个怀孕的女人都是如此多愁善感，不过不长时间，她又恢复了以往的状态。

20 婚变

你有没有过这种感觉,刚才还是晴空万里,转眼一下却变得阴云密布。我的预感一向很准。每次有这种感觉的时候,都注定要失去什么。上次,我差点一无所有,打回原形,幸好有李书洁替我挡住。这一次,我不知道要失去什么。推开窗子,外面明明是晴空万里——偶尔只飘过片片浮云——可我的心跳就是加快,手心里全是汗,好像有什么人在远方不断地呼唤我的名字;一声强一声弱,那么无力心酸。我快要疯了。其实死不可怕,可怕的是不知道会怎么死。

我给孟芸打电话。孟芸的声音慵懒——一听就是还躺在被窝里。

我问:"咱们的儿子有没有闹你?"

她说:"你就关心儿子?不关心儿子他妈?"

"都关心。你好,他好,我也好。我只是想起一个句子,小时候写作文,我写道:万里无云的天空上,飘着朵朵白云。老师说这是病句。可现在想起来,这真的不是病句。万里无云的天空上,飘着你们娘俩的头像。"

"你肉麻。"

"我说的是实话。真的。孟芸,你……你一定要保重身体啊。"

"我又不是革命战士要出征。你说得太悲壮了。"

"那好吧。小孟同志,为了咱们未出世的千万富豪——刘小亿——你要多吃,多睡,心情好。"

"就这些吗?你现在变幽默了。哈哈。"

"就这些。"我说道,然后挂上电话。

但那种不安,像看不见的网,让我越来越窒息,好像有什么事情要发生。

我打李书洁的电话,竟然是关机。到底她在哪里?我从来没有过的慌乱。这么多年来，我太习惯李书洁在我的身边了。她现在在做什么？她跟谁在一起？她会不会，会不会……背叛我……

下午时分，电话终于打通了。李书洁的声音也有些慵懒。她说她想家了。

她有家吗？自从我认识她的时候起，她就孤身一人。虽说她当年说有一个父亲，可是这个所谓的父亲我从来都没见过面，她也没有再提起过。这样一个来去无牵挂的人，会想家？我一直以为她百毒不侵的。

她不紧不慢地说："刘总，好好珍惜你的幸福。"

我心头越来越不安，拿着包，开着车往家去。这个世界对我最重要的，是孟芸母子。我想看到她们，看到她们平安。车子后面是我精心为孟芸挑选的各色新鲜的蔬菜及远道而来的水果——都是绿色无公害人工培育的。我抱着一纸盒的菜和水果，爬楼梯，摸钥匙。还在好远的时候，我就大喊："孟芸，你的亲亲老公回家了，快点开门。"

我不在乎那些邻居听到有何感想。既然我是幸福的，那么就恨不得让全世界都知道我是幸福的。

门没有锁。轻轻一推就进去了，屋子里有点暗，窗帘被拉上了。厚厚的窗帘布将外面的阳光隔绝。一种令我不安的气味在室内升腾着。那是一种淡淡的铁锈味，怎么会有这种味道？我看到孟芸坐在沙发上，一动不动。客厅里，电脑的荧光一闪一闪，画面在跳动。

我轻轻地叫了声："孟芸。"

她没有理我。

我又叫了一声。她的身体动了一下，但眼睛还是没有睁开。她的脸色煞白，像一张纸一样。我挤坐在她身旁，轻声细语道，"是不是觉得老公太忙，把你冷落了？以后我不上班了，天天在家……"

我转过头，想看看孟芸临睡前在看什么东西。

我愣住了。一股凉气从脚底板直冲到脑门，又像是三九天一瓢冷水从头上浇下直流到脚底板。我从来没有想过，孟芸会以这种方式知道真相。

电脑上面显示着：金盾集团董事长，刘义，身份证号……还有我的相片。相片里的我戴着黑框的眼镜，文质彬彬，一张虚伪的脸上挤着浅笑。

这么具体的说明，连傻子都能看出谁是谁。铁证如山，任我浑身是嘴，也说不明白。就算我再怎么解释，我也没办法换身份证号码。这是我几年前的照片，那时候的我还没有学会真正的低调；那时候的我，还不是真正的富豪。不过即使是那时候的我，拥有的资产也够把那些想要嫁入豪门的灰姑娘吓死十个来回的。

孟芸这时候才睁开眼睛，说："刘义，你为什么这样害我？你……是谁……我……疼……"

我不知道她说的是身体疼，还是心疼，或是两都疼。那些被我玩过的，把我刘义当成孙子的人，当知道真相时，无一不是后悔、懊恼、痛恨，恨没有抓住一次改变命运的机会。

而孟芸，她会是什么样呢？她被我骗的，不仅是感情，更是一条命呀。是三哥的命。她会怎样报复我？我伸手去抱她。我说："孟芸，不要离开我。"

她想挣扎——但可能是没有力气了——在我的怀里一动不动。我把手放到她的肚子上，心想我的儿子会不会有事呢。黏糊糊的东西，弄了我一手。这是什么？借着荧光，我看到了那只变成了暗红色的手。血的咸腥味，充斥着我的鼻子。

"孟芸，你怎么敢……"我一下子就像是被踩到了尾巴的猫一样跳起。她怎么可以这样报复我？她怎么可以狠到这种地步？

下体的血将她的衣服染成了暗红色。那些带着温度的血，正在一点点地从她的体内流失，正要夺走我儿子的命。她的手里握着一个小药瓶。

我抱着她向外跑去，那么多的楼梯，仿佛永远也下不完。我不知道自己是怎么抱着身形臃肿的孟芸下楼的。孟芸的身体在滴血。当我回头的时候，竟然发现楼梯上蜿蜒着一条血路。我甚至能感觉到我的孩子在喊救命。他不可以现在出来的，一定要等爸爸到医院。儿子，爸爸已经安排了最好的医生，他一定会救你的，我的儿子。

我将她放到副驾驶的位置上，就驾车向医院狂奔。

我说："孟芸！你一定要听我解释！"

她的脸色苍白，手放到肚子上，像是睡了一样。我不敢再多想。我的念头只有一个：一定要救孟芸和孩子。原来并不算长的道路，现在却怎么也开不到头。我的头像裂开一样剧痛着。我不明白怎么会这样。到了医院后，我将孟芸送到了艾大夫的手里。艾大夫是我早在一个月前就雇好的医生。他的医术很高明，我很信任他。他翻开孟芸的眼皮，说，病人失血过多，送来有点晚了。她是不是吃什么了？我将手里的药瓶递了过去。他的眉毛似乎拧到了一起，说："怎么会有这么傻的人？"

他一定弄不明白：孟芸嫁给了一个富豪，而这个富豪如此敬她，爱她，可她为什么还想不开？他实在想不通——事实上他也没时间细想。

孟芸被推进了手术室。我的眼角似乎要裂出血来。她怎么可以杀我的孩子？已经七个月了啊！手术室的灯一直亮着。我呆呆地望着走廊里的时钟。时钟滴滴答答地走着，仿佛过了一个世纪，一个小护士从里面跑出来，语速急快："艾大夫让我传话给您，现在很危险，要保大人还是保孩子？"

"我两个都要。"

护士摇摇头："大人的血不够了，心跳也渐慢，她们只能活一个。快一点，晚了两个都活不了了。"

"要大人！"我喊道，"这还用问吗！当然要大人！快去！"

护士跑回了手术室。

一切都是静悄悄的。我就这样一直站着，身体已经麻木了。终于，手术室的灯灭了。我看到孟芸被缓缓推出来，像是睡熟了一般。艾大夫跟在最后。

他见到我，长长地叹了一口气，说："我尽力了。"

"我知道。"我说，"孩子怎么样？我想抱抱。"

他点头。带我进了手术室。

孩子，爸爸来看你了。请原谅爸爸的愚蠢。如果不是爸爸的自作聪明，再过三个月你就可以来到这个世界上了。我看到一个白色的瓷盆，里面是红红的小小一坨，依稀可以分清哪里是鼻子，哪里是眼睛。他的眼睛紧紧地闭着，小小的拳头紧握着。可能他到死都不知道，妈妈的子宫为什么一下变得阴冷？为什么一下就来到这个更加阴冷的世界？我将他抱起来，放到怀里，说："孩子，爸爸疼你。以后妈妈身体好了，再做爸爸的孩子吧。"我深吻了他一下。他的身体冰冷冰冷的，像是一块冰坨。

我不舍地将他放回去，说，"艾医生，把他安排好，等我给他买一块墓地。"

艾医生在我的身后，欲言又止。

我说："你是不是有什么事情瞒着我？"

他想了想，说："刘总，您的选择非常正确。七个月的孩子已经成形，对药物会相当敏感。尊夫人服用的药量太大，这样的孩子即使生下来，也不会健康的。不过，有件事情还是应该告诉您。尊夫人她……她以后恐怕怀孕的可能性会非常小，甚至——可以说，没有可能了。"

"怎么会这样？"

"她擅自服用药物，当然不知道会有多凶险。她服的，不是打胎药那么简单，是打胎药加上安眠药。她是想和孩子一起死。能救回她，已经是万幸了。如果您有时间，多陪陪她吧。这段时间她的精神恐怕会不好。用我们医学上的术语，叫作产后抑郁症。这种情况通常会发生在意外流产的人身上。出于一个医生的职业道德，我有必要先提醒您。"

"艾医生，谢谢你。"

艾医生的身上沾有零星的血迹。他推了一下眼镜，极其文雅道，"不客气。刘总，虽然没能顺利地为尊夫人接产，不过费用您还是要打在我的账面上，毕竟这个手术对我来说也不小。这段时间，我也推了不少工作。"

"知道了。金盾集团不会在乎你的这点小钱。"

这就是李书洁说的人品好？他每天在这里除了喝茶就是打牌，除了孟芸不用看第二个病人，比休假还休假——至少休假时饭钱还得自己付。不过也不怪他，这个世界谁不是为了生存得更好而付出一切？

"她什么时候会醒？"

"一个小时之后吧。"

时间过得真慢。我在病房的门口看着孟芸。即使进入深层睡眠的她，还是紧皱着眉头，不知道她会梦到些什么。她怎么会这样狠心呢？

我想起了当初在超市的时候，我远远地望着她，她穿着一件纯白的连衣裙，就像是一朵睡莲。我当时在想，这世上竟然有这样纯洁的女子，我一定要与之白头偕老。她曾经那么拼命地奔跑，她披头散发地扑到我的怀里，她那声决绝的"刘义"，让我曾以为自己是她的世界里的神，唯一的神。可她……这么纯洁美好的女子，怎么会做出这样的事情？我刘义的眼光有问题吗？还是——我的人品有问题？那么好的女人都不要我了，都无法忍受我。

我突然害怕了，怕得要命。我不知道孟芸醒过来之后会对我说什么。我想逃离这个地方，越远越好。可这个想法也只是一闪而过。我是男人，不管发生什么都要面对。而且逃对于我刘义来讲，不是个光彩的字眼。我推开门走了进去，坐在床边，握着孟芸冰冷的小手。她的手总是这样地冷，这样地纤弱，即使怀孕这么久了，也没见多一分肉。她的另一只手上挂着吊瓶。看着吊瓶，我一下就想起了三哥床头挂着的生理盐水。这样的事情不会再重演了。等她醒来，我就要告诉她所有的事情，不管她爱不爱听，不管她听完后留不留下，我都要一字不差讲给她听。我把她的手放到唇下，轻轻地吻着。就这样，我不知不觉睡着了。

这一觉好沉，醒来时已是日上三竿。室内的空气新鲜了不少，秋日特有的清爽从窗口扑来，隐约还有栀子花香，那么浓，那么烈。

孟芸不在床上，我的面前空无一人。洁白的床单，洁白的枕头。抬头才发现，孟芸就立在窗前吹风。轻风将她的长发吹起。她的目光望着远方，又似望着天上。

我说："孟芸，快躺下，你现在身体不好。"

本来我还想着等孟芸醒来，我一定会为未出世的儿子讨个说法，但看到她，我只有无尽的心疼。

她转头看着我，眼神是空洞的。

"刘义，我们离婚吧。"

"你说什么？你敢再说一遍？"我冲到她的身前，将她紧紧抱住，近乎用哀求的语调问她，"你是开玩笑的吧？你既然已经知道我的身份了，为什么还要离开我呢？你知道有多少女人想嫁我都想疯了？我这么年轻，又这么多钱——我说没有房子，是因为我有别墅；我说我没有车，是因为我有私人的游艇；我说我中国银行里没有存款，是因为我的钱都存在世界各地的银行里……孟芸，我们忘记过去，重新开始吧。我所有的一切都给你，我现在就打电话，让李书洁给你的哥哥们买房买车，让他们每个人都娶上最漂亮的姑娘当老婆，让每个都瞧不起他们的人，都跪在他们脚下……不要离开我……"

抱着她的手臂有些酸——我才意识到，我抱得太紧了，也不知道孟芸能不能受得了。孟芸一动不动，任由我用差不多能将她勒死的力气狂抱着，仿佛一尊雕像。

半响，她才说："刘义，我已经失去这个世界上最珍贵的东西了。你知道，当我知道真相时的感受吗？我恨你！你那么有钱，为什么不帮我的三哥看病？也许你说那是你的钱，可你不应该骗了我这么久。我真后悔，也许当初跟张陆明那个混蛋一起就好了，至少他没有骗过我。如果不是我发现了，你是不是打算瞒我一辈子？一直瞒到我死？"

"不是这样的……"我慌乱地解释，"我打算用五年的时间，重新当回金盾公司的总裁。到那时候，你就不会怪我了。你为什么要偷看我的电脑？你对我根本就不信任！还有，就算我再怎么不对，你为什么要杀死我们的孩子？就算再怎样，他也是无辜的，你怎么下得去手？"

"无辜？我恨死自己了！我怎么会和你这种人渣败类有了孩子？为了你，我甚至连自己亲哥哥的性命都不顾？你从一开始就骗我，是不是？哪有老板会容忍自己的手下天天打游戏？还有那些打折的东西，我早就应该想到的。可你为什么，为什么连我要嫁给一个自己不喜欢的人时，都不表明身份？"

"我有表白呀，"我争辩道，"我不是告诉你们，我中了五百万彩票的吗？"

孟芸气极而笑："那也算吗？你表明身份的方式，非得用这种变态的途径吗？你为什么不马上救我哥哥？你为什么不能帮我把他调到好一点的病房？你连张陆明都不如。至少他一次为我哥存了二十万的医药费，至少他自始至终都没有骗过我一个字，虽然他又跛名声又不好，可他比你强一百倍！他不会眼睁睁地看着我唯一的亲哥哥去死！

"我太相信你了。我真没想到，千万富豪，大老板刘义，竟然会用这么下三滥的手段来一而再再而三地试探我！你不就想知道我是不是为了钱才跟你的吗？你不就是想知道我爱的是你的钱还是人吗？刘义，现在你我两不相欠！我已经想得很清楚了，我不能容忍自己和这样一个肮脏的人生活！刘义，记得咱们第一次见面时我说的话吗？我说，即使身在阴沟，也有仰望星空的权利。你是隔着阴沟仰望星空，所以你一辈子看到的都只能是阴沟。你这种人，永远都找不到真爱的。"

我说："孟芸，我求求你听我解释，就这一次行吗？我求你了。"

相信吗？你们一定不信，我给孟芸跪下了。这辈子我还从没给人跪下过，即使我被人打得只剩一口气，我也没跪过，可当时我给孟芸跪下了。我说："孟芸，我骗你，是因为我怕你知道了真相会离开我。你不知道我曾经受过的伤害，所以你不理解我对人有多怕。我不能再受一点伤了，我不能接受再被人背叛了，所以你听我解释。"

我的语速快得连自己都受不了，不知道孟芸有没有听清。

"我和弟弟都是乡下来的。从一开始你就知道了吧？可你知不知道，要走到今天这一步我有多难？我们曾经穷得两个人啃一个馒头，也曾经在工地上干了大半年一分钱都要不到……我曾经经历过的事情，比你的几个哥哥还要惨。不管是什么级别的富豪，只要他爸不是富豪，那么他的第一桶金都一定是掺着血的。我就不信这个世界上有谁是干干净净、白手起家！你所看到的那些励志书，都是那些所谓的成功人士成功后才写成的——他们会把自己不堪的事情写出来吗？我要生存，就必须冷血。我要生活得更好，就必须防范所有的人。孟芸，能让我刘义信任的人已经太少了，我太寂寞了。每一个接近我的女人，都是为了我的钱，她们知道我的身份后，马上就换了一副脸孔，就像是见了血的苍蝇，赶都赶不走。当她们知道我一无所有的时候，把我像扔垃圾一样扔掉。这样的女人配做我的妻子吗？我说过，我真心喜欢的女人，一旦看上，就决不放手，我会和她一生一世的。孟芸，不管你是怎么想的，我决不放手。你更不用想通过离婚的手段离开我，我不会让你离开我的。我告诉你，你这辈子，活着是我的人，死了也是我的鬼。孟芸，我不会让你离开我的。"

孟芸冷笑。

电话响了，是李书洁。

挂掉，她再打；我再挂，她再打。我心里乱极了，按下接听键："你有完没完！"然后用力将电话从窗户掷了出去。

我扳过孟芸麻木的身子："孟芸，就算我再怎样骗你，你也不应该杀死我们的孩子。你怎么这样狠心？那是我们的孩子呀。他一生下来，就会得到许多人一辈子都不能得到的东西。他不会再像我和你一样，从一出生就挣扎在这个世界。他一出生就站在金字塔的顶端，可你为什么要害死他？你难道真希望我一辈子都是一个穷保安，我们的孩子连奶粉都买不起？孟芸，你好好想想吧。"

21 摊牌

终于摊牌了，我曾经想过有这一天，想过无数种她知道真相时的反应。但我从来没想到，女人一旦心狠起来，比男人更恐怖。

我的心空荡荡的，好像少了一块。我窝在别墅的最上层，李书洁每天都在向我汇报公司的情况。吃喝有佣人，我根本就不用下楼，也懒得下。李书洁似乎知道我的心情不好，一改往日里跟我调笑的姿态，一本正经地跟我说："刘总，这个季度公司的业绩似乎不太好。"

我说："噢，我知道了。辛苦你了。"

她摇摇头："我不是那个意思。我们失去了很多先机。由于您不在，有些事情我不敢擅做决定的。总之，我们失去了一次飞跃的机会。现在的市场格局极其不稳，机会稍纵即逝，而且似乎出现了一个对手，事事赶在我们的前面。就拿上次收购华康集团来说，对方比我们只高了一百万。其实这些还不算紧要的，重要的是——我们公司有人吃里爬外。"她修长的眉眼看了外面一眼，继续道，"如果再任由下去，我们就要被打回原形了。刘总，我说话你在不在听？"

"在听。"我把视线从窗外收回，心想，打回原形又如何呢？反正我现在已经是生不如死了。

"我说，如果我们再不采取行动，真的要被人害死了，我是不会坐以待毙的。刘总，您的意见呢？"

"你的意见就是我的意见。书洁，我的心情很烦，我从来没有像现在这样难受过。这样吧，我把授权的范围扩大，你自己看着办吧。"

李书洁冷冷一笑："你把我看成什么了？你把金盾看成什么了？我们这些年出生入死为的是什么？你如果什么都不在乎，为什么当初要一而再再而三地收购别家的公司？你既然不想要那么多钱，当初为什么拼命挣钱？你为了钱，踏过多少人的尸体！你记得陈老板吗？他跪在地下求你，求你不要收购他的公司，那是他祖传来下的。你说什么？你说适者生存，弱肉强食。这些话你都记得吗？你把他的公司收过来，拆开卖了。那天他一直在门口看着，看着自己的公司，东西一点点被清空。偌大的厂房，里面一件机器都没有了。你知道他后来怎么样了吗？"

李书洁的嘴角牵起一丝冷笑，"他死了，上吊死了。就在那间厂房里。你竟然连问都不问。我一直以为你是个冷血的人。我一直以为，你不会爱上任何人。原来你也有心，也知道心痛。金盾踩着那么多人的血才有了今天，你却想让它自生自灭。你知道我为了这个破公司付出了多少代价？你竟然不想要它了。你知道我为了它……"

"书洁，这么多年，多亏你了。"我将深陷在沙发里的身体拔出来，"如果不是遇见你，金盾不会有今天。所以，你才是金盾最大的财富。我也一直信任你。真的感谢你为它做的一切。可我除了感谢之外，什么都给不了你。如果说金钱的话，那是我把咱们之间的交情看薄了。这样吧，我给你股份好吗？其实我本来就不懂经营。哪一次的方案都是你想出来的。这个金盾，你当掌舵人才是最合适的。"

李书洁向后退去："刘义，我今天这么急找你出来，不是要逼宫，我是要你振作起来。不要为了一个女人就这样消沉。金盾走到今天，已经不是你一个人的金盾了。我们已经没有退路了，如果再退下去，就是万劫不复。"

"书洁，没你说的那么严重吧。咱们大不了少挣点……"

她摇头："你不在的这段日子，你根本就不知道发生了什么。华康集团已经盯上我们了，只要是我们插手的项目，他们都会跟进。他们的目的就是想整死我们。真不知道什么时候得罪上了这样一个大对头。老板，我很累。我也想休假，我也想找个没人认识的地方玩失踪，找个纯情善良的小伙子谈婚论嫁，可是我没那种命。如果我们一无所有，你知道会发生什么吗？那些以前我们得罪过的人，会让我们死无葬身之地的。你听我说完，我有一种不好的预感——厄运已经离我们很近了。"

我和李书洁都陷入了沉思。华康到底是什么来头，它就像一个可怕的怪物。它了解我们的一举一动，而我们对它却一无所知。突然，一道灵光闪过我的大脑——孟芸。孟芸怎么会无缘无故地打开电脑？她那么疼爱孩子的人，知道电脑有辐射，怎么会靠近电脑？而且我的电脑是设了密码的。会不会有人要害我？如果是这样，那也太卑鄙了。我恨得咬牙切齿："要是让我查出是谁害的孟芸，我一定要他不得好死。"

李书洁打了个冷战，似乎被我阴冷的语调以及突然跑题吓到，但片刻后，又面无表情地说："老板，以前的你没有丝毫的弱点，但现在……你全身都是弱点。"

22 弱点

弱点？我有弱点吗？任何动物都有弱点，而它们都会把弱点放到别人想不到的地方，或是将弱点摆到自己的眼皮底下。我的眼皮底下，就是孟芸的房间。她不知道，我早在她的房间里安了摄像头。她的每一分每一秒的活动都在我的监视之下。

孟芸今天的气色好了点。因为我没有去看她，她恨我。每一次看她，无论我怎么解释，她都不听。她像块木头一样，呆呆地任我自说自话。我送的任何东西都被她扔到楼下，以至于这里每天路过的护士、病人都会时不是抬头望一眼——看看自己会不会好命捡到什么。

我不想和她冷战了。我说，"孟芸，咱们回家吧。看看我给你们母子俩准备的房间。咱们回家吧，即使要离婚，也得把身体养好，有力气离开我再说。你这个样子，我会不放心的。"

她叹了口气，默默地跟我走了。

一路上，孟芸沉静地看着车窗外。窗外的场景她已再熟悉不过。几个上年纪的老人在早市后散落满地的菜叶中翻找着，街边的馄饨摊也快收了。工装上沾满油漆的工人们，幸福地吃着每一口食物。李婶，穿着我给她买的衣服，牵着她的小孙子在散步……这一切都跟平常没什么两样。而他们看到我的兰博基尼，也毫不在意。也对，她们也许根本就不知道这辆车代表了什么。她们更想不到孟芸和我会在这辆车子里。孟芸看到他们，脸上才明显有了生气。

为了招商引资，C镇新盖了许多别墅，我早早就买下了一幢，价格还是蛮合理的。本来是想等着孟芸生下孩子，就带他们来看。虽然早了点，不过我都是按照她的喜好设计的。

开了半个小时的车，终于到了。这是半山腰的别墅群。我在居中的一幢前停下，按了两声喇叭，门开了。

巨型的铁门上，是铁艺的雅典娜艺术像。铁门向两边打开，满园的玫瑰，红莹莹的一片，像火一样。我将车窗摇下，一股甜香扑面而来。

"美吗？"我问道。因为我看到孟芸似乎有一些感动。

她马上皱眉："这种俗气的花，也只有你们这种暴发户会喜欢。"

还好，她跟我说话了。我满面堆笑地迎上去："孟芸，那你喜欢什么？明天我叫人把它们都铲除，只种你喜欢的。"

她给了我一个白眼，不理我。

推开大门，里面是宽敞的大厅。施华洛奇水晶吊灯高高地挂在二楼的顶棚。大厅铺着厚厚的波斯绒地毯，还有那些真皮沙发，以及走廊上挂着的名画。

我推开主卧，一阵清香扑鼻而来，百合花摆满了每个角落。我将衣橱门打开：都是各色材质的睡衣，一年四季，均可信手拈来。足足可以在上面打滚十个来回的卧床，雕花的化妆镜，以及各种牌子的化妆品。

首饰盒里，一片金光闪闪。每个女人不是都喜欢这些东西吗？我们男人也只是为了这些石头、金属，付出理想和生命，只为博女人喜欢。

我盯着孟芸。她只"哦"了一声，就不再看。难道她不喜欢吗？

我带她走过一个个功能各异的房间，每一个房间都是按照我的原则：只选贵的，不要对的，摆得满满当当。

她在最小的一个房间坐了下来。"刘义，麻烦你叫人把这些东西拿走吧，我想清静一下。"

我心下窃喜——她肯叫我的名字了，说明有了一点点转机。

按照她的意思，房间里只留下一张床和一张桌子。我试着劝她："孟芸，能不能再留下一点东西？这些都是我准备好久的。"

"看来你真的不了解我。你连我一向喜欢简朴都不知道。你不了解我，为什么还要娶我？你到底喜欢我什么？我现在很累，我想睡一下。刘义，麻烦你出去的时候将门带上。"

当时我有一种特别的冲动——我想过去，我想将孟芸的层层伪装撕下。她既然要和我恩断义绝，为什么还要跟我回来？她还是有一点喜欢我的。

突然，一道闪电划过我的脑海：孟芸，她会不会是女人中的绝顶高手？从第一次见面起，一直到现在，她一直都在伪装？她知道我会识破女人的妆颜，那她就不化妆；她知道我对钱财敏感，所以从来不主动管我要任何东西——就连第一次吃的炸牛排都是她自己掏钱买的；她一步步地做套、做局，然后引我入瓮，甚至她哥哥都有可能是牺牲品？不过如果真这样的话，那她为什么还要打掉自己的孩子？不会是这样的。不会的。我安慰自己。

不过，如果她打掉自己的孩子，也是做局的一部分，那我真彻底服了她。她说不爱钱财，只为替哥哥讨一个说法，连近在咫尺的富豪太太都可以不做。像我现在，不就对她愧疚得要死？即使她要我所有的钱财，我也会毫不犹豫地献出？如果她的心计真如此之深，那么她就太可怕了，太可怕了。

我望着孟芸孤单瘦弱的身体，竟然有一瞬间不敢上前。我真怕，以上所有的推论都是真的。我将管家王伯叫来，说："这是太太，以后这个家听她的。太太的安全和健康，我就交给你了。孟芸，这是王伯。"

说完这些，我逃也似的走了。我也许真的不了解她。虽然说我不出现在她的身边，但我真的放不下她，只要一有空闲，脑袋里面都是她的身影，挥之不去。

我快变成偷窥狂了，在孟芸的屋子里安了不少于十个监控器。她就连打个喷嚏都逃不过我的眼睛。虽然我不喜欢，但这是我唯一可以做的事情。孟芸的心情渐好。那是怎样的转变呢？

那天，她走出了房门，经过婴儿房的时候，停住了。

午后的阳光照在红木的婴儿车上，一屋子的玩具，还有滑板车——虽然是大孩子用的，但我实在太喜欢了，就买了。我曾经想过，如果儿子还玩不了，我就玩给他看。还有芭比公主——我是想，也有可能生女孩的。

孟芸就这样，鬼使神差地推开门走了进去。她抱起角落里的一只维尼熊，轻轻地拍着，脸上带着母性才有的微笑。我就这样，在她的身后看着，实在不忍心打扰到她。

时光仿佛静止了一般，她抱着维尼熊，竟然睡着了。而我竟如木头一般，就远远地望着她，不敢上前去打扰她。我们那时候的每一次见面，都成了一种撕心裂肺的煎熬。我真怕，怕好久没有开心过的孟芸，就这样再走入抑郁的怪圈。走下楼，看着熟睡中的孟芸，竟然觉得她离我好远，远到无法用光年去计算。

刚要上楼，只听孟芸说："看够了吧。"

原来她一直知道我在看她。

她说："你知道我刚才梦到什么了？我梦到三哥了。他说他要走了，要我和你好好过日子。"

她的脸上一直很平静，就像是说一段与己无关的事情。"真好笑，刘义，你说，我现在是该留下陪你，还是该离开你？

"如果我留下来陪你，那真的就是为了你的钱了。凭我现在的学历和资色，只能找一个收银员这样的职位，将来买奶粉都成问题。而且，也找不到可以爱我的人了——再怎么说我也是二婚。

"如果我离开你，如果我离开你呢？那我就是个重情重义的人。那我就是你曾经以为、曾经希望的那种人。把情义看得比天还重，视金钱为粪土。你给我出了一道难题，我到底是该留下，还是该离开你呢。连我自己都不知道，是爱你多一点，还是恨你多一点。你这个偷窥狂。"

我说："孟芸，别离开我行吗？"她痛苦地摇头："我已经准备好了，不会拿你的一样东西。该还的都已经还给你了，放我走吧。刘义，我的眼睛里已经容不下你的一根头发，每一次看到你，我都能看到三哥从那么高的楼上跳下来。"

我冷笑了一下，一切都明白了。好高明的以退为进。以前我怎么没发现孟芸的才华丝毫不亚于李书洁？心里像是有一块冰，将我冻得血液都无法流动。我的声调有些变了："孟芸，跟过我的女人，你是最精明的一个。你说什么东西都不拿走，你真能做到吗？如果你离开我，才不是一无所有呢。根据《婚姻法》，我所有的东西，你都有权得一半。我迟迟不敢结婚，就是害怕有这一天。孟芸，你以为我会就此放手吗？你休想！"

孟芸也冷笑："刘义，我早就应该看出你是一个什么样的人。你放心，我这就让你心安。"她拿过一张纸，笔似乎不太好用，她恨恨地戳着纸，咬牙切齿写道：孟芸在此立字为据，离婚时决不要刘义一分钱。

她傲然地递过来，说："这下你满意了吧。"

纸轻飘飘地落下，最后一个"钱"字，竟然已经被写得不成样子，歪歪扭扭，像一个滑稽的小丑。

她别过头："刘义，这是我在这里的最后一个晚上，明天一早我们就去办手续，把家里的身份证拿给我。"

我想说的话太多，这些天，这个场景一直在我脑海里挥之不去。我想过很多次这样的场面。我想，如果孟芸真的说出这样的话，我会跪下求她，我会自残，我甚至会当着她的面跳下楼，一命还一命。

你猜我怎么做的？我什么都没做。我像一个一年级的小学生一样，我背向着她朝外走去。这里已经不是我的家了，这只是我寄存贵重物品的一个房子。我没有家了。原来我找的只是一个把我当成唯一的玩具的人。我根本就不懂什么是爱情，当我懂得她的时候，她已经走了。我还剩最后一招了。

我上楼，对李书洁说："帮我把孟芸的几个哥哥接过来，要快，明天早上我要见到他们。"

我承认我错了，我不应该用自己的想法去揣摩别人。也许她真的不爱钱。如果我同意跟她离婚，又让她一无所有呢？那么她会不会真的就暴露出自己的真实想法呢？到时候她会不会再转身说，"刘义，原谅我的无知吧，我只是在演戏？"

不过，我却觉得自己越来越像个小丑。

23 最后的筹码

孟芸的几个哥哥，被李书洁照顾得很好。他们一个个红光满面，体形发福，只是皮肤里像是有一股怎么洗都洗不去的黑，脸上的皱纹似乎少了不少。我从大门的摄像头里看着他们一点点走近。

"书洁，让他们多等一会儿，我这边还有些事情处理。"

事实上，我哪有什么事？我只是想报复他们。看着他们手足无措，在揣摩我的心思，我就觉得好笑。孟芸怎么会有这样几个哥哥？

只见打过我的二哥说："刘义那小子怎么突然这么有钱？是不是抢银行了？"

大哥说："怎么会呢？如果抢银行了，那他也不怕被抓？还这样张扬？"

四哥说："不管怎么样，咱们孟芸可真是攀上了一门好亲事，这下咱们不用愁了。"

大哥又说："想不到老三当年竟然捡回了一个宝。"

四哥说："是呀是呀，咱们这么多年省吃俭用，为的不就是今天吗，想不到这小妮子自己真有眼光。"

我蓦地愣住了，孟芸竟然是他们捡回来的！怪不得，怪不得他们几个——除了三哥——都不把她放到心上。心底升起一丝凉意，我最心爱的孟芸，原来也逃不了被人利用的命运。

四哥又说："这件事情千万不要说漏了嘴，小心刘义报私仇，我的胳膊现在还疼呢。"

我通知李书洁让他们进来。

他们穿着全新的阿尼玛西服，站在我的办公桌前，拘束得不知道把手往哪里放。一见到我，更显得紧张，一个个都成了哑巴，全然忘了当初是怎样暴打我的。

最后还是我开口了："哥……最近可好？"

"很好，很好。"他们搓着手说，神情更加不安。

"孟芸的哥哥，也就是我的哥哥，有我刘义一口吃的，就不会让你们饿着。这里还住得惯吧？"

"当然住得惯，吃的也很好。不过总这样也不行呀，毕竟拿人家手短。"

"我们是一家人嘛。"我让他们坐在沙发上，从口袋里摸出烟，一一为他们点上。

"那也不能总是开口要呀？！"二哥瞅瞅大哥，说道，"要不这样，妹夫呀，我们几个想做点小买卖，您看行吗？"

那声"妹夫"叫得好亲热呀，我笑得呛了口烟："当然好呀！你们想做什么买卖？"

"这个，这个，我们想开一家搬运公司，帮人搬家之类的。"

我彻底呛到了——这是我刘义的大伯哥呀，费了半天劲，就这么点理想。"行，你们想开就开吧。"

我点了头，又继续道，"不过，孟芸现在跟我闹了点别扭，如果她离开我的话，那么我们就什么关系都没有了……"我用眼睛斜瞄着他们。

果然，他们马上变得义愤填膺："这么好的妹夫，怎么能闹别扭呢！放心，妹夫，这件事情包在我们哥儿几个身上。我们一定会把孟芸劝得回心转意，让她乖乖跟你过日子的。这傻妮子，真是有福不会享，跟了你她真是掉福窝子里了。"

孟芸刚看到几个哥哥，确实是很惊喜，但她随后一下就明白了他们来的用意，指着跟在他们背后的我大骂："刘义！你这个王八蛋！你怎么可以这样卑鄙？你竟然找我的哥哥来？！你可不可以让我临走也瞧得起你一次？我恨死他们了。如果不是当初他们贪财，我也不会变成这样。我恨他们，更恨你！不管怎么样，我都会跟你离婚！你死了这条心吧！"

　　屋子里的气氛一下冷到极点。我不自然地笑笑，向门口退去，说："你们聊，你们先聊吧。这么长时间没见，都是一家人……"

　　我都不知道自己在说些什么，顺手将门带上。富丽堂皇的客厅，冰冷的施华洛奇吊灯，一切都是如此地不真实，这里不像是我的家。我的家只有四十平方米，小小的厨房一转身就能碰到心爱的人。

24　想家

　　我就这样，呆若木鸡，站了不知多久。我忽然很怀念我的金盾。我想远在千里之外的金盾会不会也想我？那个白衣黑裤总是为我打点一切的超级能干女秘书，她现在在干什么（我叫孟芸的哥哥进来，就把李书洁打发回去了）？会不会也在盼着我回去？

　　在那里，才有我的自信。那里的每个人对我都毕恭毕敬，我可以听到任何我想听的话而不用在乎别人的感受。我可以让任何人都听到我愿意说的话，不管那话有多伤人。只有在那里，我才是王，我才是勇者……我想那里了。

　　我打通李书洁的电话："帮我订机票，我要回家。"

　　彬彬有礼的航空小姐，温文尔雅的机场服务生，都显得那样有素质。礼貌之下，却是一种拒人千里的冰冷，和我刚刚离开的C镇有着天上地下的区别。

　　我晕晕沉沉地睡去。睡梦中，我仿佛长了一双翅膀，不停地飞着。我累了，可地下都是破碎的玻璃渣子，我找不到可以停靠的地方。我已经累得快要死了，可是我还在飞，不停地飞……

终于，机场的广播把我叫醒：各位旅客请注意，松江机场……

外面阳光明媚，落地玻璃将李书洁完美的身材映射出来。她长长的卷发自然地松散开来，隔了老远，就在冲我轻轻地挥手，接着手指在玻璃窗上有节奏地弹跳，仿佛弹钢琴一样。熟悉的感觉真好。

我回来了。在这里，在我脚下踩着的这片土地上，我是成功人士刘义，而不是超市里扛啤酒的小保安。我是高高在上的刘总，我是每个企业都想巴结的金主。管他包藏什么祸心呢，我已经太久没有享受被人景仰的目光了。

李书洁的车开得不错，还是那辆宝马。公司里的车很多，她似乎对这辆别有情愫。我们下了车，一边聊着，一边向着电梯走去。突然，一个身影拦住了我的去路。他轻轻地唤我："哥，我回来了。我找了你好久了。"

干净的衣着，和我差不多的相貌，可是我一点也不想见到他。我躲开他试图碰我的手，可他还是抱住了我："哥，我真想你呀。想得要死了。"

他，他是我弟弟吗？我的弟弟早在多年前向我挥瓶子的时候就死了。我望着李书洁："头还痛吗？"

"多少年的事了。早不痛了。"

"可我的心还痛。这么恶心的东西，怎么进来的？"我皱着眉头鄙夷地问。

弟弟傻傻地看我："哥，什么恶心的东西？"

我不理他，继续说道："你的头不痛了，可我的心痛！"

他傻傻的样子怎么这么多年一直没变呢。从农村出来一直到现在，他这个木鱼脑袋怎么就不知道开窍呢。

多年前，我和弟弟刚来到这座城市，只剩下一个馒头。我那时候发誓，一定要成为这座城市的主人。为了爬到金字塔的顶端，为了高高地站在这里，只要给钱，不管卖什么都行。

我和弟弟在工地上给人当过小工，在饭店里给人刷过盘子，为了省钱吃客人吃剩下的东西，就这样，我们还是没挣到钱。我常问自己，我到底做错了什么，我要怎样才能像那些我服侍的人一样。他们穿得人模狗样，坐在宽敞的大厅里，吃着贵得要死味道差得要命的食物，对我们这些服务员像狗一样吆来喝去。那时我就在想，凭什么他们能活得如此光鲜？我一个小工，一个服务员，即使干一辈子，即使累死，也挣不了一顿饭钱。凭什么他们坐着我站着？凭什么他们吃着我看着？

那时候我就对我的弟弟——我唯一的亲弟弟——刘长说，看着吧，哥早晚有一天会让你过着和他们一样的日子。

刘长当时还笑我："哥，你就吹牛吧。不可能的事情，咱们这辈子就刷盘子的命。下辈子也是。"彼时，我和他的身边，高得似乎要顶上天堂的盘子，在我和他的手中飞一样地奔流着。终于，盘子一瞬间落到了地上，碎得不成样子。每一块都尖锐地刺在我的心上。老板冲了进来，对我说，刘义，你要死吗？你知道这些盘子值多少钱吗？你赔得起吗？

我的手划出了血口，好长的一道，但没有人对这个伤口问一句。那些平日里处得和睦的大厨和服务员，都朝我和刘长不怀好意地笑。老板又说，刘义，你这个月的工资不用要了，还有下个月，你得给我赔盘子，直到赔完为止。

我的手在流血，血顺着大腿，流到地上。我说，老板，给我一个机会，我会让你得回盘子钱的。相信我一次。

我将那些盘子的碎渣收拾起来，向餐厅的舞台走去。我强打着笑容说：各位观众，你们今天晚上有福气了。看惯了那些光屁股妞的表情，你们想不想看一些刺激的？想的话就请鼓掌吧。我要让你们见识一下什么叫真正的血腥。

我将桌布展开，将那些碎渣抖出来，我光脚踩了上去。一片惊呼声，脚抬起，再踩。刚开始真的很疼，但后来，一点感觉都没有了。

我在那堆碎盘子的上面跳起了家乡的舞蹈。我不知道我为什么会在这种地方，用这种自虐的方式来折磨自己。家乡，不就是家的故乡吗？有我最喜欢吃的铁锅炖大鹅，有我最喜欢的漫山红叶，还有扎着两条麻花辫子的姑娘。每个离开故乡到异地拼搏的人，都爱唱家乡的歌，都爱看家乡的人，可他们为什么要远走他乡？只有两种可能：一个，是自己的家乡没有他乡好；一个，是家乡给不了自己想要的东西。

我和弟弟属于第二种。我们需要钱，需要不算太多的钱，盖一座小房子，然后我和他一人娶一个不算美丽但却很善良的女人，再生一大堆娃。这就是我们离开家乡的最初目的。但随着在异乡的漂泊，我才意识到，人是分等级的，就像菜市场上的牲口一样，分三六九等。同样是孩子，我们家乡的人只能喂母乳，城里的却喂高价奶粉——后来听说他们的奶粉也不好，着实让我心理平衡了一把。

我喜欢松江市的高楼，喜欢这里的漂亮女人，更喜欢夜里的纸醉金迷，所有的一切对我来说是那样新鲜，值得我用一切去交换。我想在这所城市里有一幢属于自己的房子——凭什么他们生下来就生活在这里？我和弟弟就不能？不知哪本书里说过的一句话：人人生而平等。人生下来是不平等的：有些人生下来就不用努力就可以得到想要的一切，有些人穷尽一生也不会得到那些。

不过，我们有追求的自由，不是吗？那些富二代甚至是富三代，他们祖上总有一辈是白手起家的。既然投胎无法选择，那就让我的孩子成为富二代吧。做富二代的爹、富三代的爷爷也是不错的事。

我和弟弟一直在漂着，每天梦想着如何漂在这些趾高气扬的城市人的头上，让他们不再用鼻孔看我们。

脚下的瓷片已经变成了红色。我拿着麦克风大喊：你们觉得刺激吗？觉得刺激就给点赏钱吧！我和弟弟只要路费就够了，让我们回家吧！接着又唱了几首怪声怪调的歌。台前的几位女士吓跑了，有个还边跑边吐。我还以为城里人都说喜欢刺激，都喜欢这一口——否则也不至于一边吃饭还一边看女人脱衣服。

几个保安冲过来，企图用棍子将我赶下台。我笑着说，来呀，来呀，闹出人命来，就不怕没人不给钱了，你们打死我好了，哈哈……哈哈……

我早就活够了，我希望他们把我打死——这样还能给弟弟挣一笔路费。可他们迟迟不敢靠近，呆呆地一边看着我，一边看着前排的一个女人。女人穿着高领的深紫色礼服，面带微笑，手里端着咖啡，轻轻啜着，半晌才道："我看够了。麻烦给他治伤吧。"说着将一张淡黄色的卡扔在桌子上。

我从没享受过这样好的照料。脚伤很快好了，弟弟每天都在我身边伺候着。我问他，我们都不干活，工钱怎么办？

他说："我们换老板了。叫慕姐。你知道慕姐吗？她可是咱们老板的老板的老板。她那天被你的表演给镇住了，叫人好好对咱们。哥，你说伤好后，如果她还要看你表演怎么办？"

我说："到时候咱们就跑呗。这里我算看透了，一点人情味都没有。咱们回家乡去，有粥喝粥，有饭吃饭。"

可惜永远没有那种机会了。这是多久以前的事情了？为什么一想到这里，我的脚底就开始生生地痛？像是有无数只小蚂蚁一点点地撕咬着，让我想起了过去的贫穷和不甘？

弟弟将我摇醒："哥，你怎么哭了？咱们现在不是有钱了吗？你怎么哭了？我不是出来了吗？哥，我现在有钱了，咱们不用吃馒头了。你看……"他说着从口袋里翻出一叠钞票——这些都是我叫李书洁给他的生活费。

噢，那些回忆，我差点都忘了。如果真能忘记就太好了。我对弟弟说，"刘长，先找个地方安顿下来吧。"

刘长说："哥，我就住你这儿了。这房子真大，还记得咱们小时候玩的捉迷藏吗？这比那里大多了。对了，哥，你的脚还疼吗？咱们终于有钱了，再也不用啃馒头咸菜了。哥，你怎么了？你在听吗？他们说金盾是你的，不会是开玩笑吧？这么高的楼，从一层到顶层都是。哥，既然你这么有钱了，为什么还不要我呢？我有力气，能干很多活的。而且我吃得很少。哥，我想跟你一起住。我帮你打扫卫生怎么样？那扛煤气罐呢？哥，你倒是说话呀，你不能不要我。"

我抬起刘长的脸："刘长，我们之间的事情你都不记得了吗？"

"什么事情？"他一脸茫然。

"不记得也好，我另给你安排住处。"我轻轻地推开他，掸了掸身上的衣服，转身对李书洁说，"你怎么让他进来？他是什么人，你知道的。"

李书洁低声应道："刘总，这个我也不太清楚。明明是交代好了的。"

"不管是谁放他进来，明天不需要上班了。快去安排吧。"

真是让人恶心，我厌恶地掸了掸身上被刘长抱过的地方——看来这件衣服不能要了。

李书洁沉默了一会，说："刘总，有件事情还是告诉您吧。我知道您不愿意听，而且即使我说了您的决定也不会改变。刘长，他在监狱里被打破了头，失忆了。虽然你给了他很多钱，但是他不一定有花钱的能力。他还是跟踪我，才找到金盾集团的。我告诉他，这钱是你给的，他就一直跟着我，管我要你的下落。他挺可怜的。他……"

"书洁，你今天的话很多噢。"我笑着说，"你以为是低俗国产连续剧？动不动就车祸失忆的！那小子准保是装出来的。不管怎么样，赶快让他找房子滚蛋。一个月十万，还不够他零花吗？我这边还有很多事情。对了，叫你调查的华康集团有眉目了吗？"

"有一点。华康集团是靠矿产起家的。他们的老总叫张陆明。他跟几个当地的政府官员勾结，才迅速蹿起。如果在那个矿产小镇，我们不一定是华康的对手。但现在他们已经进军松江市，还是我们的背景深厚一些。不过我觉得有点不值噢。如果硬拼的话，最好的结果也是两败俱伤。因为双方的实力太接近了。他们有黑道的势力，我们有白道的背景，有没有可能考虑下和谈？"

张陆明，好熟悉的名字。我想起来了——那个一直纠缠孟芸的张家老三！看来还真是有缘千里来相会呀！我说："和谈，不可能。人往高处走，他们如果想进一步发展，进市里是必需的一步。而我是他们前进的拦路虎。书洁，看来要打一场硬战了。他们以为跟我学几手拆卖公司的招数，就能把咱们吃掉？笑话！谁吃谁还不一定呢。马上给我联系赵市长。今天晚上我要请他吃饭。"

李书洁浅笑："你的小算盘我知道。放心吧，他一准到。"

"还不是有你这位神仙姐姐，当官的那点小心思我最清楚了。"

李书洁迟疑道："如果赵市长要吃我，你会让他吃吗？"

"那我的金盾就不要了，用它为你树个牌坊。"

嘴上虽然这么说，心里却有底。我们和赵市长合作多年，当年慕姐倒台，没有牵扯出他，他应该对我感恩戴德，而且这么多年，我的礼也没有少送，否则他不会在这个位置上坐得如此安稳。

当天晚上，我和赵市长坐在松江市最好的酒店——就是市中心的那座旋转餐厅——的顶层。我们对着餐厅的窗口，俯瞰夜色。不知道你有没有去过那里吃饭，在那里的人，吃的不是饭，而是风景。我们两个男人，一个是权力的顶峰，一个是财富的顶峰。随便哪一个有个头疼脑热，整个松江市都得跟着震三震。桌上的菜谁都没动，李书洁左一杯右一杯地给我们倒茶。

还是我先开的口："喝酒伤身。"

赵市长点头。白色的衬衫，深蓝色的西服，端庄得像是香港电视剧里的廉政公署人员。只有我知道，这白衬衫下面包着怎样的不堪。他端起了茶杯，朗声道："有道是君子之交淡如水，刘总是谦谦君子，咱们之间喝茶最合适了。"

我不喜欢故作高深、酸不拉叽的话，当即切入正题："赵市长，最近兄弟日子过得不太好呀。"

他拍拍我肩膀："刘老弟客气了。咱们是朋友聚会，不要叫我市长，显得见外，咱们早就是拴在一条绳上的蚂蚱了。"

我和他举起茶杯，心照不宣地对饮了一下。我说："听说，华康集团最近很生猛呀。"

"是呀。不知道从哪里跑出来的黑泥鳅。据说挺有黑道背景的。你们两家的事情，我不便插手，不过兄弟我有一句话放在这里——如果他干违法的事情，我一定不饶。"

这天晚上的饭吃得很累，等了一晚上，等的就是这句话。临走时，我将一张卡放到桌子上："赵市长，祝您官运亨通。"

他微笑着，似乎轻点了一下头："谢谢刘老弟吉言。"

"只要华康集团跟着咱们的脚印走，那就一定会失足。给你讲个笑话吧。说是小鸟看到牛成天吃草，唱歌，唱歌，吃草，心里很不平衡。于是它就对牛说，牛呀，凭什么你天天唱歌吃草呀，我就得这样为粮食东奔西走，飞来飞去？牛说，那你也可以唱呀。于是小鸟也开始唱歌，它刚唱了没有两句，你猜怎么着？它被老鹰看到了，一把捉到了天上去。小鸟在空中还问呢，老鹰呀老鹰，你为什么不捉牛呀，它唱得比我的嗓门还大。老鹰说，你觉得我有那么笨吗？——虽然我也做不齿的事情，但你说‘老鹰’为什么不捉我呢？因为‘老鹰’需要我。哈哈，张陆明，你等着死吧。"我对身后的李书洁说。

我钻进车里。是李书洁的车。一直不明白，她为什么会喜欢宝马这个牌子的车。我打趣道："书洁，你开宝马，是不是想用它钓到你的白马呀。"

"钓？哈哈，有可能钓到一个唐僧。现在的王子都不骑白马了，只是喜欢灰姑娘的口味一直没变。"她意味深长地笑了一下，"刘总今天心情不错呀，好久没看过你这么开心了。"

"这个世上，能令我开心的，只有金钱，只有它不会背叛我。"

车子拐了一个弯，李书洁道："我说也是。人活着开心最重要了。刘总，您看看您，要相貌有相貌，要什么有什么，想得到什么样的女人没有呀。噢，对了，最近看没看电视？新出来一个小明星，身材一级棒，好像叫什么玛丽，有没有兴趣？"

"李书洁，好好开你的车吧，你现在特像一个拉皮条的……她长得什么样？"

她递过一张报纸。

我笑她："你早有预谋了吧？玛丽，我倒是挺长时间没打超级玛丽了。"

报纸上的女郎明眸善睐，极富妖娆地冲我笑着。我一点冲动都没有。我将报纸放到一边，叹了口气。

"刘总，换口味了？"

"你教我学坏，不怕你嫂子撕了你？"

"如果嫂子有这种闲心，你恐怕不会有时间和我去见赵市长。虽然金盾的事情大家都知道我能替你做主，但我说话和你说话是不一样的。就像买东西看品牌一样，他们只认你这个牌子，我只不过是打着你的名号狐假虎威。"

"不过大家都挺认可你这只小狐狸的。"

25 明星

回到阔别已久的家里，泡了个澡，感觉真好。

孟芸那边，我很放心。王伯虽然上了年纪，但他可是退役老兵，参加过索马里救援活动的。而且我相信人性——孟芸的几个哥哥也不会放弃唾手可得的荣华富贵。他们踏入别墅时的眼神告诉我，他们为了钱是可以做任何事的。摄像头被拆了几个，可是一点都不影响效果。当初都是我太贪心了，每个角落都安了摄像头，以至于有些画面明显重合了。

孟芸在睡觉，纯白色的睡袍，包裹着她。她的怀里抱着个维尼熊。还好，一切正常。

我打开电视——不要以为有钱的都是白痴——看新闻节目是每日必修的功课，公开的新闻下面可以推算出许多不为人知的暗流，平常人是看不出来的。据我所知，松江市就有两位要员，互为敌手，桌子底下恨不得把对方掐死，但每次出现在本市新闻画面上的时候，都是欢乐一家亲，互相拍着后背，亲热得犹如亲兄弟。政界里的演技可比娱乐界的演技高出不知多少个段位，随便牵出一个位高权重的人物，演起戏来都是奥斯卡级别的人物。娱乐圈，搏的不过是名利，可政界呢？那可是生死存亡。一个闪失就兴许变成阶下囚。他们输不起，所以每一次上场无不全力相搏。有时候看着他们都觉得累。

不过，我自己也好不到哪去。巨大的财富，让我每一步都如履薄冰。其实想想，人活一世，不过是每日三餐，即使再富有，又能享受多少呢？不过权力是一种比毒品还难戒的东西，一旦沾上，就是一辈子的事情。正因为怕失去，所以每一分每一秒都恨不得把它握在手中。当了镇长，想当市长，当了市长，想当省长，即使到了该退休的年龄也想尽一切办法再干上两年。那些被人仰望的感觉真的很好。只要一个眼神，他们就知道你要什么，第二天办公桌上就会有什么。有时候甚至讨厌一个人都不需要自己动手，只需要吃饭的时候有意无意地提上两句，那个惹你生厌的家伙就会受到惩治。看，这就是权力，无比美妙的东西，有多少都觉得少，有再多都不觉得多。

此刻，电视画面上正播着松江两位要员的特写，一样地年轻，一样地意气风发，前途无量。他们站在一起，面对着群众的载歌载舞，脸上都无比亲切，亲切得让我恶心，于是我赶紧换了一个台。

"不要这样说人家啦，人家会害羞的。"电视里的一个小明星在发嗲。

之所以为明星，一定有着许多普通人不能企及的高度：或者唱歌够甜，或者舞姿过人，或者才艺逼人，或者脸皮够厚。

有实力的人，一般都不对外抖搂自己的私生活，尽可能地低调。某次，我去一个小酒店吃饭，桌上你来我往地敬酒，台上是一个低头含羞的女孩子，抱着吉他自弹自唱——那声音宛若天籁。当时我的角度看不到她的正脸，只是那声音美得让人忘记了一切。当我拿着酒杯想转到正面时，她已经抱着吉他走了。是的，这样的场合是没有人会听歌的，即使她唱得再好。不过我倒是从别人口里打听到她的名字：周早早。也许是她在这里唱了太久，唱伤了心，从那以后再也没有见到过她。后来我又听过很多明星唱歌——因为那时我很有钱了，不至于老在一个小酒店听歌。可是我的脑海里却一直响着周早早的歌声。她是用心在唱，可惜听的人却早没有心了。

后来混的时间长了，我终于明白，为什么她唱得很好听，却一直红不起来。因为她一点都不懂现在的行情。现在的行情是，人们吃一个鸡蛋，一定要看看鸡长什么模样。或者是，一个鸡哪怕长得再丑，只要敢搏出位，人们的眼睛也会一直盯着鸡屁股，哪怕下出来的蛋是臭蛋，也会竞相举箸。这就是娱乐规则：大家拼的不是实力，而是夺人眼球的能力。

屏幕上的那个女星，嗲嗲地笑着，一脸艳妆，就像是刚刚刮完大白出来的，两只眼睛忽闪忽闪地，血盆大口轻张："人家还没有谈过男朋友呢，主持人不要瞎说好不好。"

这个人有些眼熟。主持人问她："那请问玛丽小姐，将来找一个什么样的人做终身伴侣呢？"主持人一脸的贱笑，分明是拿玛丽小姐当一脑残。

玛丽十分上道，说："我的要求很低，是男人就行了。不过既然说到男人，除了生理方面是一个合格的男人，不得变态，不得玩同性恋；还必须承担得起一个家庭的责任，替我和孩子撑起一片天来。"

"那什么才叫撑起一片天呢？玛丽小姐能不能说得具体些？"

"讨厌，人家才不是什么小姐呢，叫美眉啦。我的人生理想才不是什么演艺圈呢，演艺圈多复杂呀。我只想找一个好老公嫁掉。撑起一片天呢，就是说，首先得有一个窝呀，不管大小，只要够住就可以了。其次呢，当我不愿意在外面工作的时候，可以叫我不用那么累，当女人很辛苦的。"

最后的那句话竟然让我动容：当我不愿意在外面工作的时候，可以叫我不用那么累。看到我为了她和快要出世的孩子打拼时，孟芸曾经说过，不要那么拼命，只要一家人在一起就好。而我竟然还怀疑她处心积虑地在谋我的钱……此刻，我特想回去，回到那个有山有水的小镇上去，那里才是我的家。可我不能呀，她现在最烦的就是我。我擦了一把脸，已经没有了看电视的心情。

我想起李书洁说要介绍个玛丽给我，原来就是这货色。我给她打了电话。她似乎已经睡着了，说："老板，我下班了。"

我问："李书洁，你是不是觉得我的口味差了许多？"

"什么？"

"我算见识到玛丽了。这可真是超级玛丽。这样的一个傻大姐，你还敢介绍给我认识？你什么意思？"

"老板，怎么是傻大姐呀？她可不傻，她精着呢，她能把我卖了我还得帮她数钱。你看看她才出道一个月，现在大江南北没有不知道玛丽名字的人了。这叫什么，挑战人类的道德底线。实话告诉您，现在找她吃饭的人多了去了。一顿饭一万元，还不带还价的，咱们即使有钱也不一定能预约上。您只要跟她吃过一次饭就知道了，这样的女人现在不多见了。"

"是吗？的确是个极品。"

电视上的玛丽搔首弄姿道："谢谢各位观众对我的厚爱。现在我已经接了一个剧本，写的是一个心地善良的女孩勇于追求真爱的故事，内容十分感人。至于结局，这个是商业机密，导演不让说的……至于名字，叫作《坐在自行车后的微笑》。到时候希望大家喜欢。我会竭力演好这个角色的。"

黑暗中，我睁大着双眼，迟迟不能入睡，脑子里像是有一架轰炸机在来回地轰鸣着。自行车后的微笑，这个名字怎么听都觉得有意思。自行车后面会有微笑吗？如果会有微笑，那么这些城市的女孩，为什么一个个抢着要嫁大款？为什么在知道我有钱后，马上就变了一副脸孔？自行车后的微笑，想想都觉得好笑。

这个玛丽……我突然想起了是谁！原来是她！看来女人如果真不要脸，真的是想不红都难。

我想起她，在长长的走廊里，将软软的身子靠过来；

她的手摸过我胸前的衬衫：这种牌子的衣服，松江市穿得起的人不会超过十个；

我想起，她在台上斜眼瞄我……

恐怕，她当初站在台上表现得愤世嫉俗，就是为了今天的一切吧。如果她不做出那么出格的举动，有谁会记住她？原来她是叫玛丽。

26 再遇玛丽

孙思约我在旋转餐厅吃饭，他说是想我了。这个富二代，生下来就只知道吃喝玩乐。反正他也知道，自己再怎么败家，老爹的钱也败不完。只要他不做违法的事情就OK。他这种纵情恣意的公子哥，怎么能知道赚钱的不易？所以他老爹才对他的弟弟孙亮严加管教。

旋转餐厅除了贵，没有别的特点。菜做得超难吃。虽然每次都点了一大堆菜，但我只是有一口没一口地喝碧螺春。不过，那里的服务员倒是挺漂亮的，看着养眼。孙思就顺手牵过好几个，而且那几个貌似萝莉的小姑娘事后一点都不难缠。

　　孙思见到我，先是给我一个大大的拥抱："想死兄弟我了，我还以为你被绑架了！说，这么长时间去哪了？"

　　我不好意思隐瞒："我结婚了。"

　　他做了一个夸张的表情："哇！想不到你会结婚？！你不是说你这辈子都不会相信女人了吗？"

　　我趴在他耳边，岔开话题："你想我是假，想我的女秘书是真吧？！你不是也说过，女人如衣服，兄弟如手足嘛。明明是想穿衣服，还得找借口想手足。"

　　他笑着拍了我一下："想你是真的。给你介绍一位新朋友，超刺激，超过瘾的。"

　　这时我才注意到，屋子里还有一个女人。她穿着过时的衣服，画着厚厚的妆。她一看是我，愣了一下，然后试探着说："刘义？"

　　孙思诧然："你们认识？"

　　我对她说："好久不见啊。"

　　她意味深长地笑。

　　李书洁招呼我们坐下，说："孙思，还是你有面子呀，闻名于世的玛丽姐，也就你能请来。"

　　这顿饭吃得很有意思。玛丽像是一个超级脑残一样，尽可能地埋汰着自己为我们取乐。我有点喝多了。点点滴滴的往事浮现在我的心头。原来我和玛丽也是有过交集的。她定定地望着我，走过来坐在我的身边，往我的杯子里倒酒。孙思早就忙着和李书洁在一旁调笑，早就把我这个手足忘到一边了。

　　"刘总，我们又见面了，这个世界真小呀。"

　　"你怎么改风格了？你不是这个样子的。"

　　"刘总，你不知道做我们这一行的难处，现在想出点名太难了。大家看到你有一个好创意，都一窝蜂地跟进——整个台上的女嘉宾到后来都愤世嫉俗了！节目被迫改版，再这样下去就没人看了。我只好走人。

"可我不能总当跑龙套的呀。那天我在大排档吃饭，影碟机里正放着一盘碟，叫《小黄飞》。我一下就被吸引住了。所有的人，不管是男人还是女人，都对这个丑得可怜的女人注目。我终于明白一件事情——如果女人光漂亮，是不够的。漂亮的女人只能让男人喜欢，让女人讨厌。

"原来我走的路子太窄了，于是我就尽可能地恶心自己，装脑残，装白痴，大家都愿意看我。现在我一出门，没有人不知道我玛丽姐的。你说我这样的人，没后台没背景的，这是我唯一的出路。你知道我为什么化那么浓的妆吗？我是怕我妈妈看到心疼。为了生存，都是没办法的事情。说了这么多，也不知道你爱不爱听。其实我当着别人不是这样的。

"在医院的时候我就看出你不是普通人了，可惜我还是下手晚了。原来刘总还喜欢玩这种游戏。有时候我就想，如果参加节目那天，如果我是十五号，结局会是怎样呢？那个位置真好，可以将你衣服上的牌子看得一清二楚。你那天虽然没有戴什么手表之类的东西，但那么有型的衣服，一看就是手工裁制的，而且你知道吗？你一上台的时候那么高傲……当时我的理解是你怕别人瞧不起，所以将自己包裹起来。看到蜗牛吗？到哪里都顶着那么坚硬的壳。我最讨厌这种男人了，所以我用那么狠毒的话伤你。可是看到你跟孟芸走了，我倒真的有些后悔了。后来我明白了，你真是骨子里的傲。你觉得你这样的男人，会有女人真的想跟你走吗？"

"来，喝酒。"我端起杯子，"都是过去的事情了，不提了。"

"你知道吗？孟芸的身上有一个天大的秘密，我谁都没告诉，我也不想告诉别人。她就是一个小狐狸。她的段位比我高多了。所有的男人，只要她看上的，没有一个能逃脱……没有一个……她不像我……我每走一步都要靠自己……我把自己化得……连我的亲妈都认不出来……我……我知道一个秘密……你要听吗……付钱……"

玛丽真的喝多了，趴在桌子上，喃喃自语，听不清她在说什么。

我特别喜欢站在顶层。有时候我也想，如果我跳下去会是什么样子。任何事情都是要有代价的。爬得高的代价就是，一旦掉下去，会粉身碎骨，会万劫不复。所以，一切的游戏，我只能是赢家。我不喜欢输的感觉。

回来这么多天了，我的心情好多了。孟芸再怎么说也只是一个女人而已，我还有我的金盾在，还有李书洁这么能干的秘书在。我怕什么呢？莫名地，我的后背出了一身冷汗。

27 陈老板

我终于知道我怕什么了。不知道是谁放出的风声，陈老板的倒台与自杀，全都是因为金盾集团收购行为所致。现在所有的企业都抱成了团，对我们严防死守，唯恐成为下一个目标。不错，我们的生意就是制造商业圈套，将那些有着丰厚资产的企业套牢，再收购。

陈老板是做塑胶行业的，当初我们并没有相中这个企业，可是后来，赵市长——那时候还是赵秘书长——他告诉我们政府要开发这块地。谁拿到这块地，谁就有条件和政府谈价，所以我要李书洁向陈老板订了许多货物，在交货的时候玩人间蒸发。

货到付款，陈老板被这一大笔订单冲晕了头。他根本没想到打个电话核实一下这个企业——即使核实也没有用——这家企业是在境外注册的。为了生产这一大批货物，他不得不向银行贷款。

当他信心满满等着交货提款时，却发现那家境外企业竟然倒闭了。这么一大堆货，没有人敢贸然吞下。要是清仓处理，极低的价格，收回的货款根本不够付银行的利息。而且银行也不会延长还款的时限——因为有我在。陈老板走投无路，只得将企业抵押给我，否则一旦银行插手，他的下场会更惨——银行会将他的一切收走，而且分文不付。

一切就这么简单。我得到了他的一切，只付出了极小的代价。因为，从根本上讲，我还是一个比较有良心的人。那笔钱也足够他过一个安详幸福的晚年。我把工厂里的东西，一件一件地往外卖。真没想到，上个世纪的机器，竟然保养得这样好。沉甸甸的一堆铁，在阳光下锃亮地闪着光，不知道它们的主人一天要擦多少回。可惜我对它们没兴趣。它们一件一件从陈老板的仓库里搬出去——不，有的应该是被抛出去的。

陈老板——不，现在应该叫陈老头了——那个老人，形单影只，像一具没有了灵魂的木偶。陈氏塑胶厂，金灿灿的牌子，被摘下，放到废品收购站的大卡车上拉走。那个老人只是呆呆地看着眼前发生的一切。

我坐在车子里，缓缓地开了过去。他像是死了一样，没有声息。这就是所有失败者的下场。从一开始这件事就是个局。他活了半辈子都没看出来。

那块地让我赚了大钱，正因为如此，我告别了过去那个小打小闹的金盾。我没兴趣像正经商人那样，规规矩矩地做实业。如果有捷径的话，为什么要走远路？人生苦短，我要把我失去的东西用最快的速度找回来。

但陈老板的今天，极有可能就是我的明天。没有人能保证自己永远不败。而我不知道为什么，总觉得那个身影离我很近——近到一回头，我就可以看到他那张布满皱纹与愁苦的脸。真正的痛苦绝对不是哭天抢地。他的痛苦——只要一想起那个绝望的身影就会让我头痛——仿佛面对世界末日般的绝望；孤单单的身影，像是秋日的枯草。

我把玩着手里的纽扣。下一个目标是谁呢？就像是狼要寻找猎物一样。地图上的几家大公司被我做了标记。孙氏集团是我的合作伙伴，不可以碰的。赵氏集团和赵市长有关系，也不可以动。划来划去，竟然只剩下几个小公司。他们根本就不值得我下手。

我的手停在了市中心的一块地皮上。不错，那是华康集团的总部。不知道为什么，我的心底对这个集团有一种说不出的感觉。狼对猎物向来是只问大小，不问感情。但我恨它，我恨不得它马上垮掉。不过李书洁说得对：我们两个势均力敌，如果硬碰的话，两败俱伤。这样很不值，也不是我刘义的风格。

我把计划交给李书洁，叫她尽快办好。这又是一个圈套。只要华康出手，就死定了。凭着我和赵市长的关系，到时候一定叫华康倒闭。

李书洁面有难色，说："刘总，你已经那么有钱了，这样做会不会有风险？"

我明白她的意思。用金盾做诱饵，的确风险很大。不过我就是恨它。

狼吃猎物是为了解决饥饿，而现在的狼，只是想咬死它。

李书洁说："既然您决定了，那就照着您的意思办吧。"

"你是不是想说什么？"我叫住她。她怎么会理解我对华康的仇恨呢，虽然所有的责任都在我。

"您的心思我一向猜不透。不过每一次都是您赢，这次应该也不例外吧。"她心不在焉地说道。

赢的感觉是不错。我在静等着华康上钩，顺手点开了孟芸在家里的摄像头。我想知道我不在的日子里她寂不寂寞，有没有一丁点地想我。孟芸说得不错，如果她现在离开我的话，一个二婚，且不能生育的女人，即使生得再美，又有哪个男人愿意要她。不过，不知道为什么，我总觉得我和她之间有什么东西变了。

第二篇 不堪的过去

如果有人给你一万，叫你杀人，你会吗？

如果有人给你十万，叫你杀人，你会吗？

如果有人给你百万，叫你杀人，你会吗？

如果有人给你千万……

如果有人给你亿万……会吗？会吗？

1 上天开玩笑

摄像头里的孟芸，孤单地站在窗前。她的背影又瘦了。突然，我看到了一个意想不到的镜头，一个身影，一个身影从孟芸的背后走了过去，将她的身体扳了过来。孟芸的脸上露出了惊讶。

心跳莫名地加快。我盯着那个男人的背影。他转过来笑了一下，似乎是对我的挑衅。他要对孟芸做什么？一种不祥的预感将我渐渐笼罩。

我打了家里的座机，我看着刘长拿起了听筒。

我说："刘长，一切跟孟芸无关，你放过她吧。"

"是吗？"他说道，"那当初慕姐呢？你放过她了吗？"

"你要是对她做什么，我不会放过你的。虽然你是我弟弟，她如果有事，我让你吃一辈子牢饭。"

"我敢对她做什么？你以为我不怕死吗？"

一旁的孟芸满脸惊恐。

画面暗了下来，我的心一下沉到了底。

"放心，她是我嫂子，我不会像你对慕姐一样地对她……"刘长最后的声音在我耳边回响着。

孟芸，千万不要有事。老公现在就回去保护你。我要马上订机票，不，订机票太慢了，我开车回去，用不了多久你就会见到我了。

我回到家，看到孟芸坐在椅子上。

她见我回来，竟然对我笑了一下："刘义，你真可怜。怪不得你对每一个人都如此防范，原来你……你竟然对救你的人也能如此下手，更别说我这个外人了。即使我答应离婚后也不要你的一分钱，你还是不愿意放我走。为什么？一定是怕我反悔吧。我已经不能生孩子了，天底下的女人那么多，你为什么还不放过我？"

她的指尖有一张纸轻轻滑落。我捡起，上面的字迹很清晰，是一份诊断。本来，她不能生育这件事，我是打算瞒着她一辈子的。我摇她，疯狂地摇着，她的身体在我的手里像秋天里的树枝一样。我发狂地问："是谁告诉你的？是谁？是不是刘长？一定是他！我那个弟弟什么事情做不出来？他差点害得我一无所有。他虽然要害死我，可我每个月还是给他十万元的零花钱，还要我这个哥哥做什么？你知道他是怎么害我的吗？孟芸，我只想问你一件事情，你是怎么知道我的身份的？你虽然很聪明，但你知道电脑有辐射，从一开始就不碰我的东西。你是怎么想起开电脑的？我只想知道，是谁把我们害得这样惨！"

孟芸沉默良久，才说："你信吗？我现在有一点后悔了。就算你再怎么样，孩子也是无辜的。我不应该一时气恼就把他打掉。如果他生下来……"她比划了一下，我却心如刀绞。

"你别说了，事情已经过去了。"

"可我再也不能生孩子了。"她的身体像是被抽去了最后一丝力气。我走过去想抱抱她，她却躲得远远的，"你知道吗？我每晚都会梦到他，他叫我'妈妈'呢，他问我怎么会如此狠心——刘义，我恨死你了！"

"即使你没有孩子也不要紧，咱们可以收养很多孩子，他们都会叫你'妈妈'，叫我'爸爸'的。孟芸，即使到了现在，我还是不想和你分手。"

"有那个必要吗？以你的为人，不会在打什么算盘吧？"她轻蔑一笑，"早有人说过，刘义从来不做赔本的买卖，看来是真的。"她轻笑着随手拿出一叠纸，上面是律师信以及证明。虽然这些东西都没有用了——因为那个律师他们找不到——不过我的心还是沉到了海底。

杀？

不杀？

杀，不杀……

两个答案在我的心头来回摇晃着。这是我最爱的女人。如果早知道她是慕姐的女儿，我一定不会碰她。我会把她弄到一个没有人的地方，让她彻底消失。因为任何一个女儿知道了我对她母亲犯的罪，都会置我于死地的。我的眼底闪过凶光，直直地瞪着她……屋里死一般地沉寂。

半晌，我垂下了手。我知道，我下不了手。我可以为她杀尽天下所有对她图谋不轨的人，可是，我却没办法看到她变成一具冰冷的尸体。不要说杀她，只要一想到孟芸死了，再也不会笑，再也不会给我做菜，我就不想活了。

这样的一个女人，叫我如何下手？

我捧着律师信哈哈大笑："孟芸，想不到我竟然钓上了一个超级富婆。我一直以为女人跟着我，都是为了我的钱。原来，你把我当什么了？你既然想跟我离婚，那好，我答应你。我们财产各归各的，从此两不相欠。你知道慕姐的财产有多少吗？你知道怎样取吗？看来我应该叫你慕云了。想不到刘长这个混蛋终于找到你。不过他晚了一步。"

她的脸色惨白，却长吁了一口气："回家取身份证吧，现在办离婚都简单得很。"

我开着车，孟芸坐在副驾驶的位置。车子又一次驶过小镇。来来往往的行人，和一个月前没有什么两样，还是该做什么做什么。

车子驶过那条我和孟芸经常散步的林阴小路。现在是深秋，叶子已经落得七七八八，车子碾过去发出响脆的声音。暗红色的叶子随着风一片片地飘落到地下。仿佛还是昨天，孟芸心疼地告诉我不要太拼命地工作；我向她发誓此生只爱她一人；我挽着她的手，想这样走一辈子；可惜这一辈子太短了，短到我们在兰博基尼里一句话都没有。她呆呆地望着窗外，我也呆呆地看着这条路。这条路好短，转眼就到了楼下。

"我们一起上去吧，"我像一个斗败了的公鸡，"慕大小姐。哈哈，没想到，这个世界还真是小。还真是脏。"

我走在前面，头也不回地爬上楼梯。慕云，竟然是慕姐的女儿，有这种可能吗？那她的城府还真的很深噢，也许从一开始的相亲节目，她就想着如何害我。当着我装穷，每一步都拿准了我的死穴……想不到外表干干净净的孟芸，竟藏得如此之深。

推开了门，还是和一个多月前一样。地上的血早就干了，一滴滴的黑紫色瘆人地散落着；厨房里的蔬菜早就烂了，散发着一股子霉味；阳台上还飘着我和孟芸的衣服。

她找出了自己的身份证："走吧，现在民政局还没有关门。"

我转身抱住她，紧紧地，然后深深地吻了下去。她拼命地挣扎。可是我发现自己一点力气都没有了。我松开她，说，"你和我上床的时候不觉得恶心吗？你既然已经知道自己是慕芸，那么不可能不明白，我和你的母亲是什么关系。"

我望着窗外，又说，"走吧，今天把事情都办完了吧。"

现在想想，我那时真的很浑，被气晕了头。

我和她在民政局的外边等着，不一会儿就轮到我们了。办事的大姐还挺负责，说，"你们小两口结婚不到一年就离，是不是有什么误会呀？看大姐都一把年纪了，有什么过不去的？要不你们再想想？毕竟走到一起不容易。"

我说："我们来的时候已经想好了。我们真的不能在一起。"

"为什么呀？"

我狠了狠心，说："我以前不小心把她妈上了。"

孟芸脸色苍白。我也不知道为什么话一出口会这样直。我承认我没风度，我承认我是小人，这一切都只是因为我被她们娘俩玩了一遍。

那位大姐听后，迅速帮我们把手续办好，恨不得我们立马从她眼前消失。

我没有让孟芸上我的车。她现在已经是慕姐那笔巨额财产的继承人——她想要多少男人都有。也许她一开始就是想玩我，结果一不小心把自己玩了。

可是有些不对劲。那一晚我喝了很多酒，在睡梦里，我突然想，如果孟芸为了报复我，为她的母亲报仇，那么她怎么也不能把自己弄残了，弄得不能生育。如果她报复我，最好的选择就是夺走我全部的财产，把我扫地出门。可她现在只是想离开我。我确实伤心，她为什么要走得如此决绝？还有她的那几个哥哥——他们难道一句话都没劝过吗？

可是，还有一种可能。那就是孟芸是最近才知道自己和慕姐的关系。或者再往前推一点，是她要打掉孩子的那天，她知道了我和慕姐的关系，那么这个孩子更是不能来到这个世上了。我的天，我都做了什么？那她这么多天待在这里，一定是等着和我摊牌。还有她的几个哥哥都去哪了？

这似乎是上天跟我开的一个玩笑。这个玩笑有点大。我承认我跟慕姐上过床，那时候的我就像是一个"鸭子"，除此以外我没有别的办法。论身手，我不如她手下的周岐；论做假账，我不如吴山。我只是一个普通的供她娱乐的人，或是让她心理平衡的人。

冥冥之中，我能感觉到她抬起我的下颌，轻蔑地笑："刘义，你还是玩不过我。"

脚伤好后，我和弟弟进入到了慕姐麾下的子公司。后来我才知道，慕姐竟然有着极深厚的黑道背景。

她早年似乎是一位高官的情人，有了这样一把巨大的保护伞，如果不做点恶，似乎对不起自己的良心。于是短短几年时间，她拢聚了大量的财产。不过我知道，她很怕。越有钱，越有权的人，胆子越小。偶尔公司楼下有警车经过，床上的她都会紧紧地抱住我，然后抖成一团。我能清晰地感觉到她的身体在变冷，仿佛是一块冰。她的嘴里喃喃地不知道说着什么。

那一年，我确实很得慕姐的赏识。慕姐对我很好，不过那是我为她挡了一枪之后。在那之前我们可是清清白白的。

我知道，她是看我可怜，给我和弟弟一口饭吃。我和弟弟只不过是她手下养的两条狗，每日里穿得人模狗样跟在她的身后。不过这不是我的理想，或者说跟我的理想差得太远。弟弟每次看到那些妙龄女郎，口水直流。我每次都说，现在还不是时候。我们在这个城市里一无所有，有可能追得上吗？那些女郎转眼间钻进了那些我和弟弟叫不上名字的车。虽然不知道是什么牌子，但是可以看出我和弟弟苦干一辈子，连一个车轱辘都买不起。没有人会瞧得上我们。我们只是两只仅能混出自己口粮的狗。

那天，我和弟弟在一楼值班，突然一个黑影闪入——弟弟当时要冲上去——我说："也许只是幻觉吧。"虽然如此，我还是让他在楼下的入口等着。我提着警棍上楼。楼上是慕姐的办公室。虽然说是办公室，却家具齐全。我知道每天这个时候慕姐是不会走的。我在门口的拐角处守着，总觉得有什么事情要发生。一会儿，慕姐的门开了。她化好了妆，穿着旗袍，一看就是晚上有活动。就在这时那个黑影扑了上去！

我毫不犹豫地冲在了慕姐的身前。那个人很高大，不过我不在乎。也许所有只为钱财的人都敌不过不要命的。他们求的是一口饭，而我求的是从此以后都不只要一碗饭。要么当人上人，要么万劫不复。

那个人是个练家子，三拳两脚把我打倒了。楼里的保安都被惊动了，纷纷过来拦截他。那个人掏出一把手枪。没有人敢上前。没有。他把枪口对准了被挤到楼梯死角的慕姐。

直到现在，回想起这个镜头，我也很佩服自己。每个人都说自己不怕死，但当死亡真正来临时，又有谁能挺住？也许只有活得比死去更悲惨的人，也许只有本来就一无所有的人，才会有这样无畏的勇气。

黑洞洞的枪口，被我用身体挡着。知道被子弹贯穿的感觉吗？刚开始一点都不痛，可随后，还是不痛，只感觉自己的生命在流逝。我跪倒在那人身前，用尽最后的力气将那人推开一点，让慕姐从我身后逃出去。

我最后只轻声喊了句："替我照顾弟弟。"

我想当时我的样子一定很恐怖，否则为什么慕姐的脸上那么悲痛？否则她为什么并没有独自跑开？我想如果当时她抛下我的话，我就死定了。她把手中的包摔到杀手脸上，那人侧头一躲，所有的保安一拥而上，将他擒住了。他们之所以敢上去了，因为那个黑洞洞的枪口就一直在我的胸前。我双手死死把着，是的，宁可死都不能松手。

然后，我看到慕姐哭了。这辈子头一次有一个女人肯为我落泪，而且还不是一滴。那么高贵的慕姐呀，她从来都是令我们这些小保安仰视的。我躺在她的怀里。我说："慕姐，我……我……能为你……做点事……真好……"她紧紧握住我的手——糟！把她的手也弄红了。

她说："刘义，我知道你是好样的。你一定要活下来。活下来陪姐过好日子。"

有她这句话在，我怎能一个人驾鹤西行？大把的好日子就在前面等着我。

有时候我都佩服自己，竟然做戏做得如此认真，把自己都感动了。慕姐衣不解带地服侍我。她就在离我那么近的地方，每日里看着我，给我念书听，还给我喂粥，而且这粥还是她亲手做的。豪华病房就是不一样，微波炉、空调、电饭煲、冰箱……住家也不过如此。我是头一次和有钱人的生活有了交集。我和他们如此地靠近，只要我再努力一点，我就可以成为他们中的一员。我为了这个目标努力了多年，也许我只有眼前这个机会了。

伤好后，我就成了这个集团的二把手——不过我是个不露面的二把手。所有的一切慕姐都同我商量。这时我才明白，一个女人真是挺不易的，要守着那么多的秘密，还要每日里跟这些雄性动物斗来斗去的。

其实我知道，她早就干够了，她早就想找一个山清水秀的地方退下来。但谈何容易？一大堆靠她吃饭的小弟，一大堆要追杀她的仇家。这条路只能一直走下去，直到生命的尽头。直到她死在这条路上。从她踏上这条路的第一步起，她就应该是这样的结局。

所以多年来，我对当老大这个词感到可怕。我怕处在众人的焦点上，我怕那种人人都把我当猎物的感觉。每一个接近我的人，我都可以一眼看出他（她）的目的是什么。因为我就是从那么低的位置爬上来的。

有一天，慕姐告诉我一个秘密。她说，她早年有一个女儿，那是她唯一的亲骨肉。她说那是她唯一的弱点。如果有人用这个孩子威胁她，她就死定了。所以这么多年她一直不敢去找她。她留了一笔巨款给这个孩子。当时她还摸着我的头说，如果有一天她先走了，帮她照看这个女儿好吗。

想想真好笑，我竟然真的帮她看孩子了，而且这个孩子也有了我的孩子。有点乱。这是他妈的什么关系？我想进精神病院。

后来，慕姐在严打中被列为重点目标。她这次没有挺住。她的那位高官情人也一起落马了。那天慕姐神色慌张，让我开车去接她。然后，我们直奔最近的高速公路口。

慕姐穿着很土的衣服，一看像是乡下来的中年妇女。连日的操劳让她的白发顿现，怎么看都像我妈。她坐在我旁边，手里抱着个箱子。她那一双布满皱纹的手轻轻抚摸着我的手。我心里蓦地一慌，难道从此我就要和这个和我妈差不多一样大的女人共度一生吗？

慕姐说："刘义，现在我只剩下你了。我早就选好了落脚的地方，你一定会一眼就爱上的。我们在那里幸福地过完一生。"

她刺激到我了。我怎么可能跟这样的女人共度一生呢？我停下车子，握着方向盘的手渐渐地变青。转过头，我看到倒车镜里是一张狰狞的脸。我说："慕姐，咱们应该坦白。做错的事，就应该付出代价的。"

"你什么时候变得这样正义了？"慕姐似笑非笑地看着我，"每次我用不正义的钱给你买东西时，你怎么不说这些呢？"她那双苍老的手拨弄着我的头发。

"我们能逃到哪去？早晚有一天警察会找到你的。"

慕姐似笑非笑道："刘义，你是说找到我，而不是我们？很好。你居然会有这种想法。我看中的人还都不一般。"

我说："慕姐。你真的爱我吗？如果你爱我，为什么每次都要用我的签名？别以为我不知道你在干什么。你在利用我漂白。你一直用我的身份证办正规的公司。好像叫金盾吧。"

我亦笑着看她。

"你怎么知道的？"

"赵秘书长和你是什么关系？他虽然只是你高级情人的代理，但树倒猢狲散——他现在也是自身难保了。你知道他的事情太多了。"

慕姐惨然道："你们打算杀我灭口？"

"你太小瞧我们了。如果你是非正常死亡，一定会再次引起别人的注意，所以，我觉得你去投案自首，所有的事情都由你一人扛，才是王道。慕姐，我答应过你，会好好照顾你女儿的。你放心，我会想办法找到她的。你一路走好吧。"

慕姐若有所思："我真是太笨了。能对自己残忍的人，对别人怎能不残忍？我怎么会忘了这一条呢。记得第一次见你吗？你为了还老板的盘子钱，把双脚都扎破了。为了那几个小钱，就能以性命相搏的人，面对巨额的财富怎能不动心呢？刘义，你以为这个小箱，就是我的全部了吗？哈哈，你太幼稚了。"

我打开她的箱子，里面只有几件女性穿的衣服外加十万块的现金。

我怒道："你这个老太婆，说要跟我隐居山野，竟然只带了十万块！

你那么有钱——如果我真的答应你，以后还不知道怎么活。"

她也冷笑："刘义，十万块已经不少了。在那个小地方够我们快乐生活一辈子了，直到我死。本来我想在临死前把东西给你留一份，不过现在用不着了。刘义，你只值十万，你只值这个价，你即使穿的衣服再贵，开的车子再好，你也只值这个价。为了这十万块钱，你竟然这样对我。"

2 我有病

我疯狂地翻着。真是恨死自己了，这么久都忍了，怎么不多忍一会儿？

慕姐傻傻地笑着："我这一生都毁在男人手上了。为什么每次都是遇到这种狼心狗肺的货色？我真应该买张彩票。哈哈，刘义，你不用翻了。跟了我这么久，你还不了解我吗？最重要的东西，我会带在身上吗？"

后来我又在慕姐的箱子里找到了两张火车票。就是到达C镇的。我相信她的巨额财富就藏在这座小镇上。在我带孟芸来之前，我特意去过那里。不知怎么的，我独自一人坐在火车上的时候，总觉得身边有一个女人，她靠在我的肩上，说："刘义，我早就喜欢了一个山清水秀的地方，咱们俩在那里过一辈子。"

到底是我欠了慕姐的。她说对了，如果没有她，我现在说不定早就横尸街头了，再强点，也不过还是饭店里刷盘子的打工仔，被所有人踩在脚底下。慕姐，对不起了，我们注定是一路人，而我们注定要走不同的路。谢谢你教我的一切。我会谨记的，慕姐。

——不要相信任何人。

即使是为你流血流泪的人，也决不相信。这个世上值得相信的只有自己。永远不要动情，永远不要为任何一个女人再流泪。

那天，看着几乎赤裸的李书洁，我突然感到无比悲哀。我也曾这样赤身裸体地躺在慕姐的床上。有时候做戏太入，就容易假戏成真。我清楚地记得她对我的感动。照顾枪伤的我那几天，她一口口地喂我食粥，有一天半夜醒来，我竟然看到慕姐在哭。

各种电话她都不接，甚至是她那位高官情人的电话。所有的漏洞都是那时候埋下的。她那看似广袤的地下王朝，连悄悄被人撕开了一角都无所察觉。她永远不会知道，为什么看似铁桶般的地下组织会瞬间瓦解。不是没有人怀疑过我，可是每次她都护着我，禁止别人说我一句坏话。她完全信任我。可我不甘心一辈子只是一个女人背后的玩物。我受不了慕姐那些手下对我轻蔑的目光。

床上的李书洁瞬间变成了皮肤布满皱纹的慕姐。她的白发散了一床，死亡的气息从床上蔓延下来，一步步向我逼近。

我转身，将电视打开。电视里的新闻画面在我眼里变成了我、赵市长，还有慕姐。我们在一起把酒言欢，片刻后又拔刀相向。每个人的身后都是数不清的钞票。

如果有人给你一万，叫你杀人，你会吗？

如果有人给你十万，叫你杀人，你会吗？

如果有人给你百万，叫你杀人，你会吗？

如果有人给你千万……

如果有人给你亿万……会吗？会吗？

是的，只要我答应做内应，那么我就是和警方合作的好市民，是为了松江市深入虎穴的无畏英雄。要是赵市长够意思，那么我死后说不定还会立块碑。而且，如果慕姐倒了，那么，没有人会知道金盾是她出的钱。这么好的机会，我怎么可以放手。当赵市长提出条件的时候，我面对着已经半老的慕姐，像是虔诚的基督徒，向着那望不到边的财富说了声：我愿意。

江湖混混一向是哪里有饭哪里混，这家倒了去那家。所以外人倒没怎么找我的麻烦。人情冷暖呀。还有些试图投奔过我，都被我打发掉了。毕竟金盾是一个正规的公司。好不容易才弃暗投明，我怎么能让自己再与黑社会有一点联系？

床上的李书洁好奇地看着我，我才意识到自己的失态。我怎么可以这样？要知道，我的大好人生才刚刚开始：从今天起，我要睡所有我看上的女人，买所有我喜欢的牌子，吃最贵但最难吃的东西……总之，我刘义今后要做自己的主人了。

面对女人，包括李书洁，我发现一件事情，一件对于男人很残忍的事情：我不举了。

我在心里盘算着，这一夜风流后，我要付给眼前这个陌生女人多少钱？如果我在她的身边睡着了，她会不会像当年的我一样处心积虑地害我？

如果我爱上她，那么她会不会夺走我的一切？

如果我为她死了，她会不会拿着我的一切四处挥霍？

如果我死了，她会不会立马就找一个小白脸上床？

如果我死了，有谁会替我收尸？

按理说，已经和过去切割得一干二净的我，这些想法都是多余的，可我却不能不想。就像是一个怪圈，我没有办法走出去。一个曾经对我那么好的女人，我都能下手，可见真情还真是不值钱。

我发现，无论多么漂亮的女人在我面前，我还是不行。只要身边有陌生的女人我就无法入睡。因为我怕，怕她们害我。而且越是漂亮的女人害起人来手法就越高明。

李书洁后来帮我安排的小明星或是小模特，都只是陪我聊天而已，我们之间的关系都是无比纯洁和清白的。因为我不再是个男人了。我去看过医生，医生说这是心理原因，药物无法治疗。

在享受了无聊的所谓富豪生活后，我发现我没什么变化。还是每日三餐，还是每天换一套衣服……我住在豪华的别墅里，就像是被囚禁的怪兽，我得到了一切，却好像失去了最重要的东西。之后我又无数次地去了慕姐口中的那个小镇，每一次住了一段时间都不想回来。

我觉得治这种病最好的办法，唯一的办法，就是找一个不爱我的钱财，不爱我的相貌，只在乎我刘义的一个人。我相信，这个世上有这样的人，只要找到这个人，我的病就会治好。我受够了这种用锦衣玉食做成的牢笼。那天我疯了似的开车冲出了别墅。我要寻找真爱，我要知道真正的爱情是什么……

远远地我看到了电视台正在录制节目：非情勿扰。我下车，把头型打乱，直接来到报名的地方。我说我叫刘义，我是超市保安，月薪三千。像我这种情况的人，在这个城市能找到真爱吗？

　　那个主持人见到我，说："好啊。你的条件很好。这期我们有律师，有医生，就缺一个保安了。"

　　周围的人哄笑，他们佩服我的勇气。在这个物欲横流的年代，居然还要找真爱？他们看着我填那张表格，仿佛在看一出现场直播的童话。

　　我不在意。

　　我将填好的表格递给主持人："那没问题就给我报名吧。"

　　然后，我望着那块非情勿扰的牌子，傻傻地笑了。从那时起我就要做一个平凡的人，找到一个真爱我的女人，在那个风景如画的小镇上过一辈子。所以你不会知道，当我抱着孟芸时身体有了反应，我是多么开心呀。当我终于得到她的时候我有多兴奋？当我知道自己有了孩子时，我有多幸福。

3 情绝

　　像我这种人，是不配有真爱的。瞧，老天都看不过眼了，他把孟芸变成了慕芸。我拿着离婚证，站在民政局的门口，真有一种想拆了这里的冲动。可是能怪谁呢？我千万富豪刘义被人甩了。我老婆宁愿不能生育也不要生我的孩子。虽然如此，可我还是认为孟芸是一个好姑娘。她如果不认识我，无论嫁给谁都会幸福。

　　我跑了回去，拦住慢慢往外走的孟芸。巨大的兰博基尼发着凄惨的叫声，像是被人掐了一把，停住了。

　　倒车镜里，她的脸色惨白。她有些惊讶："你后悔了？"

　　"怎么可能？"我走下车，装作若无其事地笑，"即使后悔有什么用？咱们以后就是路人了……孟芸……"

　　我控制不住愤怒的自己，给了她一个巴掌，声音带着微颤的哭腔，

"孟芸……我好不容易……才信任一个人……你知道我有多么不容易吗？我告诉你，我这辈子都不想再见到你！你这种女人，你会不得好死的……"

孟芸避开我的目光，身体晃晃悠悠，扶着路边的树，羸弱地说："刘义，已经分手了，就不要再这样记恨我了。恨一个人恨一辈子？那会痛一辈子的，很不划算。你要是真的聪明，就应该把我忘了，赶快找其他人补上。人一辈子那么长，哪有时间和力气浪费在单个人身上？"

她竟然敢跟我说这样的话！难道她转身就要去找别的男人吗？我像个斗败了的公鸡，虽然打了她一巴掌，可手却那么疼，心却那么疼，心里的一角像是被人活生生地挖去。我知道此生此世，再也没有心里的一角了——它永远被孟芸带走了。即使我说再恶毒的话，也都只是因为……我爱她，我不想失去她，我也不想让她……忘了我……

我不知道自己是怎么回到松江的。对了，忘了告诉你一件事情，在回到松江市之前，我又回了一趟别墅。别墅里王伯毕恭毕敬地向我问安。

我问他："到底是怎么回事。"

他说："刘长来过了。"

这早在我的意料之中，只是我没想到他会这么快。王伯拿出一封信，说："刘总，我帮不了你了。这是我的辞呈，你好自为之吧。"

信居然是刘长写给我的。

刘义：

　　请原谅我这样叫你。原因很简单，因为你不配做我的哥哥。我很佩服你，对慕姐做了那样的事情后，还大胆地用她身边的人。你是不是以为有钱就能买到一切？不会的。我会让你后悔曾经犯下的罪过，让你知道什么叫心痛。可是我怀疑，你有心吗？在我的劝说下，相信孟芸已经跟你离婚了。现在的滋味怎么样？好受吗？

　　当初我出狱后来找你，你是怎么对我的？你竟然对我不理不问。以为每个月给我十万块钱，就能让我忘记一切吗？我会好好利用这笔钱的。

一切都已经无法挽回了。

还有，和你这种人一起出生，我感到耻辱。

刘长

我拿着信，问王伯："你就是因为这件事情要离开我吗？"

王伯点头："刘总，我和您在一起感到害怕。虽然我也曾经是刀尖上舔血的人，可是我真没有您这样的胆色。您不死，只能说明您的运气好。一个对自己都舍得下死手的人，对谁会放一马呢？"

"你说的有道理。我会给你遣散费的。"

"不用了，"他摆摆手，"我老了，要那么多钱干什么？你知道管家最重要的是什么？是忠贞不贰。我曾经是慕姐的管家。是她收留了我，给了我一口饭吃。是因为慕姐的感情我才留下来帮你的，现在我什么都清楚了，我该走了。我怕……"

王伯的眼底闪过一丝杀气，"我怕自己控制不了——拧断你的脖子。"

我大笑："刘长说什么你就信什么？他说是我背叛了慕姐，我还说是他出卖了慕姐呢。慕姐最后死的时候，只有他在身边——你说这是怎么回事？你走吧。你们都走吧。就剩我一个人才好呢，再也不用防谁怕谁了。"

别墅里就剩我自己了。我走到孟芸的房间里，翻来覆去地找着和她有关的东西——哪怕是她的一丝断发也好。

梳妆台上放着一把梳子，银制的，是我从俄罗斯回来时买的。上面有几根秀发。我将它们从上面取下，竟然搓成一根小辫。我找来放钻石的口袋，将钻石散落在桌上，将那缕秀发放在贴近胸口的地方。

塞翁失马，焉知非福。

想不到我找了好久的东西，竟然在这里遇到了。看来老天对我还算是公平的。可是我怎么一点都不开心呢。那缕秀发，是孟芸留给我的唯一的东西了。我的胸口贴着它，就像是抱着孟芸一样。恍惚间，还是在偌大的舞台上，她淡笑着：你相信真爱吗？窗外的霓虹似旧，车子飞一样地行驶着，而我已经不是原来的刘义了。

车子停在了金盾大厦前，我想找人喝酒买醉，孙思不接电话，我找李书洁，竟然是关机。这个悲催的夜晚，叫我如何过去？我来到了一家小得不能再小的酒吧。酒吧里有人要看《非情勿扰》，老板很识相地换了台。

电视里，那个光头男主播还在调侃着："这位男嘉宾，你的要求太物质了。你要求女嘉宾有才貌，有学历，甚至，还是……处女，可是你有什么？你凭什么要求你未来的妻子样样都有？"

男嘉宾很傲气地说："我有钱。我家的车子能将你们电视台下面的停车场都占满。"

我喝了一大口酒，这个SB，怎么跟我当初一样？以为有钱就有了一切。我现在穷得——就剩下钱了。即使再多的钱，也买不回一颗懂得爱的心。我曾经以为，我找到了真爱，可惜我把她丢了。她这一辈子都不会再爱我了。其实，我当时特别想告诉她，即使她是慕姐的女儿，关我什么事？我有的是钱。可是我知道，她不会原谅我对她母亲做的一切。任何一个人都不会的，不会。我狠狠地灌着啤酒，可是今晚我为什么就不会醉呢？

电视屏幕上，一个女嘉宾轻启朱唇："你相信这个世上有真爱吗？不在乎你的钱财，不在乎你的相貌，不在乎你的一切的人？"

"孟芸……"我轻声叫着。电视里的女人竟然变成了孟芸，她微笑着，向我走过来："刘义，请我吃份炸牛排吧。"她伸出了手，我捉住了，好凉。

我不知道自己说什么，总之是孟芸要走，我死死地拦着她——只要她不走，要我怎么样都可以。我跪在地上求她。我说："孟芸，我错了。我不该做那种事情。再给我一次机会。你跟我走吧，我很有钱。我带你去夏威夷，我带你去冰岛，我带你去南极看企鹅……只要你想去的地方我都带你去。我很有钱的。你不用再去挤菜市场，你也不用自己洗衣服，我给你买所有叫得上牌子的衣服，你不要……不要……我……孟芸……"

那天晚上我也不知道自己说了多少话，孟芸似乎原谅了我。她带我回家了。家的感觉真好。小小的，却五脏俱全。只放得下一张床的卧室，一转身就能碰到的厨房，甚至是小得不能再小的洗手间。这才是我的家。那天晚上我拥着孟芸睡着了。

第二天我醒来，听到厨房里有着铲子碰锅的声音，阵阵香气扑来。厨房里的身影在熟练地翻炒着，桌上已经摆好了几盘菜：土豆丝、茄子酱……味道不错。

我颤颤地走上去，刚要开口，那个女人转了过来……玛丽？！

4 低调

玛丽将菜盛好，坐到我身边："想不到身家千万的刘大老板也会流连于这种小酒吧。"

"名满天下的玛丽姐不是也如此吗？"我强笑道。

"是呀，只有在这种地方不会担心被人认出来，因为谁也想不到我会泡这种小酒吧。蛮有安全感的。来，尝尝我的手艺吧，应该不错。"

"你，怎么会有这种房子？"我问道。

"怎么？谁说名人就不能住小房子了？"她将粥放下，"这是我母亲的房子。我从小就是在这里长大的。你知道我母亲是谁吗？算了，说了你也不知道。一个过气的小歌星，唱了一辈子也没唱红。她最大的梦想就是希望有一天我能站在她梦想的舞台上，可是你也知道，现实有多丰满，理想就有多骨感。我算是彻底断了念想。喂，别用这种眼神看我，我可不是向你诉苦找投资。现在是休息时间，我是不谈公事的。再说我玛丽姐以现在的名气，想拍什么拍不了呀？"

"对了，你那个——《坐在自行车后的微笑》，拍得怎么样了？"

"那个呀，"她叹了口气，"还可以吧。可是不知道怎么回事，我都觉得剧情超假，骗骗那些书呆子小女生还可以。自行车后面能有微笑吗？怎么可能有？我只知道坐在自行车后好冷，风和雪直往脖子里钻。我妈妈当年为了供我上艺校花了大价钱的，可是我得到什么了？我甚至连个跑龙套的机会都没有。我用尽了各种办法，连个三线的小角色都排不上。我骑着自行车，满松江跑……我只知道自己又冷又饿，只要有人肯让我露个脸，让我做什么都行——哪怕是潜规则也认了。你以为，谁愿意今天扮毒妇，明天扮脑残？我只是需要一个机会……今天是怎么了？老像在找你诉苦。不说了，这该死的自行车。喂，你表情怎么这样怪？我做的东西很难吃吗？"

"不是，很好吃。"我低下头，用心啜着粥。真的很香甜。这种生活，我不是没有品尝过。我们都是需要机会的人，还好，我们都抓住了。

她看了下表："喂，快点刘义。我还要赶场呢。今天有重头戏的。我现在换衣服，你帮我把碗筷放到水池里噢。"

她把我当什么了？也许……是朋友吧。我们是朋友吗？

虽然如此，我还是照着做了。换上了傻大姐妆的玛丽没心没肺地拍着我的肩膀："刘义，你看我的演技不错吧。"

"这和我们做市场一样，一定要出奇制胜——和别人做的一样，等于什么都没做。"这点还是李书洁教我的。

玛丽的车是帕萨特，我打趣道："你都这样红了，怎么还开这样的车？"

"你懂什么？这叫低调。人该高调的时候要高调，该低调的时候要低调。唱高调的时候低调，那叫跑调。刘义，你怎么还不走？"

"我昨天被你带到这里，车子还在酒吧。你不会真叫我自己打车走吧。"

"刘义，怪不得你这样有钱。连我玛丽姐的车也不忘蹭。真服了你了。快上来吧。我送你到金盾。"

"这件事不能怪我。谁让你住这么偏？这种地方我一个人恐怕走出去都难，不蹭你的车你叫我怎么办？我已经好久没住过这样的地方了。真有些想念呀。"

将车门摇开，清晨特有的气息钻了进来——它也不问问我喜不喜欢它。远方是卖油条、豆浆的摊子，人们三三两两地排着队，地上散了一地白菜帮子，人们的脚在上面踩来踩去。一个大人正在和自己的孩子吃早餐。看到我们的车经过，忙不迭地对孩子说："你好好学习，学习好的人长大了都开大车；学习差的人，你看到没，就是那些扫白菜的人。"

孩子似懂非懂："我知道了，我要坐大车，好好学习。"

我和玛丽相视一笑。怎么说呢：我是初中毕业，玛丽——后来我才知道——她念的那个艺校是职业中专，后念的影视学院还是函授的。

两个从来不知好好学习为何物的人，坐在帕萨特里接受路人的瞩目。

玛丽一甩头："看来我的调还是有点高，明天我换个桑塔纳。算了，还是骑我的自行车吧。"

车上了公路，阳光有些耀眼，来往的车辆织就一条长龙，远远地望不到头。玛丽的车一拐，成为这条长龙的一部分，随着车流，向着不知名的远方驶去。

不管怎么样，新的一天开始了。

5 破产

今天的金盾格外安静，我踏入大厦的一瞬，一种不安的感觉从心头涌起——这种感觉甚至比当初预感孟芸会失去孩子时还强烈。

我看到满地的文件，楼道里空无一人。这是怎么回事？我飞奔总裁办公室。

办公室里，早有几个人在等我——他们穿着检察院的制服。

"请问您是刘义先生吗？"为首的一个人问我。

废话。他们恐怕将我有几处房产都查明白了。我麻木地点头："是我。"

"您已经资不抵债，现在银行正在进行申请破产的程序，希望您能配合一下。"

怎么这样快？竟然连事前通知的电话都不打？我的脸上闪过狐疑。为首的人道："我们已经通知了法人代表。"

我看他打的电话号码，是李书洁的。是我为了省心将公司的法人代表号码换成了李书洁的。也许在我醉生梦死的时候，她就独自一人为我的财产奋战。不过，这种感情在我的脸上也只能是一闪而过。我淡定地微笑，甚至给对方倒了一杯水。

他们却对我的淡定很意外。似乎每一个破产的人都应该表现得哭天抢地才更符合剧情。可对我来说，它已经不是最重要的了。所以它在与不在，都无关紧要。

一箱箱的资料被抬出来，他们当着我的面，将所有的保险柜都打开，将里面的文件分类。那些被他们认为不重要的东西就被扔到了地上。满地的A4纸，雪白的，格外抢眼。我给自己冲了一杯速溶咖啡，和检察官聊起了天气情况。不要用这种奇怪的眼神看我，跟了慕姐这么久，这点小场面怎么能难倒我呢？不过是破个产，有什么了不起？

我连婚都离了，还在乎破产吗？真是笑话。

他们折腾得差不多了，对我说："刘义先生，现在您是负债，还欠银行贷款。如果申请破产成功的话，那么这笔钱是不用还了。不过如果您的后半生里，月收入超过居民人均收入，还是要还债的。"

我摆摆手："知道了。"

检察官的眼里透出鄙夷的光，好像在说你就继续给我装吧，一会儿看你没钱吃粥的时候怎么办。

他说："把您的钥匙和手机掏出来。"

"好。"

最新款的手机以及一大串车钥匙。钥匙落到桌上，发出清脆的声音。

"都拿去吧。"

这下我真是一无所有了。口袋里的现金不多，但也足够我生活一阵子了。他又善意地提醒："您的家里已经被我们查封了，不日银行将会对所有东西进行拍卖。希望您有一个心理准备。"

哈哈，我早就有心理准备了。当年逼陈老板的时候比这狠多了。否则他也不至于最后走上死路。我轻声说："我想看一眼是谁要了我的命。"

检察官拿着一张纸，轻飘飘地荡在我的面前。果不其然，最后一笔生意：华康集团。金盾本来是没什么资产的，都是靠拆卖别家公司挣钱。就像是一个活人，倒卖到贫困山区去，只能卖个千八百的，但把他拆开可了不得了。一个器官就能卖好多钱。我们这次买的华康是一个空壳。既然是空壳，当然没有什么东西可卖。就像是买了一具没有内脏的死尸。不，比这更恶心的是，华康居然也欠了银行一屁股债。我名下的所有东西都没了。

"如果早一点该多好呀。"我轻叹道。

如果早一点，也许我是穷光蛋就不是一个秘密了。

"你说什么？"检察官不相信自己的耳朵。

"没什么，我想知道我今晚能睡哪儿。"

"这是您自己的事情了。我们只负责封东西。"

"好吧。既然是我自己的事情，那我只好找地方睡了。"我走出了金盾的大门。从明天起，这个地方就不属于我了。一切的繁华都随着我的转身而彻底成为历史。我望着金盾金光闪闪的招牌，突然想哭。

我需要找个地方买醉。

那身所谓的牌子衣服这么多天已经被我穿得臭气熏天，我有多久没有洗澡了？我现在只想好好地洗个澡，睡一觉。我用剩下的钱，买了一身廉价的衣服换上，如今的现金也只够买地摊货。因为我还要吃饭，还要找地方住，不省着点花不成。

6 三天

三天。

三天的时间听了一个这么长的故事。眼前这个叫刘义的男子，以每天一箱的速度迅速地像地狱里的饿鬼般消耗着我的啤酒。本来只是想度过一个寂寞的晚上，可是这家伙居然在我这里白吃了三天。他每日里除了喝酒，就是给我讲故事，可是老娘我听腻了。我推了推他："你走吧。钱不用你还了。你再讲下去我会被你吃黄的。"

他揉揉惺忪睡眼："我的故事不好吗？"

"不好。太假了。一个大男人，还是赶紧找份正经工作吧。总是这样靠编故事骗吃骗喝有意思吗？你要是真有本事，把这个故事写下来说不定还能拍成电视剧呢。反正国产的烂片那么多，也不差你这一部。走吧。"

他摇头："我没有家了。我去哪呀？"

着实让人可怜。这悲摧的穷男人。我炒好了一盘土豆丝放到他面前："吃吧。如果没地方去就给我打工吧。管吃管住，月薪——没有。你得还我的酒钱和伙食费吧。"

他狼吞虎咽地扒下肚子。

"开始干活吧，先去洗碗，然后帮我把煤气罐灌满。最后把桌子都擦好。还有新进的海鲜，帮我都洗好，否则客人不爱买的。"

他点头应诺着，一看就不像是有钱人。又是大骗子一个。还说和什么赵市长认识，都是假的。

不过说实话，刘义同志干活是把好手，所有的账目他都记在脑子里：哪桌点了什么，还差什么没有上，该找多少钱……在他的眼皮底下不要想着跑单，倒省了我不少心。

这天，我照例出去进货买菜。一辆红色的宝马停在了我的脚边。一位美艳不可方物的女人走了下来。红色的半高跟鞋落地，发出清脆的声响，一条纤细的小腿，紧接着，是她那张美艳的脸。我知道她没有化妆，即便如此，我还是自卑了。她的神情里有一种高傲，只能让人仰视。虽然她的确比我高出一头，我仰着头像瞻仰自由女神神像一样地看着她——不明白这种鱼龙混杂的地方，怎么会降临这样一只白天鹅？环境跟出现的人物极不匹配。

她看了我一眼，满脸的不屑，然后轻轻地吐出一句："刘义的审美观越来越差了。"

头"嗡"地一声大了。我没想到她竟然这样跟我说话。

我说道："我得罪你了吗？长得漂亮就可以欺负人吗？刘义的审美观，刘义的审美观跟你有什么关系？"

她冷哼一声："我知道他不可能跟你有关系。不是相信他的人品，而是相信他的胃口。"

我别过头不理她。她看了我一会儿，那张脸靠近我的耳边，阴森森地说："别再让他干活了。你信不信？你再让他刷一只碗，我就把你撕了。"

她居然威胁我。我硬生生地挺起了不算太大的胸，粗声粗气道："凭什么？我又没闲钱养人。再说是他赖着不走。你以为我愿意留他吗？"

她从包里拿出两沓像砖头一样厚的人民币捅到我的眼前："这些够了吧。如果不够我车里还有。"

"你很在意他？"我没有去接钱，就任她拿着两叠钱滑稽地站在街口，让来往的老少流氓来回打量她。

"是。我是在意他。否则我不会再回到这么脏的地方。这些人，都是什么素质。刘义他是疯了。"她把钱放到我的手拎兜里——先前里面装的是我新进的肉——随后，转身，径直上了车。

真是个神秘的女人，来无影去无踪的。我怎么就没这么好命呢？有哪个男人怕我吃苦给我一叠钱，那老娘一定二话不说立马贴过去。我叹了口气，刘义不干活就不干活吧。反正他吃的又不多。

今晚是玛丽姐的首部电视剧《坐在自行车后的微笑》首播。我和刘义一人一张小板凳坐在电视机前等着。不久，一段好听的前奏，接着出现一张陌生的脸。这个女人是谁？我和刘义面面相觑。随即，是一段天籁般的女声独唱。我从未听过这样好听的声音，竟然有些痴了。刘义正在喝啤酒，也看了两眼。

直到电视剧快演完了，我也没找到玛丽姐，刘义淡然道："原来她的真名叫周早早。"

他又说："怪不得男人现在越来越难混。女人为了出名什么都愿意做，包括把自己弄得不人不鬼来哗众取宠。不过话说回来，吸引人们的注意很容易，只要不要脸就行。但想让别人长时间注意你，就得看真功夫了。周早早，那时候我还不知道原来她就是周早早。她的声音的确很美，缺的只是一个机会。她现在什么都全了。她会大红大紫的。"

"那也不见得吧。大家是因为她是玛丽姐才记住她的。这就像，你明明买的是小龙虾，可你点上来一看却是大闸蟹，即使再好也没胃口吧？你太瞧得起观众的口味了。"

"不要以为观众都是傻子。作为靠卖乖取悦观众的人，如果不能求新求变，用不了多久就会被市场淘汰掉。没有内涵的东西，说到底就是速食品，人们很容易就会忘掉。这个世界就是这么残酷。想要站得住脚，还得靠真功夫。就像你说的，顾客点的是小龙虾，如果上来大闸蟹，他们尝过一口也会感谢这种美丽的错误。"

说完，他又神秘兮兮地问："你知道这部电视剧的结局吗？"

"靠，我怎么知道？又不是我写的。"

他冷哼一声："我知道。因为那个结局是我写的。那天玛丽又来找我，她说拍电视剧的时候跟导演闹矛盾了。这本来不关我的事情。她说她要演一个比较出尘绝世的女子，虽然最后跟穷小子在一起，但是她本身应该是美好的，应该让观众信服，而不是一味地装傻充愣。她说，她看了这部戏，说这是一个疯子和一个脑残的故事。她不想演脑残的角色。后来我看了剧本。也是富家女看上穷小子的故事。穷小子受到各种诱惑，都不为所动。这么老套的故事……我答应给他们剧组拨钱，不过我有一个要求，就是那个富家女跟穷小子跑了后，却发现穷小子很有钱——穷小子是为了找到一个真爱他的人而故意装穷。最后的结局，是两个人终于聚在了一起。本来我是想拍好后给孟芸看的，可惜她再也看不到了。不过即使看到又能如何呢？怎么说都是别人的故事。一个角色，换一个秘密，我宁愿不知道这个秘密。玛丽喝多了的那天，真的告诉了我一个秘密，可她没有像她说的那样，要我付钱。她还真是精明——演一个自己喜欢的角色，比要钱实在多了。"

他拉过来一箱啤酒，打开一瓶，说："老板，这些记在我的账上吧。我今天心情不好。"

"好吧，我陪你。"我炒了点东西坐在他的身旁，陪他喝酒。刘义仰望着星空。只有这时他的神情才最安详，不知道他又想起什么了。

"其实上次，我的故事没有讲完。我虽然是穷光蛋，李书洁又不知所终，但这些对我的打击都不算大。我拿着孟芸的头发，做了一件很重要的事情。这个混蛋，竟然敢耍我。其实，只要孟芸还是和我在一起，那我破个产什么的根本就不算什么……"

7 弟弟刘长

破产的那天晚上，我的心情很好。我去了另一个城市，见到了李律师。李律师告诉我，还是没有办法继承遗产。他一摊手："我也没有办法。按照遗产继承的条文，还剩一次机会。如果再找不到的话，这笔钱会自动捐给慈善机构的。刘义先生，我们是按照条文办事。这也是尊重当事人的权利。当事人的意思，也是为了防止有人一直盲目地寻找。总不能让你试到八十岁吧。记住，你还有一次机会，或者说，这笔财产，也只剩下最后一次机会了。"

虽然律师一脸遗憾，可我却无比开心——那个女人竟然敢骗我。可我为什么这样开心？因为我可以再去见她了。我真的很开心，没有因为一时心虚而痛下杀手。

我连夜赶往孟芸的住处。我只能选择坐火车去。因为我的钱不多。我想知道，她为什么处心积虑地要离开我。难道我真的令人恶心吗？这一点比我破不破产还重要。这关系到我后半辈子的人生观。孟芸这个该死的蠢女人，她凭什么把我当鸽子放了抓，抓了放？从玛丽那得到的秘密，我打算烂在心底一辈子，直到死我也不会和孟芸说。

你根本不会了解——任何人也不会了解——当年我为了慕姐所藏的小金库费了多少心思。我太知道慕姐这样生性高傲的女子，即使我打死她，她也不会让我得到什么好处，她宁可死也不会让我得到一分钱。所以，我必须让她面对比死更可怕的东西。我开车将她带到一个隐蔽的地方。我在一座小平房里给慕姐松了绑。我怕她逃跑，将她的所有衣服都拿走——当然还包括她身上穿的那套。我告诉她，只要告诉我她所有的钱财在哪儿，我就放了她。

这个老女人太难对付了。我用尽了所有的办法，甚至，让附近的农民来强奸她。那么多腿脚带泥的人，一个个从小屋子里得意洋洋地走了出来。他们将五块钱交到我手里，说："大兄弟，这个女人太泼辣了，够意思。"

一次只卖五块钱。曾经富可敌国的慕姐呀！她心里会怎么想？

我将手上的烟掐灭，走了进去："慕姐，我也不想我们之间闹得这样僵。只要你说了，我马上让你走。"

慕姐冷然一笑："你觉得我会告诉你吗？我已经错了一辈子，不能再错下去了。刘义，你有什么招尽管使出来！反正我也是靠这种本事才爬上来的。哈哈，不过是男人嘛，我见得多了。刘义，我这辈子遇到的都是些什么人？我以为你肯替我去死，就信任你……"

我没有理她。只是对守在门口的刘长说："再去给我找几个男人回来。"

其实我想，刘长从那时起，就对我生外心了。他说，如果我再这样对慕姐，他就离开我。好吧，既然如此，那就换另一种方式。

我不让她睡觉。我给她足够的水和食物，只是不让她睡觉。每当她要睡的时候，我就冲她喊："你的财产在哪里！"

她刚开始还是不说。后来她困急了——看来我真不该考验天下父母爱子女的心情。她咬了舌头。不过还好，幸好刘长身上有止血药。她没有死，但她说不出话来了。我那个不成气候的弟弟刘长看到慕姐咬舌，把我拉出来，说："哥，我们做的是不是有些过分？毕竟慕姐救了落魄中的我们。如果没有她，我们……算了吧。其实金盾的钱也不少的。"

我大怒："算了？我陪了这个老太婆这么多年！我像狗一样服侍她！还有我身上中了枪！我是拿命在搏！这个时候我怎么能后退呢？虽然她的舌头没有了，不过她还有手——她还会写！弟弟，相信我。用不了多久她一定会说的。"

刘长的脸色很难看。不过最后还是亲情和金钱加在一起战胜了恩情。他答应了我，不再提这件事。我也答应他，一定会把慕姐的命留下。我才没那么傻呢，慕姐的窟窿还得她自己补呢。

我和弟弟的裂痕就是那时候留下的。我没想到我的弟弟竟然背叛了我。我对他那么好，拼了性命也要让他过上丰衣足食的好日子，可他为什么亲手破坏我的计划？因为即使我得到了慕姐的巨额财产，也是要和他一起分享的。

就在我快要绝望的时候。慕姐的手机响了。我看了一眼号码，很陌生。我按通了接听键。

"慕姐，事情我已经办好了。一切您尽管放心。只要有人验明是您女儿的DNA，就可以领到财产了。放心吧，用的是境外卡，没有人会查出这笔钱，也不用担心被冻结。慕姐，现在可以告诉我你的真实身份了吗？"

慕姐在一旁默默地流泪，她说不出话。她已经没有舌头了，只能是呜呜地哭。

我合上电话。

一切太顺利了，看来是天都在帮我。我看了一下手机上的号码。用手机发了短信："我现在不方便说话，告诉我，怎样领财产。"

短信过来了：

  律师：×××

  电话：×××××××××××

我马上联系了律师，说我知道慕姐的女儿在哪儿。他说了个地点。我想，既然是验DNA，那么用慕姐的头发也是一样的。我取了慕姐的头发，去了那个城市。

结果真让人失望：竟然不合！我以为慕姐留的是自己的DNA。后来我发现自己错得离谱。慕姐也一定想到了。找不到她的女儿，找到她却容易。她留的，一定是孩子父亲的DNA。该死，我竟然没想到，又浪费了几天时间。

当我再赶回去的时候，慕姐已经不见了。屋子里没有打斗的痕迹。刘长和慕姐都不在了。那样一个老得不能再老的女人——这几天没有保养，已经是满头白发，满身的皱纹——刘长连这种女人也喜欢，胃口还真怪。看来必须找到这个孩子了。

我报了警。同时我告诉赵市长，慕姐什么都知道，一定不要留活口。我知道赵市长会怎么做。那笔钱如果我找不到，那么别人也别想找到。

我承认是我太贪财了。

慕姐最后被堵在一个小山沟里。那是我生长的地方，虽然很穷，但是很美。我本以为我会很平静地看待刘长对我的背叛，但当我在小茅屋里，看到刘长抱着瑟瑟发抖的慕姐，我还是气得够呛。刘长，我那个不争气的弟弟，竟然为了一个不相干的老女人这样对我。要知道，当年有一个馒头我和他也是一人一半。马上我就要有钱了，可他为什么要这样对我？这些钱也是我和他两个人的——我这个当哥哥的怎么能看他受穷呢？他一定是想得到慕姐的全部财产才抢走她的。这个见钱眼开的家伙，可怜我曾经对他那么好。

警察冲着他们喊话。从破落的窗子里，我看到慕姐穿着男人的衣服——当然衣服是刘长的——伏在刘长的怀里，瑟瑟发抖。刘长用身体护着她，就像是丈夫在护着妻子。曾经高高在上的慕姐，可怜巴巴地看着刘长，嘴唇颤动着。

那个是我弟弟呀。我不能让他跟着慕姐一起死。我给赵市长打了电话。我没有说慕姐旁边的那个人是我弟弟。我知道这样说反而没用，他会有一大堆大道理等着我。我只说，那个人有可能知道慕姐的银行账户密码，留他一条命，我给你一百万。赵市长随即给狙击队打了电话。我看到那个队长接了电话，心才放下。

他们在躲，不过这么小的屋子怎么躲呢。最后，我看到慕姐，她推开刘长的身体，一个人跑出了屋子。刘长随后跟着跑出来。他看到慕姐倒在血泊里。慕姐被当场击毙，血流了一地。她应该早就料到这样的结局。

他抱着慕姐的尸体大哭。几十把枪渐渐地围拢，对着他的头。刘长瞪着血红的双眼问："你们凭什么杀她？你们凭什么杀她？为什么不给她留一条活路？"

慕姐死了。就这样死在我的眼皮底下。我就在不远的地方看着她。这个曾经只手遮天的女人，临死的时候竟然连件合体的衣服都穿不上。这个该死的老太婆，即使死了也在无时无刻地折磨着我。一想到她我就头痛。

我从来没想过刘长的心机会这样深。慕姐的嘴唇最后在刘长的耳边动了动。说了什么没有人能听见。而且我也不敢肯定慕姐真的跟刘长说了什么。只是慕姐死时的神情很安详，那是一种只有心愿了却才会有的表情。

其实我知道，慕姐她从来都讨厌自己的身份。可是这不是她能选择的。就像我和刘长不能选择出生在大都市一样。所以我们走的路注定比别人崎岖，艰险，甚至万劫不复。原因只有一个，我们脚下除了这条路，没有别的路。虽然他背叛了我，但怎么说还是我唯一的亲弟弟。虽然最后我将他保了出来。他还是跟我一句话都不说。他的衣服上还有慕姐的血迹。我对他说："刘长，一切都过去了。真正的好日子在等着咱们。哥给你买最喜欢的牌子。咱们今晚就去睡松江最漂亮的女人。"

刘长，他不理我呀。我怎么说也是他哥。如果不是我，那么在刚才他也一定会被当成同犯遭狙击手射杀。他低头走着，我跟在他后面。

他突然停下脚步："我没有你这样冷血的哥哥。"

我愣在了当场。

我这么努力是为了谁？

他的身影消失在了人群中。我从来没有感觉到自己那么孤独。我站在人群里，我不知道应该做什么。突然间我身上的枷锁都取下了，我是这个世界的主人了，可我却不知道该干什么了。路边的行人神色匆匆。他们都有自己的事情可做，可我没有。

那一阵子我除了吃喝玩乐还是吃喝玩乐。在声色场里认识了一大堆朋友，其中合得来的就数孙思。他得知我是金盾的当家人，明显十分兴奋，把我介绍给他的父亲。

就这样，我和孙氏集团的合作开始了。他说我人品好，诚实。天知道，我不装成笨蛋的样子，他怎么肯对我放心呢。而实际上，那些合同报表什么的，我也看不懂。我一个初中毕业的人，对于文字的认识仅停留在能读会写的层次。我只能装作智者的样子，说一些莫名其妙的话来敲打着属下。看着他们，我突然觉得自己好可怜。

我们初来到这座城市的时候，不是没有想过走正道。我和弟弟先在一家早餐店打工。每天包吃包住，月底结账。有一天老板拿出硫黄让我们混在面里。这种事我们怎么能做？第二天我和弟弟又加入了找工作的大军。而那个黑心老板竟然连二十九天的工钱也没给我们结，说我们没有干满一个月！

第二份工作，是在工地上搬砖。我们没有技术，只有流血流汗。那年夏天的太阳怎么就那样毒？眼前的砖怎么也搬不完。搬完了这一批，还有下一批。那些砖头像血一样流进了高楼大厦。它们一层层地增高，渐渐地可以俯视这座城市。可以说它们是靠我们的血汗建起来的。

收工后，我和弟弟一人一罐啤酒，坐在还没安装门窗的大厦里，俯视这座城市。松江真美，尤其是晚上。四座跨江大桥上的霓虹全都闪亮起来，竞相争辉。车流的灯光连成了一条长龙。我喜欢看车流的光影，刘长不喜欢。他愿意看不远处一间间小格子屋里流出的橘色的灯光。厚厚的窗帘后面是什么呢？也许有一个女人，也许还有一个孩子。不管是什么，厚实的窗帘，暖暖的灯光，就有家的感觉。

有一次刘长喝多了，对我说："哥，我真想把这间屋子买下来，以后每晚就能在这里看夜景了。"

我苦笑。风景这么好的房子，我们辛苦半年也买不了一平方米。我们的命也就在房子还没盖好的时候站在这里幻想一下。我喜欢这种感觉，把自己幻想成这里的主人。刘长也是。他有时候指着这间屋子说："哥，这里放沙发，这里放个彩电，要液晶的。"

这家伙，进城的时间不长，倒知道液晶的了。然后他又指着厨房说："整体橱柜我要自己打。我已经和工地上的王木匠学得差不多了。要咖啡色的——工头的太太上次跟工头说的。什么是咖啡色呀？哥。你见过咖啡色吗？"

咖啡色，就是咖啡色吧。应该是一种颜色，可是为什么要叫咖啡色呢？那时候我连咖啡都没喝过。但我们能感觉到，那是一种很装B的颜色。只要用了它，我们就不再是农民工，而是能装B的农民工。

那时候，我们的愿望也不过是若干年后买一套二手房子，不求看得见风景，只求遮风挡雨就好。最好再有一辆二手捷达，上下工地方便些。最好还能娶个女人，不，是娶两个女人：我一个，弟弟一个。我们觉得工地上的菜不可口，就叫她们做菜送来。这就是我们的愿望。

我时常在想，如果工头能及时发工资；如果他的每顿饭菜都别用茄子土豆——把我们当廉价的劳动机器饲养，那么我和弟弟现在会做什么？也许我们真的有了一间不大的房子，默默无闻地生活在松江市的某一角落。

看到那座大楼了吗？那是我们当年建的。刚建好的时候，我还在十七层B座撒了泡尿。不为什么，只因为欠了我们半年工钱的工头跑了。我们怎么也找不到他。几十个人，在这座城市里举目无亲，我们连衙门口朝哪儿开都不知道。我们有什么？只有一身力气，每顿只要一个馒头就可以任意差使。可我们没钱。即使是一个馒头也需要人民币吧。那天早上，我和弟弟已经没有钱了。我们总不能吃满地的砖头吧。我衣衫褴褛地来到人多的地方，看到面目和善的人就弯下腰，伸出手，嘴里说："可怜可怜吧。"

所以我和你是不一样的。我要过饭，我知道饿的滋味。为了一日三餐，我会拼命，而你不会。挨过饿的人，为了生存下去会什么都不要。我承认，那时候我已经没有做人的底线了。我看着那些靓女背着包包，我真想抢一个过来，然后买几个馒头和弟弟吞下去。可我没力气，我不知道自己能不能跑动。我才发现，即使做坏人也需要体力的。

我不知道求了多少人，一分钱都没要到。我回到住处，弟弟眼巴巴地看着我。我哭了："哥哥无能，哥哥没用。"

弟弟也哭："不怪哥哥，只怪黑心的工头。"

我看着熟睡的弟弟，心想，一定要弄点吃的东西回来，即使是抢，也在所不惜。我像狼一样，直勾勾地盯着来往的行人，我在思量，哪些人可以下手……

不过我真的没有勇气。我饿呀，我又一次伸出手来。远远的就有人在说："有手有脚的，干什么不好。"

我是想好好地工作，可这样的机会都没有。在我饿晕之前，我得找到吃的。

我看到一个孩子将吃了一口的东西扔进了垃圾箱，我赶紧把手伸进去够。拿出来一看，这种东西里面有青菜，还有肉。我把上下的两片馒头摘干净放到怀里，回到住处。弟弟还在睡。他怕冷呀，松江的冬天为什么这样冷呢？他把所有的被子都盖到了身上。知道抵抗饥饿的最好办法是什么？是睡眠。所以蛇会冬眠，熊会冬眠，而人也会。我把他摇醒："弟，吃馒头。"

"哥，你也吃。你看，不知谁把它切好了。"

那么小的一片，我们互相推让着，最后一人一片吃了。弟弟边吃边说："哥，这馒头真好吃，也不知道是什么做的。"

我说："是呀。城里什么都好，连馒头都比乡下的甜。"

我们一小口一小口地嚼着，不知道明天还吃什么。弟弟说："哥，要不我们回家吧。我想家了。至少在门前开两亩地，咱们也不至于挨饿。"

"明天的事明天再说吧。"

我叹了一口气，松江的美丽夜景在我的眼里不再美丽，因为它还不及一块馒头对我们作用大。后来我知道，那天我捡的东西名字叫：汉堡。那么小小的一片面包，我们尚能互相推让，可是在巨款面前，他却背叛我，一如我当初背叛了慕姐。可见，忠诚的理由万万千，而背叛的理由一个就够了。只要一个，就可以让情人反目，兄弟成仇。

他全忘了，我们是怎样一步步地爬上来的。刺骨的寒风，我们抱在一起：明天一定要找到一份工作，哪怕只够填饱肚子。黑色的夜呀，墨一样黑。明天会是什么样呢？我只知道第二天一早我和弟弟被赶出了这里。新的施工队进来了。他们与我们素不相识。在我们盖好的房子里安插电线以及门窗。我好心地警告他们："你们老板怎么样？我们上一个老板就没给工钱。"他们说，他们也不知道。我跟在他们身后，说，"能不能跟你们工头说一下，在这里给我找个活干？我们好几天没吃东西了。"

一个面善的人拿过一包方便面："先对付吃吧。"我随他去见了工头，说了情况。工头看了我们一眼，说："我们这里不缺人手，你快走吧。"

我和弟弟搀扶着向外走去。我突然觉得事情没那么简单。明明我看到他接收了其他的工人，为什么不要我们？我和弟弟藏到一个角落里。不一会儿，那个欠我们钱的工头过来了。他和现任的工头拍肩搭背，一看就关系不一般。现在的工头说："不是告诉你先不要露面嘛？！等那些工人散得差不多了你再出来。刚才还有两个人过来找活，还说你没给他们开钱。"

前任工头说："我也没有办法呀。你欠我，我欠他，连环三角债，怎么说你也比兄弟我强。把上次的款结了吧。"

现任工头打开一个包，说："真服了你了。这是二十万。非得把我堵在这里。"

"如果不堵你的话，这钱不知道什么时候能要到。"

我和弟弟跳了出来，拦住欠我们钱的人："工头，我们半年的工资，现在该结了吧。"我盯着那个黑包情不自禁地咽了下口水。

"半年的工资？你说什么呢？我们认识吗？你想讹人找错地方了吧。告诉你离我远点，松江黑白两道我都认识。"

我拦住他："老板，我们兄弟这两天都去讨饭了，别把人逼急了。"

他冷笑："逼又如何？你们两个农民工，能把老子怎么样？我告诉你，我可是道上混的。"

刘长捡起一块砖头："管你是道上混的，还是路上混的。今天我们的钱一定得要回来。"刘长的胆色比我小，他就只有拿砖头吓唬人的胆子。他比划了半天，才说，"你到底给不给？"

那个工头被我们逗笑了："就你们这胆还敢出来学人家混？告诉你，砖头是该这样拍的。"

他顺手夺过砖头，朝着刘长的脑门拍下。我横起一脚将工头踹在脚下。我横下一条心，不管怎样，这笔钱我必须要到，哪怕下一分钟就进局子。那人大叫道："杀人啦！有人抢劫！"

正叫着，一辆黑色的面包车停在我们面前。我和刘长那段暗无天日的日子由此开始。从那一天起，我不再相信人性中有美的东西。我不再相信有人可以真对我好。我也不再相信我自己。因为，我从这一天起，变成了一台机器——一台只知道流血的机器。

8 不能再倒霉了

面包车上下来的人，我这一辈子都不会忘记。黑色的墨镜，嘴里叼着根雪茄——那时我们还不知道那个指头粗的东西有什么特别——他一口烟喷到我们的脸上。工头看到那人，马上做出一副受伤害的样子："张哥，他们要抢钱。给我把他们往死里打。"

那个叫张哥的人嘻笑了一声："你他妈算老几？老子也是你呼来喝去？你也配？你也就是一条狗。你让我打我就打，你以为你是谁？"

工头可怜兮兮地说："他们要抢慕姐的钱。"

弟弟惊慌失措地说："我们没有。是他欠我们工资。我们还指望这钱回家呢。这是我们的血汗钱。不信你看这座楼。这里的砖头每一层都有我搬的……我……"

张哥冷笑着，盯着弟弟，一步步向他逼近。我将弟弟挡在身后："张哥，有什么事情好商量。你看我们就比划了两下，真没把他怎么着。他今天刚刚管人要了二十万。我只想拿回我的工资。"

张哥回头看着工头："二十万？嗯？既然你说他们抢慕姐的钱，那也就是说这二十万都是慕姐的吧。既然这样我就笑纳了。"

工头哭丧着脸："只有十万呀。当时说好了，我包下这个工程给你十万好处费的。"

张哥摇头："这个事我就管不了了。谁让你说他们抢的是慕姐的钱？既然是慕姐的东西，就应该物归原主，对吧。你放心，你的东西我不会白要的。下次有好事一定带着你。"

工头的脸比死了亲娘还难看。我和弟弟眼睁睁地看着那个黑包进了张哥的口袋。机不可失。我冲上去："张哥，我们从乡下来的人，挣两个钱不容易。就当可怜可怜我们了。您就当打发叫花子吧。也就是您抽两条烟的钱。我和弟弟可拼命挣了半年呀。"

他不瞅我们，带着兄弟上了车。

那可是我们的救命钱。我和弟弟跟上去。他也不恼，突然像想起来什么似的，说："差点忘了，这么好的机会自己找上门。"

他盯着我和弟弟，说："正好有份工作，你们上车吧。"面包车里，四周都是他的兄弟。他们穿着不同，有的西服领带，有的一身休闲，还有的穿着裤子破了几个洞的牛仔裤。那个穿了破牛仔裤的年轻人留着过肩长发，胡子拉碴，眼神迷离。弟弟很不识相地问那个满裤子是洞的年轻人："兄弟，你也是被欠工资的？"

车厢里爆发出哄笑声：

"明子，你也被拖欠工资？哈哈。"

"是呀，明子穿这条裤子示威呢。"

"哈哈……"

"哈哈……"

被叫作明子的年轻人对弟弟怒目而视："行为艺术，懂不懂？懂吗？"

我们再也不敢说话了。车子一路向北，离市区越来越远，不知开了多久，终于有个声音喊道："下车吧。"

我和弟弟揉揉眼睛，这是哪里？四下一片黑灯瞎火。我怕了。这是哪里？高高的院墙下，一座像仓库一样的破败小房子。

"张哥，不，张老板，我们不要工作了，放我们走吧。"

"想走？晚了。唉，今天我其实不想收拾你们的，谁叫你们一路要跟着我？我也是没有办法呀。"张哥将我们推进屋子。屋里横七竖八地躺着人。他们一个个萎靡不振，像是几天几夜没睡觉的样子。门打开的瞬间，我察觉到他们脸上闪现出惊恐。

张哥将门锁上，说："给他们验一下。"

验什么？我和弟弟怕得要命。弟弟哭了："哥，他们会不会杀我们呀？"

我摇头，表示我也不知道。不一会儿，那个叫明子的男人拿着东西走了进来，叫我们把手臂伸出来。弟弟不从，被明子身后的其他小弟给揍了。我安慰他："没事，哥先来。如果他们要杀我们，早就动手了。"明子从我和弟弟的手臂里各抽了一管血，标了号离去。

说到这里，你可能已经明白了。我落到了多么不堪的地步。用不了多久，我也会变成和屋里躺的那些人一样。一样地半人半鬼，一样地形容憔悴。

这里的伙食不错，而且每次抽完血后都象征性给点钱。可是我们没有自由。每隔一天都有人推着小车来按编号采血。我承认我有病，每次听到医院那种小轱辘车经过都心惊肉跳。因为下一刻，冰冷的针头就会插进我的胳膊——有点像电视里演的活熊取胆。我从未那样地渴望过自由。

那个时候，我就想有一个家，有一个女人每天做好饭等我。我们一定要逃出去。门口的守卫其实很松。他们一定想不到身体已经极度虚弱的我们会有逃走的念头。有一个人因为屡次逃跑被挑断了脚筋。那个人就在靠近门口的地方，每次抽血车来的时候都是第一个抽他的血。

我得尽快行动，我们的身体会因为频繁采血而越来越虚弱。我不能再等了。窗口的螺丝钉被我拧松了，我偷偷将藏在衣服内的匙子取出来，一有时间就在地上悄悄地磨着。我没想到这么做会救了我一命。然后一个月夜，我和弟弟逃了出去。身体已经太虚弱了，不知能逃得了多远。你相信人性的黑暗吗？弟弟已经出去了，可我的脚却突然动不了了。角落里那个被挑断脚筋的人，冲着我冷笑："兄弟，我不声张，带哥哥一起走。哥哥上有老下有小。"我退回来，说："不是我不帮你。你看你的脚，我怎么帮你？"他看着我，突然大叫："有人逃跑！"

被长时间打磨得锋利的匙，本来是为看守的小混混准备的，此刻，却划破了那人的颈动脉。那人应该是死了——其实他活着跟死了也没什么区别。他逃不了，也不想看到别人逃。他甚至不说麻烦我出去帮他找家人或报警。他形同行尸走肉。

许多人被那一嗓子惊醒了。屋里的人疑惑地看着我。我顺着窗子爬了出去，竟然没有人跟着我走！他们对于死人也没有感觉，好像早已习以为常。我追上了弟弟。

我们拼命奔跑着，分不清东西南北。我只知道离这个小院越远越安全。身后有车追了上来。我将弟弟推进了草丛。那几个人把我围了起来。明子手里拿着三棱刮刀："小子，你挺有种啊？你倒是挺能跑的！"

我后退着，一想到那个被挑了脚筋的人，心底就发寒。死也不能回去！是的，我那时只求一死。可我一个被长期抽血的人怎能敌得过他们？没几个回合我就被他们按在了地上。

明子示意他们将我的鞋袜脱去，说："你知道我以前是干什么的？杀猪的。杀猪跟杀人没多大区别，都是一种他妈的行为艺术。一会儿还得把你这残废给拖回去。这生活呀，真他妈不艺术。"

我以为我死定了。可他却不说话了。小弟们看着明子，不明白为什么他不说了，手上的刀也不动了。

时间过得真慢，我不知道发生了什么。明子捂着胸口，倒在地上。原来是弟弟——他不知从哪里找到尖锐铁器，插进了明子的后背心。

那帮小弟估计没见过真正的杀人，见明子死了，马上作鸟兽散。我从没想过，他们这些恶人居然也怕恶人。我和弟弟疯狂地跑着。我们只想活着。只要活着，只要活着一切苦难都不是问题。所有的问题都不是问题。

呼吸和自由的感觉真好。但我们毕竟杀了人，还是害怕得要死。

还好，一直没有明子被杀的消息传出。后来我想，一定是张哥他们把尸体悄悄埋了了事吧。毕竟他们做的也不是正常的买卖。

我们躲藏了很久——只要有人的地方都不安全。后来，在翻垃圾箱找食物时，我们遇到了在餐厅工作的老乡。他介绍我们到餐厅工作。

没日没夜地工作，也没有攒下几个钱。有时看着被盘子砸伤的弟弟，想到疗伤的费用，我就头皮发麻。这得多少钱呀。我们只要一口饭而已，怎么就这样难。

我发现，仅仅追求一口饭的，往往会被饿死。那好，我们要全部的饭——不管吃不吃得了。饿死是死，撑死也是死。我宁愿撑死。

我踩在那些碎玻璃上的时候，心就已经死了，被刺得千疮百孔。虽然脚伤好了，但那些玻璃渣子却留在了心里。即使有人对我再好，我也感觉不到了。我的心已经死了。可是刘长，他怎么把这些都忘了呢？

无数个深夜，我都在想着他，怎么说也是我相依为命的亲弟弟。我们一起出生，一起长大，如果不发生这些事情，也许我们也会一起终老。他抱着慕姐哭的时候，真令人羡慕。不知道我死了，他会不会这样哭？不会的。他恨不得我死，否则那一刀也不会向我刺来。

他说要跟我断绝往来。他想得倒美。慕姐是在他怀里死去的。他想独吞财产吗？怎么可能有这种好事？刘长和慕姐一起逃跑，却没有被人告发，也是我做的手脚。我只是对他说，我是他哥，永远都是。可他还是走了。这个傻子。他完全忘了，那个戴墨镜、抽雪茄的男人，就站在慕姐的身后，恭恭敬敬地叫着：慕姐好。而雪茄男也没有认出我们。

他什么都忘了。可我一点都没忘。没忘记那冰冷的针头怎样插进我的血管，没忘记我那红色的血液怎么样流走。每次抽血之后都是那么冷，像是冬天总也走不了……所以你应该能理解，为什么面对慕姐时，我没有心慈手软。她利用我的身份证把钱洗白。所有这些她都瞒着我。她说要和我一生一世？这种女人的话怎么能信？我只信一条，我要把她的财产找出来，然后送她去自首。即使没找到也无所谓。那时，我心里只有报复的快感。

送我们去"地狱"的张哥是慕姐的手下。第一次跟在慕姐身后，我就认出了这孙子。人模狗样的，如果安条尾巴立马就能摇起来。可他没认出我。他盯了我半天，说："兄弟，你的样子好眼熟，可我怎么也想不起来了？"

我碰碰刘长的衣袖，说："张哥是贵人，我也有一见如故的感觉。咱们可能是上辈子的缘分呀。"

慕姐美美地看着我表演。回去后，我告诉刘长，一定要忍耐。咱们一定要把姓张的这个孙子整死。对，往死里整，让他忘了自己姓什么。

此后，凭着我和慕姐的关系，我屡次让他受罚。终于，慕姐也受不了他的弱智加白痴，无奈道："张顺子，你叫我拿你怎么办呢？跟了我这么久，也算替我做了不少事情，但如果不罚你，叫我怎么跟手下的弟兄交代？"

这么久，我才知道他叫张顺子。

他冷汗直冒："慕姐，我以后再也不犯这样的错误了。"

慕姐摇头："不是这样的事。我说过多少次了，瞒心的事情不能做。你竟然背着我做了这样丧尽天良的事情。你找那些无业游民，抽他们的血卖钱，你就不怕吗？你就没有生病住院的时候？你就不怕那些血有病？如果哪一袋血里有病毒而没查出来，你说你会怎么样？"

张顺子说："慕姐，不会的。每次我都叫血站的人到那个点去采血，这么久了不会有事的。而且我也给他们钱呀。"

慕姐还是摇头："顺子，你就没想过东窗事发？这件事情已经被捅到市长那里了，我也保不了你了。出了事就必须有人扛着。你看着办吧。五十万，你进去呆几年。"

张顺子一脸哭相："慕姐，这么多年我忠心耿耿，替你挣了不少钱吧。放我一马吧。"

慕姐摇头："你的所有资料都在公安局备案了，进去个几年就出来了，而且这次找普通的小弟顶包是没用的。人家指名道姓要你，你说叫我怎么办？"

张顺子最后也没有进牢，他拿着慕姐的钱逍遥法外，不久在他的家乡开了一座煤矿。没想到这个只会抽雪茄的白痴居然在老家混得风生水起，这个世界还真是不可思议。而张顺子的老家，竟然和孟芸的老家是一个地方。所以当初我和孟芸回到那个盛产煤矿富豪的地方，我就无比反感。

那个地方的人，在我印象里，都如煤般冷硬，硌得人生疼。只有孟芸，那么香，那么软，让我忘了一切。

我弄清了他不用做牢的原因：他让亲弟弟去顶包。正因为同是张家的人，所以上面才没有追究下去。可我怎能如此作罢？敢抽我刘义的血，我就让他少一条腿。我找人将张顺子弟弟的腿打折了。只是打折而已。我怕做得太过分招报应。更是因为，拖着一条残腿生存的人，怎么看都是那么搞笑。我想，每次张顺子看到他弟弟的残腿，会不会为自己当初的跛匾内疚；我更想看看，残疾之后的人，会不会，会不会像我刘长一样，疯狂地报复哥哥。

9 我还是垃圾

我又回到了和孟芸隐居的小镇。

镇上还是小桥流水。我不知道孟芸知道我变成穷光蛋后，会不会收留我。我像梦游一样找到了从前的家，那个只有四十平方米的小房子。

楼下的木椅秋千还在，秋天的落叶一片片飘下，上面已经有了厚厚的一层。

我站在楼下很久，我在想孟芸现在在干什么。不过很有可能她已经不在这里了。她把我害得神智低迷连连犯错，说不定已经远走高飞。又或者……不过谁知道呢。

不过还好，钥匙还没换，锁"啪"地一声开了，一种久违的家的味道扑面而来。家的味道，怎么形容呢？如果你有一个每晚等着你回家的人你就会知道。家的味道，是让人想一下就忍不住想流泪的味道。我舍不得走进去，我真怕里面已经换人了，或者所有的东西都不见了，只剩一个空荡荡的屋子。

但也不能总站在走廊里，我迟疑着推开门，让阳光一点点从脚底包裹上来，让家的味道慢慢浸入骨髓。家里收拾得井井有条，地板擦得锃亮，床上摆着两个人的枕头，锅里甚至还飘着香味。一切都和我曾经的那段幸福日子一样。有那么一瞬间，我竟然觉得一切都只是一场梦——我和孟芸之间的所有不快都没发生过。我们刚来到这座小镇上生活。我只是一个超市的穷保安。现在我刚刚回家，用不了多久孟芸就会回来，给我盛好饭，然后说：老公我想死你了，你今天怎么回来晚了？晚上罚你洗碗。

一切都是那么美好。我真想在这里站到石化。但片刻后我还是坐到了沙发上。还记得买这个二手沙发时，我和孟芸轮流跟人砍价。

"老板，这里破个洞。"孟芸说。

"哪有？"

"就在这里。"

"这也算？有谁会注意沙发的背面？而且一点也不影响美观。"

"再怎么说也是个洞。还有这里和这里，花纹都不一样，明显地拼接，还做得这样粗糙。"

最后沙发便宜了五十元。孟芸说这个洞其实挺好的，以后藏个私房钱什么的……我想着，就想把沙发搬过来……

噢，我又看到了床头。床头空荡荡的，记得以前孟芸怀孕的时候总是喜欢吃瓜子。可我知道她喜欢吃的是开心果。每一次经过开心果的柜台时身体都有些紧张。她生硬地别过头，说："其实瓜子和开心果都差不多，都是坚果类。咱们买瓜子吧。"

天知道，那个时候我的心都要疼死了。可我不能说，不能说我很有钱。等我能说自己有钱的时候，她已经不要我了。开心果让我不开心。可是我有错吗？我只是想找一个只爱我刘义的人，不在乎我的金钱、地位……只爱我本身的人。可我为什么找得这样苦？

"刘义，是你吗？"

我是多么不情愿从回忆中醒来。只是轻轻地点头，以示我听到了，继续沉浸其中。一种透明皂特有的清新味道离鼻息越来越近。我仿佛又回到了当初《非情勿扰》的舞台上。

"你相信这个世上有真爱吗？"

"是的。我相信。所以我一直在找。"

我好累，我不想再找了。如果没有的话，就让我孤独地死去吧。不再相信任何人。

我想再回来看一次。此生，唯一爱过的人。

我慢慢地回头，转身。孟芸一双空灵的眼睛也盯着我沉思着。原谅我，我现在还是不愿意叫她慕芸。

她的样子好甜美，一头飘逸的长发，慵懒地落在她的肩头。我早就说过，她长发的样子比较美。

她的手里拿着菜篮，里面都是最普通的时令蔬菜。

她竟然还穿着我给她买的孕妇裙。腰部的带子被抽了起来，将她苗条的身材凸显出来。

我闻着厨房里飘来的香味，脚步再也无法挪动一步："请我吃个饭吧，我饿了。"

孟芸犹豫了一下，还是点了头。

两副碗筷放在桌子上。我从床底下变魔术般掏出一瓶酒。那是我打算儿子出生后庆祝的，她竟然还没给我扔掉，真是万幸。

我想给她也倒点，她却无论如何也不肯喝，还说跟我在一起要保持清醒。这是什么逻辑？难不成我还会把她灌醉再发生点什么？再说，如果怕我，为什么还留我吃饭？也许这就是女人，矛盾着，犹豫着，彷徨着，挣扎着。不过我还是有信心把她争取过来。

我自顾自地吃着。

终于，我吃饱了。"孟芸，我破产了。我真成穷光蛋了。也许这就是报应吧。上天知道我喜欢玩穷小子的游戏，就让我变成了真正的穷小子。我现在身无分文，无家可归。所有的豪宅，还有给你看的那些首饰，都被人收走了。我没有地方可去。我想了很久，这里是我唯一的家。你收留我吧。你看看这里。这里有我最美好的回忆，有一个女人每天都在等我下班。孟芸，我们重新开始好吗？我还是超市的穷保安，我每天都按时下班，所挣的钱一分不少全给你，你只给我口饭吃。孟芸……不要……赶我走……"

孟芸拿着筷子，一动不动，整个人像是呆掉了。她说："你真的变成了穷光蛋？"

我点头："真的。这次不骗你。银行马上就要变卖我所有的东西了，包括那些送你的项链之类。你当初没有拿走两件吗？"

"你还是死性不改。"她生气了。

"不，亲爱的，我不是那个意思。即使什么都没有，只要有你就行了。我会拼命地挣钱，咱们买开心果，吃一半扔一半，你愿意做什么都行。我现在已经连饭钱都没有了。"

孟芸盯着我，似乎在思索我所说话的真假。女人都是怪物：男人没钱的时候，拼命地逼男人挣钱；男人有钱了，又拼命地盯着男人。

她转身拿出一叠钱放到桌子上："刘义，咱们离婚太匆忙了，咱们的财产还没有分。房子是租的，家具是二手的，这些现金是咱们结婚后攒的。我留下一部分做生活费，剩下的全给你。祝你早日东山再起。"

我有一种特别的冲动：我想把桌子掀了。这个女人，如此不识时务，不识抬举。她到底要我怎么样？难道要我把心都掏出来吗？

我整个人瘫在椅子上。

"孟芸，你到底要我怎么样？非得说这样绝情的话吗？你难道看不出我的真心吗？你记得你问我，如果你先离去我会怎么样？我会随你而去，不会在这个世上多停留一分钟。我这辈子爱过的女人只有你，只有你。如果连你都不要我，我活着还有什么意思？我是想和你白头偕老。即使你没有孩子我也不介意。真的不介意。我向天发誓。不管何时何地，不管贫穷还是富有，你都是我唯一的妻，哪怕你害得我倾家荡产，我也不恨你。因为你是我唯一的弱点。我已经查过了，你根本就不是慕姐的女儿。"

"毕竟我们已经离了。你想得太多了，我当初也只是想找一个离开你的借口。你这个人真的很难缠。即使离了，你也阴魂不散地跟着我。"

"那是因为我还爱你，我根本就离不开你的。除非死亡，也只有死亡能让我们分开。孟芸，收留我吧。我知道你没钱，而且我现在也变成了穷光蛋，一切都是报应，我们扯平了。以后咱们在一起好好过日子。我求你了。"

这么平常的日子，是我渴望已久的，我真不想再从这间小屋子里像垃圾一样被清出去。为了能够生活在这里，我愿意付出我的一切。

我坐在孟芸旁边，给她讲我和弟弟起家的经过。我想孟芸一定是动心了，否则她的双眼怎么会有那么多的泪水。她一定是觉得我是可以原谅的——这么说我还是有希望的。我轻挪着凳子，慢慢地向孟芸靠拢，打算一有机会就把她扳到床上去。是谁说的，要想征服女人的心，首先要征服她的身体。可是——

孟芸一下就从凳子上跳了起来。她迅速将门打开，骂道："刘义，我不喜欢穷光蛋。我更不喜欢你这样的人。当我以为你是穷光蛋的时候，你还有一个差不多的品行。可你现在呢？不但没钱，连品行都没有。你什么意思？想在这里吃软饭，靠女人养着？我当初怎么看上你呢？告诉你刘义，马上在我眼前消失！没有你的这段时间我过得很好。马上从这屋子里滚出去！马上滚！"

整个走廊的人都能听到她的咒骂声。

我这是怎么了？为了一个女人竟然可以这样没有尊严。她不止一次将我那可怜的自尊撕得粉碎。这么多年，我只把那些深藏在心里的经历讲给她一人听，可她竟然要我滚？！

我终于走了出去——没用滚。

身后的门砰地一声关上。仿佛是切断了我和她的一切联系。我想我们之间的缘分是真断了。嫌我穷？当初我穷的时候她不是照样跟我上床？那为什么今天当我一无所有的时候，她就不能再收容我一次？是谁说的落魄的男人更容易激发女性的爱？所以富家千金才钟爱穷小子？

女人还真是难以琢磨。那天晚上，我就站在我家的楼下，静静地看着那个曾经充满了温馨的小屋，渐渐地亮起了灯，渐渐地一个女人的身影印在粉色的窗帘上。渐渐地看着灯熄了。渐渐地，渐渐地，天亮了。双脚已经不听使唤了，仿佛被钉在了那里。我就像是一尊被施了定身术的雕像。身体的周围落满了红色的枫叶。我站在枫叶的正中，一步也不敢迈出，仿佛怕踩坏了一片片美枫。困兽！困住我的，除了孟芸，还能有谁？

我伸了一个懒腰。这个该死的孟芸，可惜我费了这么大的工夫。看来是真没希望了。之所以这样折磨自己，我是要告诫自己：千万不要对女人付出真情。感情这东西伤不起。

口袋里的钱还够买一张回去的车票。我无数次想走,却无法挪动半步。我在等着,等着她回心转意。人有时候真很奇怪,明明知道结果,却还骗自己要相信奇迹,直到一双手拍在我的肩上。我回头,看到李书洁。

她也红着眼眶,说:"刘义,你的事情我都知道了。早就说过这可能是个陷阱,你还是要跳下去。这几天我也在想办法……我只剩一条路了……刘义……刘义……"

我直勾勾地看着她,她后面的话我却一句都听不清楚。只看到她的嘴一张一合。我突然就抱住她,我说:"李书洁,还是你最好。金盾已经没有了,你还不离开我。这么多年了,只有你,只有你从来没有背叛过我。书洁,这个世上已经没有值得我信任的人了。"

我紧紧地抱着她。她被我的举动吓傻了,颤声道:"刘总,你怎么了?"

"我没事。"我松开了她。窗口一个熟悉的身影一闪而过。很好,我要的就是这种效果。

"借你的电话用一下。"拨通了孟芸的号码,"孟芸,我要结婚了。是你说的,恨一个人是需要力气的。我现在没有恨的力气了。我要找一个爱我的人结婚。你好自为之吧。"

"祝你幸福。"好短的四个字,她挂了电话。靠,你为了省话费吗?我刘义在你眼里就如此不值钱吗?

一次次地试探,一次次地给她机会,我太累了。我终于得出了一个结论:她不爱我。她真的不爱我了。那我该怎么办?女人会为了钱跟一个人上床,也会因为一个人没有钱而不跟他上床。

李书洁似乎没有从震惊中清醒过来,问道:"刘总,那你是要跟我结婚吗?我还没有做好心理准备……"

"你不用准备,我只是说说。"

"噢,"她侧过脸,"我就知道你只是说说而已,吓死我了。"

我心如死灰,抱着李书洁,钻进了她的车子,向远方开去。

别了,我此生第一次爱过的女人,我此生最后一个爱过的女人。

第三篇　再婚

有没有这样一个人，即使天涯海角，也会觉得近在咫尺，即使走得再远，心还是挂着她；有没有这样一个人，即使每夜睡在你的身边，也无法多为她打算一点，一点，哪怕那一点很小……

1 李书洁

调查出孟芸不是慕姐的女儿很容易——只要将头发拿给律师做个化验就行。没想到她竟然骗了我。这样骗我对她又有什么好处呢。不过这些都不重要了。孟芸这个贱人，以为我穷得一无所有就真的跟我离。也许那时候她已经知道有人要在我背后耍花样，而且确信我会变得一无所有。说不定有人给了她不少好处呢。只有在我最心灰意冷的时候，我才是最弱的时候。按照常理，我怎么能进华康集团的圈套？我要让她后悔。

不错，我又一次玩起了人性考验。我穿着黑色的休闲服——还是贵得没有牌子的那种——在一家五星级的宾馆里，躺在了柔软的大床上。还是当有钱人好。以后安安心心地当我的有钱人吧——亿万富豪刘义。此刻，我衣冠楚楚，眼神空洞，房间天花板上的镜子里，出现的是一具没有灵魂的躯壳。所有的温暖，都随着孟芸的那句"祝你幸福"，一点点地剥离。我放下一切追求真爱的结果竟然如此。身边是李书洁在噼里啪啦地打着电脑。时而用手机发几声嗲："吴总吗？我是书洁……上次咱们在一起吃饭的？别忙着挂，不是找你借钱……"

我在一旁静静地看着她独自表演。这个无所不用其极的小狐狸，只要是她想做成的事就没有一件做不成的。当初是我心神大乱，才会连那么低级的陷阱都不能识破。我恨张陆明。我恨不得他马上死掉。不过现在想想，当初真不值。我可是身家上亿的刘义呀。身边要什么样的女人没有？仅仅为了孟芸的三哥就公报私仇？太不划算了。我看着李书洁，人才呀。这才是真正的人才。要才华有才华，要身材有身材。怪不得古汉语里"才"通"材"，古人真不诳我也。给她一个支点她能撬起地球，给她一个壳子，她就能把假壳子换真正壳子。

金盾只是一个外壳，只是一个外壳而已。我说过我没有实业。可即使外壳我也必须让它变得强大，再强大。我好不容易有了一个光明正大的身份，我怎么可以不善加利用呢？你可能不知道我那时候多么渴望成功。我没有找到慕姐最后的遗产，我只有一个貌似很强的壳子。我那时无比渴望财富，金盾里可以流动的资金只有几百万而已。不过几百万，在那时也算不少了。我要更多的财富，我更需要找一个信得过的人。

　　高高在上，每日里听着那些人对我刘总前刘总后地喊着，但我心虚。我知道自己有几斤几两。就像是偶然间有机会爬上狮子餐桌的猴子。我表面上威风凛凛，可我怕得要命。我怕他们知道他们高高在上的老总只有初中毕业，我更怕他们知道我连最简单的报表都看不懂，心里会是怎样地不屑。他们毕业于名校，有着光明的前途。天之骄子——当我还在工地上的时候，我就向往着成为他们中的一员。

　　可我没有机会了。我的大学叫作社会。我只能用属于我的方式毕业。他们不知道我在偷偷地学习。每天处理完公事，我就是看书。什么书都看，有些东西不会，就强令自己记住。可是我缺少一位得力的干将，可以让我从心底里真正信任的人。金盾刚开业不久，我不敢接一单生意，整日思前想后，生怕露出了白痴的尾巴。所以那天遇到了会做奥数题的李书洁，尤其是她坐在颁奖台下，像是一朵未开的莲花，我确实动心了。

　　我想如果没有后来的事情，我和她会不会像所有老总和秘书一样，上演一段香艳的传奇呢？我那段时间总是有意无意地在她的学校走来走去。这么美好的一个女子，怎么看都不像小姐。她的脸上露着怯怯的微笑，举手间都有清风在流淌。直到有一天——我终于看到了——一个男人，老得不能再老的男人。他穿着满是油污的工作服，拦住了下课的李书洁。李书洁顺从地跟在他身后，满脸鄙夷。

　　我跟着他们，虽然事不关己。

　　老男人拉着李书洁，拐进了一条小胡同。然后，他将李书洁按在墙上："小兔崽子，想把老子甩了吗？这小模样，和你那个该死的妈一样！怎么？最近不管我要钱了？是不是勾搭上什么大款了？"

　　他把手伸到李书洁的胸前，李书洁倔强地一扭头："你让开，我说过我们之间再不会有关系了。"

　　他的手更加放肆，同时一张嘴也向李书洁胸前凑去。我本以为她会大喊大叫——这里虽然偏僻，但大白天的，这个男人的举动如此过分——可她一动不动。

李书洁仰脸看着天空，那是一种叫绝望的东西。我感觉身体里一种美好的东西随着她的绝望一起破碎了。如此美好的一个女子，到底哪一个才是她的真相？是那个在KTV里装作什么都不在乎的小姐，还是那个在礼堂下端端正正坐着，冲我说"谢谢叔叔"的女生？两张图像在我的眼前交叠，最后，化作碎片。也许万物一开始都是美好的。

按照我的个性，事不关己，我应该走开，但那天我的脚像是被钉住了一样。麻木的表情下，她在哭，我感觉到。女人无声的哭，比惊天动地的哭更能打动男人。

我装作路过的样子从胡同口走过。那个老男人似乎没看到。我只好又走回来，拍了拍他的肩膀："同志，这样有伤风化。"

他瞪了我一眼："我们谈恋爱呢，用你管！"

我斜瞅了他和李书洁一眼，充满了疑惑。

李书洁终于开口了："他是我爸。"

这他妈什么关系？我当时就想走掉。我想骂她贱人。她还真够贱的，竟然一点都不反抗。她还有没有廉耻？她到底是一个什么样的人？

二十分钟后，我拉着李书洁的手跑了出来。她在我的身后一边哭一边笑，总之我回头的时候看到她在笑，而眼角的泪水却像喷泉一样涌出。

她问我："你要带我去哪儿？"

"不知道。"

"不知道就不知道，反正我也没有家。"

她靠上来，要攀上我的手臂，我却下意识地躲开。

她松开了手，讪讪地笑，"你们男人都是这样。嫌我脏？那你为什么要救我？你应该走开，说：大叔，请您继续。你以为我想做这种人，像我这种人……你以为我愿意吗？我根本没选择。我要生活，我要吃饭。我宁愿被别的男人上，也不愿意被父亲……我能怎样？母亲不要我们了，他就把所有的怨气都撒在我身上。我能怎么办？我也想过告他，可……可我怎么能说出口？"

我握住她的手："李书洁，我向你保证，你不会再看到他了。"

"你要杀他？"

"我没那么暴力。我会给他养老。他以后即使想找你也没有能力了。"

几天后，松江市久负盛名的养老院里多了一位双腿残疾的男士。他整日坐在轮椅上，除了这个小院哪里都出不去。我带李书洁去看了他两次。我说："进来的时候还是好好的，谁知道他竟然想强奸女护士，结果被人家家属打成这样。"

轮椅上，男人的老脸跟着干笑。他什么都不能说。如果他敢说我一个不字，这样的日子他也过不了。每日里有人伺候着，想吃什么有什么，多么幸福的事情呀？哪像我和李书洁，整天忙得要死。不过半年后，听说他自杀了。

其实李书洁不知道，在他被送进养老院的当天夜里，几个护工在我的指使下，将他的膝盖骨，一点点地敲碎。他的嘴被堵住，呜呜咽咽，发不出声。他眼看着自己的膝盖骨变成了碎块，即使最高明的大夫也没有办法将它治好。李书洁，不是我疼你，而是这样的男人让我恶心。

不过那天看到李书洁以为我嫌她脏，我真的心疼了。

我没有资格要求她怎样，因为我也曾如此不堪。她站在那里，就像从前的我。

我拉她进了一家时装店，只要看到她合适的、她喜欢的就一一买下。我想，也许我是疯了。那么多牌子的衣服，一件又一件，从我的指尖滑落下。

"这件，这件，还有这件……不要剩下的。合这位小姐尺码的每款一件……"

我看着服务员大大地张着嘴，无比艳羡地盯着李书洁。李书洁整个人都傻掉，石化掉。我心里前所未有地爽。所谓从地狱到天堂，原来是这种表情。

一年以前，慕姐也这样，拉着我，进一家家的时装店，买了数不清的衣服，多到我都替她心疼。我对李书洁好也许是因为，每个人都希望尝一下当恩主的感觉吧。原来被人感恩是这样地爽。

我心疼她，那么纯洁美好的一个女生，怎么能做那种事情？我找了一家咖啡馆，将最漂亮的几件衣服给她——因为实在太多了。当然，还给了她许多钱。我说："这些够吗？别再做那种事情了。剩下的衣服，我叫他们存在店里。等你穿够了再去换。钱也够了吧。"

我像极了一个道貌岸然的大叔。她从身后抱住我："刘哥，从来没有人对我这样好过。"

她的泪滴落在我的衬衫上，暖暖的，湿湿的。我们之间什么都没有发生。

不过，从那之后，我的心底有了牵挂。我们是都市里两个可怜人，无家可归，纵使我和孙思混迹于欢场，也时不时闪过李书洁的面孔。她会在哪里？她会和谁一起？

然后，我拿着公司里的所有报表，开车在学校门口等她。

她远远地走来，长发披肩，将几本书放在贴近胸口的位置，一脸虔诚。我将车子停在她的脚边。她有些惊喜。

上车后，我将报表给她："你不是经济系的吗？帮我看看这些东西。"

她的嘴角牵起笑意。看了半天，她指出几个不是十分明显的错误。

"这里，这里，还有这里，如果将来遇到了特殊情况，会对你十分不利……"

我就这样瞅着她，直到她讲完才说："谢谢。我请你吃饭吧。"

还是那家旋转餐厅。她从来没吃过西餐，我一点点地教她。她学得很快。我终于开口："毕业后来我公司吧。"

她没有言语，定定地看着我。最后才说："刘哥，你对我到底是什么感情？你是喜欢我？还是只想和我玩玩？那天咱们差点就发生点什么了。我有点看不懂。"

我说："不用看懂，你好好工作就行。我需要一个伙伴。"

2 左膀右臂

你一定很奇怪，为什么我放着那么多身家清白的名牌大学毕业生不选，要选这样一个人。

理由很简单：你给大海一滴水，大海也不会觉得你慷慨；而你给干涸的土地一滴水，虽然不能解决什么，也许这滴水在落到大地之前就会被毒辣的阳光蒸发掉，但你知道吗，就是这样一个简单的动作，却足以让干涸的土地感激一生。所以说，选人要德才兼备。德是重要的。至于才能，只要不是太笨，后天都是可以培养出来的。我救出了李书洁，先把她放到秘书岗位上锻炼。

我一直在考验她，想试试她到底给多少价才会出卖我。我是不是有些变态？

李书洁提了许多计划，甚至是超过了我的预期。我数次提出要把金盾的股权给她一部分，但每次她都婉言谢绝。我现在真是很信任她了。

在所有人以为我身无一文的时候，她还守在我的身旁。我给那些所谓的朋友打过电话。赵市长一直在开会，叫得上的那些名流一直在旅游。原来他们现在都这样忙，也许他们原来也一直在忙——忙着陪着一位叫金钱的禽兽。

当我没钱的时候，那些所谓的兄弟都不见了。不，还有孙思。孙思说过要帮我，我只说："算了。破产就破产吧。不过谢谢你，好兄弟。"

那天在我最失意的时候，在那间小屋的楼下，我和李书洁黯然离开。她突然转到我的面前，声音有些沙哑："我在想办法让银行暂缓申请破产的日期。我以为他们只是小动作，就没想到给你打电话，可是，金盾居然因为我变成了现在这个样子。我对不起你。这是上次彩票中的五百万，还有这么多年我攒下来的钱，也差不多有三百万。幸好彩票的钱是用我的身份证存的。实在不行，这些钱也够我们用一阵子了。对了，还有我的宝马。这些东西，应该有一千万吧。来，你笑一个吧。你真幸运，遇到我这个傻子，连棺材本都拿出来了。咱们给那些小人致命一击。"

看得出这些天她一直在为我的金盾操劳。这么多年，她一直以我的理想为理想。

我问："如果金盾没了，你打算做什么？"

她扬起眉毛看我："你打算做什么？"

我心里一片空白，我不知道要做什么，当初正是害怕无聊，才会在这个公司里待了这么久。我的理想是什么？我从来没想过。

李书洁轻笑："只要你不嫌我这个员工碍事，你做什么，我就做什么。我是你最贴心的秘书呀。你忘了吗？在我刚进公司不久你就这样讲过。你说，无论你做什么事情，都会带着我的。你还说，我是公司……是金盾最宝贵的财富……你还说……"

她看着我眉头微皱，止住了话题。

我都忘了我讲过这样的话，我讲过吗？我记不清了。我只记得，每次我有烦恼时，站得最近的永远是她；当我有搞不定的CASE时，披荆斩棘的也是她；当那些位高权重的人背后下黑手，也是李书洁帮我搞定。这么多年，这么多年，她一直站在离我最近的地方，而我想的却从来不是她，以至于我对她说过的话，一句都记不得……

沉默。

我从来没有好好欣赏过她。她精明强干，对我温柔体贴……我似乎错过了什么，我说不清楚，也许一辈子都不用说了。

我走近她，想抱着她，她却躲开了。她说："刘义，不要。"

我将她揽入怀里，轻抚她的秀发："让我抱一下，你辛苦了。以后我不会让你这样累了。"

怀里的李书洁一动不动，像一只无力的小猫，任我抱着，抚着。片刻后，她大哭起来："刘义，我恨你！我恨你！"

我说："找孙思嫁了吧。孙思一直喜欢你的。你会幸福的。而且你记得吗？即使他知道你当过小姐，也还是追了你。你跟他会幸福的。他为了你，已经跟父亲吵翻了天。书洁，这么多年，我对不起你。你也有权追寻自己的幸福。带着你的嫁妆，跟他远走高飞。"

"那么你呢？我可以再找一份工作，刘义你呢？你能做什么？这么多年养尊处优，你能像农民工一样扛水泥、沙子？还是像酒店大厨一样掂勺？你能做什么？即使你能做，你以为我会让你做吗？你记得吗？那晚在酒店，你没有要我。可是我却在那晚下定决心，一定要一生守候你。我太脏了，我不够资格，那我就用一生去守护你和你所爱的人。刘义，在我的一生中，你是第一个对我好的人。从来没有人给我买那么贵的衣服，带我去吃西餐。你知道我有的是什么？也许那天没有遇到你，我早就死掉了。你不用再说了，看到你的幸福，就是我的幸福。"

原来这个世上还有人为我考虑得如此周全，在乎我的身体，在乎我的脸面，在乎我的一切。有多久没有这样温暖的感觉？我揽她入怀，她像一只乖巧的猫。

我开着她的车，找了一家最大的五星级酒店，和她开了房。不过你要相信，我和她那时还是清白的。有时候男女间开房，并不一定要发生关系。

我洗了个澡，换好了衣服。

"李书洁，到了该反击的时候了。只要在破产日期之前将所欠的款子交上，那么金盾还会回来的。"

"我们有那么多钱吗？"李书洁皱着眉头。

"你能不能不再装了？咱们又住进了这里，就证明我还没有到山穷水尽的地步。我之所以没有马上反击，完全是因为一些私人问题。现在私事解决了，咱们该做点正经事了。"

我的身体埋进了软软的沙发，以后还是不要装穷了，过一点正常人应该有的日子。我打开了笔记本电脑，输入了一串数字。

你不知道，我在境外还有另一个身份。那是一个神秘的身份，只有那个身份，才可以得到这么多年来我偷偷攒下的老本。这些我也是从慕姐身上学的。我知道慕姐将她的钱财分为两份。一份留着她养老。当然，这笔钱我已经弄到了。可另一笔，留给了她唯一的女儿。但她又不是用自己的真实姓名留的。她太清楚了，她这种人如果一旦被抓，所有的财产都会在第一时间内被冻结。所以她想出了一个很安全的方法。我也照葫芦画瓢：在境外注册了一个号，密码只有我自己知道——长达三十六位。任何只要知道这组密码的人，都会取得这笔巨额的财富。

这么多年，李书洁也察觉到公司每年都有一部分钱财不知去向。我对她的解释很简单：用于疏通关系。

但她一定不信。哪有疏通关系将身家老本都疏进去的？

我还告诉她，放长线，钓大鱼。

这么多年的未雨绸缪，终于有了回报。我看了她的手机。她的手机屏保上，竟然是我穿着花围裙、拿着酱油的样子。我顺手删了。

我对李书洁说："这种低级趣味的东西，以后不要留了。"

那几天真是累死了，我们吃住都是在总统套房里。

经过一系列的资产重组，金盾终于回到我手里了。只是产权人上写着：刘义，李书洁。

3 我的生活

我们又回来了。再一次站在松江市的土地上感觉真好。

我坐在原来的办公室里，叫来李书洁："这次真辛苦你了。以后我会像从前一样少露面。现在你是公司的产权人之一，有什么事情，自己看着办吧。这个印章，以后你有使用的权利。"

我将公司的印章交给她，代表着我绝对的信任。这次可真让我伤筋动骨大出血。不过我相信，在李书洁的带领下，用不了多久，我的小金库又会注入无穷的活力。

李书洁眼巴巴地看着我："刘总，你是不是又要玩失踪？"

"不是。"我只是有些累了。窗外已是严冬。这一年可真够刺激的，我经历了结婚、离婚、破产、重组……我真的累了。

透过窗子，我看到公司里走出的职员。他们年轻的脸上洋溢着微笑，男男女女正在打雪仗，一切真美好。不知道他们走向婚姻时，会不会像我考虑这么多，或是像孟芸考虑那么少……我还是想不通，想不通。那么美好的一个人，怎么就丢了呢。

"我会老老实实地待在这里。可能我是老了吧。书洁，幸好公司里有你。"

她的脸上露出幸福的笑容。再强的女人，也是女人，逃脱不了性别的弱点——男人给一点阳光就灿烂。

每日里，我的任务就是打球，晒太阳，要不就去北郊钓钓鱼。周围都是一些年纪差不多能当我爸的退休领导。他们即使退下来还是免不了打官腔，一张嘴就是像八股文一样的话。

我独自在角落里，安安静静地钓我的鱼。湖边很安静，静得像死去一样。碧绿的湖水，蓝天白云，我孤单的身影在一群老头中是如此不协调。我通常一钓就是一天，静默得连我自己都无法想象。湖水里我的倒影也是那么孤单。还是鱼好，至少它们不用想着晚上要回哪去。大多数时候，我总是想象，我有一个家，每天钓鱼回去，就会有一个小女孩上来叫爸爸，妻子烧开了水，等着鱼下锅……

可我，每日里钓好了鱼，也不知道能给谁吃。即使我钓了再多的鱼也不会开心。所以每钓上来一条，我就往湖里扔一条。

日子过得飞快。身边的老头换了一批又一批。他们姓啥名谁都与我无关，反正我还有大把的岁月可以挥霍。年轻真好，可以坐一天都不累；年轻真苦，这漫长的日子呀，我一个人怎么熬?

孙思找过我好几次说要吃饭叙旧，我都回掉他。理由很简单，现在心情不好。他说："正是因为心情不好，才更需要人陪。"

"我想独自待在这里。"

挂了电话，我却更加孤独。我对女人还是没有反应，即使在宾馆和李书洁的这么多天，我也是没有办法。我以为李书洁对我做的这些事情，足以感动我。可是我还是不行。

除了偶尔查一下公司账户余额，我什么都不管。

夜色渐渐侵袭，湖水静得有些瘆人，稀疏的树木被风刮来刮去。

就在我起身的时候，我突然感觉身体有些不听使唤，一定是我坐得太久了。我的耳边响起了一个声音：刘义，我诅咒你。我诅咒每一个爱上你的女人都不得好死。我诅咒你永远都找不到真爱。我诅咒你……

这是谁的声音？我环顾四周。那声音又一遍响起，周而复始，声声不息，像是一张大网从上到下把我罩得严严实实。难道我就真如此不堪？

我想起来了。是慕姐。也许世上真的有阴魂不散，否则这么多年了，为什么她失去舌头前的叫声还会如入骨髓般地跟着我，跟着我……

我冲着湖水，大声喊："我不信！我不信我刘义找不到一个真爱我的女人！我不信！我今天就做给你看！"

我来到李书洁家——这是若干年前公司给她的年终奖，地段是最好的。我进入她房间的时候，她似乎喝了许多酒，穿着桃红色的睡衣，神态引人犯罪。我直勾勾地走进她的闺房，将门砰地一声关上，反锁，将桌上放着的酒一饮而尽——我有些心虚，但我还是想赌一把——说："李书洁，你爱我吗？"

她的酒似乎清醒了一点，身体向后退去："刘总，你喝多了。等你清醒的时候再说。"

清醒？清醒我就不敢问了。"李书洁，我娶你，你愿意吗？"

她吓坏了，脸色更加红润："你真的喝多了，等你清醒的时候我再回答你。"她一边说一边把我往门外推。

我说："刚进屋的时候我是清醒的。那点酒对我来说真不算什么。我就问你，我娶你，你愿意吗？"

不待她答应，我的唇便吻了上去。她的唇好软。我好久都没有对女人有过冲动了。真是很难得。我发疯似的撕扯着她的衣服。她左右躲闪着，可对我来说却像是欲拒还迎。片刻，她光滑的肉体暴露在我眼前。我一寸寸地吻着："那晚你就应该是我的。"

她不言语了。

床头的四周贴满了我的照片。有我沉思时……有我举杯时……有我扶着大肚子的孟芸在街角散步……还有，我围着花围裙……所有的一切，不言自明。

我突然一点兴致都没有了。

我放开已经面色潮红的李书洁，说："对不起。我喝多了。"

她的嘴角突然闪现出嘲笑："刘总，哈哈，怪不得那些小明星、小模特，都特别喜欢接你的单呢。难怪她们的表情既兴奋又怪异，原来你是真的不行。我以前还骗自己……"

"我可有过自己的孩子。我是天底下最强的男人。"

"那你不是也离了？"

"住口！"我打了李书洁一巴掌——是在她光着身子的时候打的，"你……你竟然敢这样说我！"

一股怒火直冲脑门。虽然我已是自由身，可以光明正大和女人上床甚至结婚，可我为什么还是做不出对不起孟芸的事情？为什么？难道男人也是因情而爱的动物？

床头有一杯水，我抢过来，一口气喝光。眼前竟然出现了孟芸。她还是那么美，我抱着她，疯狂地、失去理智地掠夺着。她的眉头皱得好紧，我温柔地说："弄疼你了吗？"

她不言语，那一晚我忘了自己要了她多少次，总之，最后来我全身都散架了，手脚铺展在床上睡了去。

我终于明白自己的身体是怎么回事了：只有遇到真爱和财富，才会发挥超常。

4 再婚

早上醒来，头痛欲裂，环顾四周，竟然恍若隔世。

我知道昨晚睡的是李书洁。可是我如果不把她想象成孟芸的话，根本就没有反应。不知道以后我过夫妻生活，会不会都用这种移情的方式。

她的身体和孟芸的完全不同。她的身体更像是有魔鬼的诱惑——纤细的腰肢，纤长的四肢，每一寸肌肤都极尽女性的魅力。

我懒懒地，竟然不想起床。熟睡中的李书洁更加诱人。我发现，不用把她想象成孟芸，我也可以毫无障碍地进入。我像亚当一样，经不住夏娃的诱惑，一次又一次地吃着禁果，直到身体再也没有一丝力气，沉沉睡去。

我和李书洁就这样厮混了五天。这五天里，我们除了吃饭就是做爱。我不让她穿上衣服，只要身体一有力气就拉着她一起玩游戏。即使没有力气，我也要抱着她。她曼妙的身材在我身下辗转个不停，像是一条滑不溜手的鱼。这样细腻的皮肤，像绸子一样。我似乎已经爱上这种感觉了。

第六天，我说："李书洁，身份证在家吗？"

她有些诧异。

我说："我们结婚吧。你不介意我是二婚吧。"

她缓缓地找了件高领衫——她的身体已被我啃咬得无处见人，到处都是淤青。她一件件地穿，我就在床上看她。

"你快吱个声呀，行还是不行？"

她还是低头。这一点都不像那个泼辣的李书洁。她终于开口了："刘义，你真的是因为爱我才要娶我的吗？还是只想找个不再寂寞的理由？你知道这几天你抱着我喊的是谁的名字吗？"

我将被子掀开，赤身裸体地站在地上，当着她的面将衣服一件件穿好。

"我们都已经这样了，我要对你负责。"我边穿边说，却不敢看她。

她已经穿好了衣服："刘义，你骗不了我。"

她说完就将门打开，扬长而去。

这天我破例去了公司。

总裁办公室还给我留着，但所有的人都去她那里请示汇报工作，我倒像是一个不相关的外人。她穿着黑色职业装，特别有高级白领的范。秀发高绾，哪里还有五天里和我疯狂缠绵的样子？只是她的眼光偶尔扫过总裁室时，才会流出丁点温柔。我一阵窃喜。女人的身子在哪儿，女人的心就在哪儿。这句话还是不错的。

我拨通她的电话："李书洁，到我办公室来一趟，我有事找你。"

她应了一声，就朝我这边走来。透过半透明的玻璃窗，我看到两条修长的腿有条不紊地挪动着。每一步都充满了诱惑。我那时只有一个念头，把她叫进来。

片刻，她在我的身下挣扎："现在是工作时间。工作时间不能做私事。"

我说："你的工作就是为我服务。现在也是一样。书洁，我爱上你了。"

我深深地吻着她。我们连衣服都没有脱。我的手在她的身上游走着，她在喘息。太刺激了。窗外就是行色匆匆的员工——他们看不到我们。这种感觉，真是很销魂。

我在她胸上啃咬着。她刚开始像是一块有些害羞的冰，但不一会儿，这块冰就变成了燃烧的火。她紧咬着嘴唇，尽力不发出声音，只是在最后的一刻，她才轻轻地吐出了声。她趴在我身上，似乎一点力气都没了。她的背真美，像是大卫手下的雕像。

我帮她穿好衣服，说："我是真的想结婚了。就连瑞士银行的密码我都告诉你了。我是当着你的面打下那串密码的。我相信你也一定记住了。我的一切都给你了。你还不答应我吗？"

她不语，将衣服整理好。

收拾妥当，她打开门要出去，但开门的一瞬间，她的身体有些僵硬。

我看到孙思站在门口。

"这几天打你的手机也没有人接，公司里也见不到你。我怕你出事……"

……

孙思讪讪地笑："你没事就好。我只是有些担心。"

我走出来，说："孙思，好久不见了。"

他的目光停留在李书洁的脖颈上，又像是使尽了所有的力气，将目光移开。

"我今天有些累，先走了。"

送走了他，我才发现，原来我在李书洁的脖颈上又留下了新的淤青。只要是个男人就知道我和她刚刚在屋子里做了什么。我们两个神情疲惫，但一脸的满足。

我说："这下你该彻底死心了。除了我，你谁都嫁不了。"

她转过身："刘总，我想先请半天假，这几天我太累了。"

"好，"我说，"等你回来我就给你涨工资，金盾所有的东西——包括我——都是你的。"

片刻后，孙思给我发来了短信：刘义，好好对李书洁。知道我为什么一直喜欢她吗？她是最忠贞的女人。她为你付出太多了。

忠贞？

李书洁忠贞？

我觉得孙思特别有幽默感。

5 心上疤

我从总裁专用电梯下楼，上了自己的兰博基尼。我在想，我是不是真应该将金盾卖了？我可不想以后独守空房，让老婆一个人纵横商场。这也就是我为什么一直跟女秘书保持距离的原因。如果再雇一个秘书，哪能像李书洁这样省心呢。等跟她结完婚，我就跟她商量这件事。

李书洁对这件事坚决反对。她是有足够的资本反对的。她为金盾付出了太多的东西。我问她：我们的钱足够花到下辈子，下下辈子，我们还那么辛苦干什么？你看看我们两个人每顿能吃多少东西？每人一碗面，还得是小碗的。我们为什么不去好好地享受人生呢？你喜欢看企鹅，我带你去南极；你喜欢看草裙舞，我带你去夏威夷。

话一出口，李书洁的脸色就变了。我也知道我犯错了。这根本就不是她的想法。她撇撇嘴，装作不介意的样子："刘义，我们还年轻。我们费了那么多辛苦才爬到这里，怎么能说走就走呢？如果我们过你想要的那种日子，那我们根本就不需要当初受那么多的苦，而且你觉得我们会有退路吗？"

她将自己的长发分开，头发中间有一道长长的伤疤，狰狞可怕。

我把她抱在怀里，原来一直跟我生死与共的女人就在我的身边。我心疼地吻着那道伤疤。那是她为我留下的。

那一年，她是五星级酒店里的兼职小姐，我是意气风发的新任金盾总裁。简陋的大排档里，我给她要了羊肉串和啤酒。她吃着羊肉串，样子还是优雅得如落难的公主。我完全不懂什么公司的经营之类。自己的水平自己知道，对企业的理解不比卖羊肉串的老板多多少。富二代孙思虽然是在外国读的企业管理，但他比我还垃圾，整日里都是和小明星鬼混。我正在愁自己该怎么办，命运让李书洁出现。她的书包里露出了那本政治经济学。

那时李书洁刚刚答应做我的老师，教满第一个月的时候，她要请我吃饭——用我给她的钱请。

路边的小吃摊。

很久没有在这种地方吃饭了。是多久以前的事情？我和弟弟刚刚领了工资——是从慕姐手里领的——我和他来到这种小地方吃饭。有火上烤得油滋滋的肉串，还有冒着泡的啤酒，还有周围划拳的声音……

我穿着与环境不相配的大衣，有一杯没一杯地喝着，不时斜眼瞄着她。带一个美女出来感觉就是不一样。

周围的男人都不怀好意地看她。任谁看到这么美艳的女人都会多看两眼。她穿着白色的大衣，围着白色的围巾，即使没有化妆也是很美的。外面飘着雪花，不时地进来一两个人。

讲课的时候，李书洁颇有教授风范。就连在大排档里，她还是字正腔圆，一板一眼地跟我讲企业的政治学。我最初对企业管理的启蒙，竟然是跟一位大学未毕业的兼职小姐学习的。那个飘着雪花的夜晚，即使过了这么多年我还记得。那天的她真的很美。她喝酒，喝了一杯又一杯，似乎很开心。她看着手里的酒杯，说："你知道吗？信任一个人的感觉这样好。

一点都不用担心喝多了被占便宜。你为什么要信任我呢？你身边那么多大学生，你怎么不问他们？"

"我说我喜欢你。这个理由好吗？"天知道，我总不能说怕被人瞧不起。

"你这种泡女孩子的手段还真是老套。记得从小学开始，就有男生以问题为借口追我。我一眼就看出来了。可你说我这么聪明、上进的孩子，为什么我妈不要我呢？刘义，你不要碰我，你想象不到我有多脏。我连自己都恨。那天我爸喝多了。他告诉我一个秘密。他……"

门帘又一次被卷起，呼啸的北风顺着帘子冲了进来，零星的雪花瞬间就被屋内暖暖的火苗融化。

李书洁的笑脸凝住。我看着她，她看着桌子前面的酒瓶，然后猛地一推我。我听到一声闷响。血，顺着李书洁的上额、下巴，淌了下来。白色的围巾霎时被染得殷红。

周围吃饭的人都吓傻了。李书洁护在我的身前，却在下一秒，身体软软地倒了下去。她说过，会在最近的地方保护我，及我所爱的人。她真是这样做的。

我飞速转过身——是刘长。他面色铁青，手里拿着只剩一半的啤酒瓶子，绿色的碎渣落了一地，啤酒的香味四下散开。他冷笑："刘义，你什么时候身边都不缺女人。你知道你缺什么？"

"你敢叫我刘义？"这个混球。直到这时我还是把他当弟弟。

"你缺德。"他拿着只剩一半的啤酒瓶子，"刘义，你都忘了，你都忘了。"

刘长被判了三年。故意伤人，且有投案自首行为。算他聪明。伤了我的人，想跑容易吗？他在监狱里呆了三年。我去看过他，我问他，慕姐最后跟你说了什么？

他瞅着我笑：慕姐被你逼得咬了舌头，你觉得她能说些什么？刘义，你是太聪明了，还是太笨了？

从此后我就在心里和他断绝了关系。

他什么都忘了。他拿酒瓶砸向我的那一刻起，我们此生就没有任何联系了。我连看到他都觉得恶心。他竟然敢这样对我。他什么都忘了。当初我就应该让他跟慕姐一起长眠才对。我在医院里照顾李书洁。我给她喂药，换纱布。可笑的是，当年我替慕姐受了伤也是住在这所医院。虽然不是一个病房，可我觉得躺在床上的就是我。有那么一瞬间，我看着李书洁头上厚厚的纱布，竟然有些心痛。她是为我受的伤。

那么美的一头秀发，竟然全部剃掉，她可怜兮兮地盯着我："会留疤吗？"

那么可怜的神情，任何一个男人都会心动的。我只是闭上了眼睛。

会留疤吗？我的心底已经有一道疤了。时不时它就翻出来刺激我一下。任何装可怜、扮同情的人都是不可信的。我曾经也用那么可怜的神情望过一个女人。我知道，没有人可以挡住那么深情的目光，所以我赢了，所以我是刘义，所以我不会再爱任何人，不会再给任何人伤害我的机会。

她这么做的目的是什么，会不会和我当年一样，只是想把我当作一个跳板？她清澈的眼神，像是两湾秋水，那么纯洁地盯着我，甚至还有一丝爱恋。把我当作了她的唯一——这个世上唯一可以信任的人。她可以为我做任何事。可我看到的是真的吗？如果再有人，将一叠叠的人民币放到她的面前，她会怎么选择？

我望着她冷笑，将自己刚刚敞开的心门一点点关上。就让我自己在这里吧。她那天在小摊上喝酒时，没有说出的话我也能猜到：她被她父亲上过。这么恶心的女人，怎么配做我刘义的妻子？她还当过小姐，这么脏，不知道跟多少男人有过……

我叹了一口气，将她的手放到被子里，转身走了出去。

6 背叛

从那天之后，我开始有意地拉开和她之间的距离。她也很识相，并不追问。看她伤好得差不多了，我就跟她说：你那个大学，别念了，反正念完之后也得找工作。现在就当我的秘书吧，我给你的不会比任何人少。

她很高兴。当然了，换作任何人都会很高兴，毕竟我给的薪水不低。但她还是坚持要念完大学。好吧，反正最后一年也是实习。就在她的同学四下开始活动关系找工作时，她穿着正规的职业装，成了金盾公司的一员。

事到如今，我的身边只有她了。我又一次抱着她，咬牙问道："这是我最后一次问你了。愿意嫁我吗？愿意的话咱们马上结婚。不愿意的话，我就去问别人。"

她整理好衣服，说："刘义，如果你喜欢，我就跟你。不过我知道，我在你的心底还是没有位置。我会一直等……一直等……直到你把属于我的位置留给我。我等了这么多年，也不在乎一两天。刘义，我上辈子真是欠你的。"

总裁室的门又一次合上，狂风暴雨。我看到李书洁流泪了，是幸福的泪水？还是——别有心意的泪水？

李书洁对婚礼的筹备比我还低调。我拿出她曾经无聊时写的策划书，她笑着扔进了文件粉碎器，说："那都是小孩子的玩意儿。简单点吧。反正你只是想要结个婚而已。"

她把身份证拿出来，然后我们就去街道办了手续。我们拿着结婚证，我拉着她纤长的手指，走在冬季的马路上。

"还记得这里吗？"李书洁停了下来，"这是我为你受伤的地方噢。刘义，我终于可以叫你老公了。"

李书洁环上我的脖子，一遍遍地叫着："老公，你要养我一辈子；老公，我生气的时候要哄我；老公，我喜欢的衣服全都为我买下；老公，我要给你生十一个孩子组成足球队；老公，我要你只许爱我一个人；老公，如果有比我还年轻漂亮的小狐狸勾引你，你也只能当看不见；老公，我……"

她那天说了很多话，每句话的开头都要加上"老公"两个字，开心得像个孩子，拿着结婚证傻笑个不停。她甚至说："刘义，你记得吗？你说过我这辈子都嫁不出去了，还说哪个男人上辈子不修德才能娶我。哈哈。"

我也笑："所以我口角无德遭报应了。看，出口转内销了。"

晚上，我们回家吃的饭，回的是她的房子。她在厨房一定要我打下手，说这样才能更好地培养夫妻感情。你知道吗，李书洁为什么也要我在厨房，因为她根本就不会做饭。最后还是我做的糖醋鲤鱼，青椒炒肉，还有肉段茄子。她看着我在厨房里翻飞着炒勺，惊讶得张大了嘴："刘义，想不到你真是多才多艺。"

那段日子，我看到了李书洁不为人知的一面。她像个孩子一样天真，喜欢问我不切实际的问题。她将长发染成了黑色，甚至不再化浓妆，开始穿白色的连衣裙和帆布鞋——就像一个大一女生一样。我们早晨各自开着车出去：她去公司，我去钓鱼。

每天我都把钓好的鱼拿回家。有家的感觉就是好。我做好饭等她回家，俨然一个优秀的家庭主夫。她一回家就先是给我一顿狂吻。这种日子如果过下去也不错。我时常想，她到底打算装多久？不过，她的肉体这样诱人，每一次抱着她都想再一次拥有。我在等着，等着一个机会。

这天我打开报纸，说："书洁，你爱我吗？"

她说："爱。一直都爱。"

"那是从什么时候开始的？"

"从我……我不想说。"

我抱着她，说："以后不要这么辛苦了。咱们把公司卖了，远走高飞。"这是我给她的最后一个机会。她推开我："老公，给我点时间好吗？半年。半年后我们就远走高飞。"

我知道了。半年，半年够她做所有对不起我的事情了。

我推开她："我听你的。你开心就好。"

是夜，我打开了李书洁的保险柜。里面有我怀疑已久的东西。

我真恨自己，当初因为李书洁的两三句好话，就将自己最后的密码都说了。金盾活了，可是我却快死了。她在我身边这么多年，等的不就是这一刻吗？想不到我会阴沟里翻船。

我以为李书洁可以信任，就将瑞士银行的密码当着她的面输了进去。

但我却忘了，人是最善变的，不论男人还是女人。他们穷困潦倒时，可以为了亲近你做出任何事情，可他们一旦得逞，就会将你一脚踢开。我知道李书洁对我心底还是有点喜欢的。我也一直利用她，防范她。可是，她不能背叛我。

那天我查了一下公司银行的账户，所剩的钱已经不多了。她到底要背着我做什么？我不能不防。可我知道，如果我直接去问她，她早就准备好了说辞也不一定。更可怕的是，她可能会做出更绝情的事情。好，她不是喜欢我吗？那我就以婚姻为饵，引她上钩。

恋爱中的女人智商果然够低。我要趁这个机会，将所有的东西都夺回来。刘长，你想跟我斗，还太嫩了。那天我去公司，我看到了刘长的背影。刘长跟李书洁说了什么，李书洁点头，目光坚毅。她之前说什么不能失去金盾，都只是为了引出我最后一笔财富的密码。她现在得到了，而我也得到她。

她的背后是刘长——我那个不争气的弟弟。原来他们早就搞到一起了，那就别怪我心狠手辣。

怪不得李书洁会背叛我。她一直都是恨我的。她在我身边这么久，等的就是这一天。那上面写着如何领财产的过程。我再熟悉不过了。

幸好我多了个心眼，跟律师说慕姐现在已经遇难了，她的电话不能再打，我是慕姐的全权负责人，以后只许用我的电话跟他联系。那个律师竟然听从了。他也已知道慕姐的事情，似乎也知道我和慕姐的关系，看我的眼神有些异样。不过这些都不要紧。重要的是，从此之后，这个世上只有我一个人能找到关键的解码锁。即使有人找到慕姐的女儿，也无从知道这笔财富如何去取。就像是，即使所有的人都有钥匙，但只有我知道门在哪里，锁在哪里。真正的高枕无忧。

我看着手里的证明。
除了证明，还有一封信。

宝贝，我在这个世上唯一的宝贝。你刚出生的时候妈妈就离开了你。虽然你的爸爸对我很好，可是我根本就不爱他。在和他结婚不久，我喜欢上了一个混黑道的大哥。他能给我想要的一切，而且最重要的是，他说他爱我。我无意间有了你。

为了你的安全，我没有带你走。不知道刘长会不会找到你。妈妈要赌一把。因为我身边只有这个男人了。希望你好运。只要拿着你的头发就可以领到妈妈留给你的一切财产。

妈妈对不起你。不去找你，是害怕你有危险。这么多年，我甚至不知道你的样子。我只有把你埋在心底。不知道你现在会不会也和妈妈有着一样的美貌呢？女人长得太美不是什么好事。我当初就是一错再错。那个黑社会的大哥根本就不爱我。他是为了和高官搭上关系，才找到我的。后来妈妈把他杀死了。

现在我也快死了。我知道我逃不出去。宝贝，妈妈不需要你做什么，带着妈妈最后给你的礼物，幸福地生活吧。我给你的，也只有这些了。

原谅我，我最爱的宝贝。

原谅妈妈，没有在你成长的时候陪在你身边。

原谅妈妈，不能看着你结婚生子。

无论如何，妈妈都是最爱你的。

在那个深夜，突然觉得自己错得离谱。也许不是我的终究会被人拿去。李书洁费了这么大的劲，不过是想知道如何取得律师的电话号码。她甚至不惜为我住院。不知道每一次疯狂的高潮后，她在心里对我怎样评价？她不可能不明白我和她母亲的关系。看来她比我还要疯狂，还要狠毒。这样的女人呀，我竟然养在身边这么多年。

我将她的头发收集好——这对我来说很简单，毕竟是同床共枕的夫妻，从梳子上扯下几根断发就行。我低头扯着，心里却空荡荡的。这个动作以前也做过，那是对孟芸。那时，我的心痛了，碎了。根根秀发都连着我的心。李书洁，这只小狐狸……她的头发像茅草一样被我狂扯下，还有几根断了。无所谓。

我口袋里装着李书洁的头发。我想去律师那里。慕姐留下的财富也够我下辈子花了。我终于可以了无牵挂地走。可我回头看到结婚照的时候，还是放慢了脚步。结婚照里的李书洁笑得纯洁无瑕，像是我和她初识的时候。可是我们谁都回不去了。

那么多的深夜，在我孤助无援的时候只有她肯陪我，心底有一股火苗，慢慢地冷了，灭了。我的世界又一片黑暗。我想我是爱她的，或是差一点就爱上她。那天在孟芸的楼下，她那么紧地抱我，她曾经愿意为了我和我的金盾献出一切，否则我不会当着她的面输出我的密码。我想我是有那么一瞬间爱上她的，可就在看到这张证明的时候，一切都变了。我和她只是两只各自隐藏的困兽。我从未觉得这样失败过，即使孟芸离开我也没有如此痛苦。是我，是我将她从那么肮脏的养父手里救出来，是我使她不再被一个又一个恶心的男人蹂躏……这一切都是我……

我想再去看一眼自己的金盾。毕竟金盾的初期也倾注了我的心血。有了慕姐的遗产，我还要什么金盾？那些钱我花几辈子都花不完。

第二天下班的时候，我开车来到公司的楼下。我看到李书洁和一个人纠缠不清。这个人给了李书洁一叠照片。李书洁皱着眉头，似乎下了很大的决心，然后给了那个男人一张支票。

她把照片放到黑色的手包里，转身上了楼。她还有什么事瞒着我？我给她打了电话。我太想知道这个从未谋面的男人和她是什么关系。我说："书洁，晚上看电影？"

"好啊。"

我又问："你现在在哪里？我马上去接你。"

"我在公司，还有一点事情要处理一下，十分钟后在楼下见面。"

"好吧。十分钟后我在公司的楼下等你。"

我看着她上了楼。看着她走进自己的办公室。旁边有人认出我，想跟我打招呼，都被我制止了。我看她掏出照片。她要放进碎纸机里。

她将照片放了进去，碎纸机发出了嗡嗡的声音。我将一切都记在心里。看到她出门，我快速地走进屋子，将碎纸机里的东西都倒进了我随手找到的口袋里。幸好里面的东西不是很多。

当我下楼的时候，看到李书洁已经坐到车里了。

她笑着问我："你刚才去哪了？我等了你好半天。"

"抽烟。我怕车里有味，你不喜欢。"

李书洁的眼里闪着盈盈的光："你知道了？"

"知道什么？"

"那没事了。等一会儿我再告诉你。"

那晚，我们看完了电影。中途我还给她买了爆米花。她推到一边，说这种小食品对身体不好。女人可真够矫情的。我自顾自地吃了起来。她将头靠在我的肩上，软软的，轻轻的，那部片子叫什么我忘了，脑子里想的都是如何对付李书洁和刘长。这个李书洁，竟然比我还会做戏。装得太像了。

深夜，我将书房的门划上，将口袋里的东西倒出来。一张张地粘合，我想知道相片上是什么。会不会是李书洁和某人的交欢照？还是别的？我漫无边际地想着，一条条地粘着。天快亮的时候，终于粘好了。竟然是……孟芸。

我心爱的孟芸，难道他们现在还不放过你吗？

她骨瘦如柴地躺在一张床上，枯黄的长发，塌陷的两颊，无神的双眼。我扔下照片，强忍着眼中滚烫的感觉。我有多久没见她了？长叹了一口气，我将照片收好。

我的心已经飞回去了，只有肉体麻木地留在这个书房里。

孟芸，那么美好的一个女人，怎么会变成这样？她是不是快要死了？一想到她要永远地离开我，我就再也待不下了。

我走到阳台抽烟，抽完一根又一根，抽完一包又一包。远方是夜色中的松江。我和她在这座城市相聚，相恋，相爱，相守。她现在是最需要我的时候，我却还为自己的钱财而斤斤计较，还算计着如何对付那些背叛我的人。我不是说过，要和她同生共死吗？我不是说过，我愿意将所有的钱财都给她吗？

天已大亮，路灯一盏接一盏地灭了，四周传来了晨曦特有的清新的味道。远方已经有三三两两的清洁工出来工作。他们穿着橘色的工作服，生活在这个城市的最底层。他们的背影，那么像三哥，为了所爱的家人，即使生活再难也坚持下去。那么像曾经的我，为了弟弟，愿意去死。可我现在像什么人？我和那些曾经鄙夷过的人有什么区别？三哥拉过我的手，说：孟芸就交给你了，你要好好照顾她。他还说：刘义，你是个好人……他，为了我和孟芸的幸福，从那么高的地方跳下……

而我竟然在这种时刻还在犹豫着该不该去看她？我真是个混蛋。可是那么多的钱呀，我放不下。

夜色如水，冰冷地打在我的身上。

我是个好人吗？

我是个好人吗？

不知什么时候，李书洁也来到了阳台。她拿过我的烟，也抽了一根，吐出一个标准的烟圈，手里拿着我刚刚粘好的相片，说："刘义，你心里还是有她。你骗得了别人，骗不了自己。我委屈自己，还是没有办法取代她。我知道你喜欢清纯的女人，我就装清纯。你说得对，那个不是本来的我。你爱的永远都是我的肉体。你爱的从来都不是真正的李书洁。哈哈，我也曾经纯洁过，可惜我们相遇太迟了。可如果你遇到纯洁的我时，我们还会相爱吗？我一无所有，而你也一无所有。我上学的费用都得管那个畜生要。而你呢？你那时在做什么？如果我们相遇了，结局也不会比现在好。在这个城市，强者哪一个不是冷酷无情？你去找她吧，我不怪你。"

阳台的风冷彻骨髓。我抱紧她回到卧室，把她包在被窝里，才轻轻抚着她的头发说："你想得太多了，念旧不见得是坏事。怎么说那也是跟我同床共枕过的女人。我——"

我痛得说不出话来。李书洁狠狠地咬在我的肩膀上，我任由她发泄着。片刻后她松开了口："我一听到你和别的女人同床共枕，我就要疯了。可恶，你结婚的时候还打电话告诉我，你知道我那一晚是怎么度过的吗？你从来就不考虑我的感受。我那一晚过得……算了，不说了。孟芸生活得很不好。我只是叫人给她点钱。我能做的也只有这些。你不会怪我吧。"

我抱着她，伤口渐渐不痛了，而心却越来越痛，像是被活生生撕成两半。我趴在李书洁的耳边轻语道："我不回去了，我会一直守着你，直到你不要我。"

李书洁像是听到了，梦呓般地回应着。

"老婆，我会一直陪着你的。"我抱着李书洁不知不觉睡着了。这些话，不知道是说给她听的还是说给远在天边的孟芸听的。

早上醒来，李书洁却不见了。桌子上有一张纸条：刘义，我走了。去找你喜欢的人吧。你知道你昨天晚上叫了多少遍孟芸吗？五十二遍。每一遍都像是在割着我的心。我不想做别人的替代品。我累了。不要再找我了。

旁边是一张离婚协议书，她的名字都签好了。

李书洁，你这是什么意思？我打她的电话，打不通。她在哪里？

我给她发了短信：书洁，我爱你。我会等你回来。不过我现在要去做一件事情。你等我。

实际上，我是不会让她这么痛快地从我身边溜走的。跟她结婚只是计划的一部分。如果她意外身亡的话，那么她所有的一切都是我的。她想全身而退？想得美。我将离婚协议书撕得粉碎。我随后又发了一条短信给李书洁：亲爱的，等我回来，就跟你一生一世。你总不希望你爱的男人是个无情无义的人吧。

李书洁，我会想办法让你一无所有的。你的头发我已经有了。照看好孟芸，我就会去取该我得到的东西。

7 神秘男人

一路上，我都在想，李书洁何时会死呢？

我竟然笑出了眼泪。只要她死了，那么她所有的一切都是我的。因为在婚姻法里，我是第一继承人。她无父无母，除了我，还有谁能得到这么一大笔财富？

离开屋子的时候，我在床头无意间打碎了一个小饰品。饰品里装满了水银。那些水银渗到床角的毛毯里。只要她住在这里，就会一病不起。据说因水银中毒的人，死相都十分恐怖。而我只是失手打碎的东西，我会跟警察说根本就不懂。而借口去看孟芸就是我最好的不在场证据。

我在想，李书洁那么美的女人，最后香消玉殒是什么样子？

终于到了曾经的家。我迅速走上楼去。孟芸应该也在这里吧。

一个男人，坐在我和孟芸买的沙发上，他背对着我。我想应该是照片里的男人。果然，他转过身，我认出了他。

那个男人你应该认识，他有一个名字叫作徐明海。

晚上我们找了个小酒馆喝酒。我喝了不少。他问我："你跟孟芸什么关系？"

我告诉他："我们曾经是夫妻。"

他笑了："曾经？也就是说现在不是了。那是多久以前的事情了，你和她多久没过性生活了？"

我脸红了："我有必要告诉你吗？这是我和她的隐私。"

他说："祝你好运。你最好去查一下身体。"

这个奇怪的男人，竟然关心我的身体。突然一种不祥的预感从心底升起。孟芸自从流产后就没有让我碰过她……还有，还有我那次想要强占她，她拼死抵抗……还有，还有她拼死要跟我离婚……还有，她那么决绝地对我……这是为什么？

她是想让我恨她，永不见她，在她的世界里永远消失。

我问他："你到底和孟芸是什么关系？"

他说："如果不是因为我，孟芸绝对不会死。我真的不是故意的。"然后他给我讲了一个故事。故事里还有你。这个故事太长太伤感了。徐明海叫我告诉你，要你好好地活下去，这也是我来找你的原因。

第四篇　真相

喜欢一个人，如果不能在一起，也会想尽一切办法让他幸福，看着他幸福。纵使每晚他口中的名字不是自己。

1　徐明海

徐明海，那个骗了我一次又一次的王八蛋。他竟然跟刘义的前妻搞在一起，还要我好好活下去，这是什么意思？

刘义根本就不知道我对徐明海的恨。为了他，我在中考的时候帮他作弊，有一科算为零分。我梦寐以求的大学生活呀。父母说没有我这样的孩子，所有的人离我远去。难道考不上大学连生存的权利都没有了吗？我自谋出路，支撑起这个小摊炒海鲜。

徐明海每次来到我这里，都会先翻抽屉再翻我。我不知道为什么会这样容忍他。他每次都会有一个极好的借口将我骗得兜比脸还干净，直到他因为睡了某大哥的女人，为逃避追杀而入狱。黑社会就算再厉害也没有办法跑到监狱里去追杀。不过纵使如此，他还是被人三天一打。不过后来不知道为什么，所有人都不敢碰他了。他后来被保外就医。在入狱前他最后一次找到我，说要我所有的钱。我当然不肯给了。死都不给。

可他说这钱是用来赎罪的，我当时就怒了，赎你妈赎。就算赎，也应该先赎我的。你欠了老娘一个光明正大的前途。这些钱是我用来移民的。在中国这片地没人要姐，到了外国说不定第二天就会有喜欢猎奇的人娶姐。可我就是贱。他说这是最后一次，他要挣很多钱，然后和我一起远走高走。

我竟然信了。白花花的二十万就这样没了。不知道下一个二十万要挣到什么时候，不知道那时候还有没有瞎眼睛喜欢猎奇的老外娶我。可他怎么跟孟芸搞到一块的？

随后从刘义那里得知了下面的故事。我很怀疑这段故事的真假，因为里面的徐明海一点都不像我熟悉的那个人。

一个U盘放到我手里，还有一张卡。我将U盘插到电脑里，那个挨千刀的形象一下子就出现在了屏幕上。我想把电脑砸了,我恨死他了。

我想把他从里面拉出来,然后,然后,然后狠狠地抱住他,再也不让他走了。就这样守着他,看着他。

徐明海说话了:

小龙虾,你看到这段视频时,我可能已经不在这个世界上了。真的很抱歉。我想了很久,到底这些事情告不告诉你呢。我想了很久,最后还是决定,让刘义帮我这个忙。如果你还在大排档,那就告诉你,把所有的东西都还给你。这辈子我做过太多的错事了。最错的事情就是遇到你这个蠢女人。从初中的时候就被我骗,把自己的前程都弄没了,只能在这里炒小龙虾。

咱们认识有多少年了?十多年了。你这个女人真是傻得可以,只在一棵树上吊死,如果吊不死,你怎么就不知道换一棵呢。

我的时间不多了,从哪件事说起呢?还记得那次中考吗?那是我故意让老师发现的。我知道你有多聪明,你除了没有一张漂亮脸蛋,哪里都招人爱。你心地善良,从来看不得我受一点委屈,你学业优秀,从来都是想考第几考第几。我就没你那么幸运了。每次都考不好。即使我和你一起上了重点高中,我也一定会被淘汰下来。所以我要拉你下水。

你恨我吗?恨就对了。因为我一直都在利用你,一直都在骗你。我就是骗你的。为了我这个骗子,你不值得在大排档待一辈子的。如果你想要离开这里的话,那么我就很放心,刘义也不一定会找到你,可是你看到这段视频,证明他还是找到你了。你还是那么傻,让我怎么放心呢?

我每次拿你的钱,真的是想发财,发大财。我们在这个城市里买大房子,把你白白胖胖地养起来,不用再抛头露面。可我真是很笨,现在我才知道,我为什么总是失败。我从来都不肯以真诚对人。所以生意场上没有人愿意真心帮我。我的周围都是一群骗子。他们把我从你那里得来的辛苦钱全都骗走了。

小龙虾,这个世上我只对不起你。还好,我在生命终结前,把欠你的都还清了，我知道你的梦想。你的梦想是上大学。我欠你的，只有来生能还了。离开这里吧。去追逐你的梦想。听说读书的人从来不在乎女人的相貌。你心地那么好，那么聪明，会有人争着抢着娶你的。

徐明海起身，我才发现，他的手臂竟然没有了。空荡荡的袖管，一荡一荡，竟然让我的心生疼生疼，屏幕一点点暗了下来。我知道，我的徐明海再也回不来了。他到底怎么了？不管怎样，我其实嘴上那么说，但每一次看到他，我都会相信他说的每一句。他甭说要我的钱，即使要我的命我也只有两个字：拿去。可他为什么……为什么……为什么……为什么，这一次真的不要我了？

我用尽所有的力气支撑着身体问："刘义，这是怎么回事？"

刘义递给我一块干净的手帕，示意我擦一下脸。我们接着往下看视频。

徐明海接着说：

有一天我遇到了在监狱认识的一个人。他找到我，让我跟着他。而且，他先出了十万块的定金。小龙虾，我那时候脑子里想的都是怎样在有限的生命里还你的钱。十万块，我当时就红了眼，干什么都行。后来我知道，那个人叫刘长。他要我去做一件很简单的事情。有一个女人在输营养液。只要往她的营养液里，加一滴我的血——只要一滴。

我当时真的犹豫。我知道如果做了，后果会怎样。刘长又拿出十万。这么多钱，我怎么能不动心呢。加一起，就够还你的二十万，而且我的时间不多了。你说我该怎么办？我终于将自己的血滴到那个女人的点滴里。二十万，很高的一叠钱。可钱到手的时候我就后悔了。那个女人竟然还是孕妇。我本来想把钱汇给你，可我看到那个女人，她太惨了。她是那么爱着自己的丈夫，不离不弃。我时常想，如果我没有那些野心，也许我们也会和他们一样。

于是我告诉那个女人。我告诉她，已经感染了AIDS，学名叫作先天性免疫缺乏综合征。通俗点说，叫作——艾滋病。

本来刘长还要想办法让刘义得上这种病。可惜刘义太精明，根本就没法近得了他的身。他的身边，有一个守护天使。那个人为了刘义，也可以连命都不要。

　　小龙虾，说了这么多，你该清楚我是一个什么样的人了。我是天底下最不值得同情的人。我罪有应得，你唯一做错的事情就是遇到我。不过现在还不晚，我已经快要死了。卡里的钱够你下辈子花的。你们女人为什么都这样傻？

　　要说的太多了，可是我有些累了。还有，最重要的一点：

　　以后机灵一点，男人说的话顶多十句里信一句。把我忘了，找个好人嫁了吧。

　　可惜我明白得太晚了。如果有来生，小龙虾，我一定会好好补偿你的。我要做一个好男人，用自己的一生来爱你。再见了。小龙虾……

　　一阵剧烈的咳嗽声，使视频有些不稳。紧接着，屏幕一片黑色，死一般的黑暗，笼罩的不仅仅是屏幕，还有我的世界。我抱着电脑，拼命地拍打着："徐明海，你给我出来！你给我出来！我不要你的钱！我只要——你！我只要你……你……"

2　不怕

　　哭过之后，我将U盘拔下，对着刘义说："这就是你来找我的目的？你就是为了告诉我，我要的男人再也不能回来了？你给我滚，你滚，我不要再见到你。"

　　这个真相让我接受不了。他刘义在我这里白吃白喝这么多天，就是为了有图有真相地告诉我，徐明海不要我了。这个世上只剩我自己了。那我在这里等他还有什么意义？原谅我，我说了谎。我总是挂在嘴边说要用那二十万移民，找个不懂行的老外嫁掉，其实那不是我的本意。我是要去韩国整容。整成个金喜善、全智贤什么的。总之他们男人喜欢什么我就整成什么样子。我只想留住我的男人，我的世界里只有他。为了他我的脸愿意受千刀万剐。可即使如此，我现在也没有机会了。

整个世界的黑暗，一点点加深，胸口闷得快透不过气来。这间小屋里有我的徐明海。曾几何时，他在一旁洗碗，我在一旁炒菜，其实我们做一对最平常不过的市井夫妻又如何？为什么要把我当作必须有房有车才会嫁的都市女？如果没有他，我要车要房何用？我即使整成大美女又能如何？我又给谁看？此刻我杀了刘义的心都有。

刘义任我捶打着他，直到我累了，身体没有一丝力气地像滩烂泥一样倒在床上。他为我盖了张被子，说："我还以为你和外表看起来的一样坚强，其实也不过如此。你们女人怎么每个都如此，嘴上说着不爱，说恨得要死，可一见面，男人给一两句好话就都转了性。可见我们男人的话不能全信，你们女人的话也不能当真。我给你讲了我的故事，就是不想看到你现在这样。徐明海也是，把要说的话说出来就行了，没想到说了这么多。你现在有什么打算？"

我说："我要去找他，即使他死了，我也要找到他的尸首。哪怕能有一刻在一起，也要享受一刻；有一分钟，也要享受一分钟。我才不在乎他得了什么病。我这辈子只想嫁他。"

刘义目不转睛地看着我，缓缓道："即使找到了又如何？还不是再多经历一次生离死别。他托我将视频转交给你，也是希望你从此恨他，再也不要想他，离开这里。"

"你以为，我在这里这么久，就是为了攒钱吗？我一直都在等他，我怕我走了，他找不到我。我甚至不敢离开这条街。无数次，我做梦，梦到他回来了。他就在不远处的地方看着我。甚至我能感觉到他就在我身边。可是每一次都不是。他喜欢吃爆炒海螺丝，喜欢喝啤酒，还喜欢看小黄飞。我这里每天都给他准备着，可他究竟在哪儿？我忘了他离开我多久了。只记得每一分每一秒都如此难捱。我真的想走，可我不甘心。"

刘义喝光了杯里的酒，站起身："你真不害怕再经历一次生离死别？你知道那种病的。如果不小心传染上了，你也会……"

"我不怕。"我对上刘义的目光。"你的孟芸不也是吗？你怕了吗？"

刘义的目光冷然，他死死地盯着我，转身又倒了一杯酒，继续着他的故事。

3 冤家路窄

我对徐明海的感情很复杂。他害了孟芸，可在孟芸最需要照顾的时候，又是他陪在孟芸的身边。我终于明白，孟芸为什么要打掉自己的孩子。徐明海把刘长给的二十万元都用在了孟芸的病上，而且，他甚至为弄到更多的钱而去找李书洁。我原谅他了。

我问他："是刘长把我的真实身份告诉孟芸？"

徐明海摇头："没有。我问过刘长，他说他没有。他怕孟芸知道你的身份，经不住考验，牢牢地抓住你。这个真不是我和刘长告诉她的。你抱着孟芸跑医院，刘长一路都跟在后面笑，丧心病狂地笑。你知道他说什么？他说没想到你也会为女人流泪。"

就在我们谈话的时候，一个男人走了进来。看起来很眼熟，但想不起在哪里见过他。他找了一张桌子坐下，右手少了根小指。他经过我和徐明海身边时，留下了一张字条。上面写着：快走。

我起身向外走去。今天的道路格外清冷。但不知为什么，那种不安的感觉却越来越浓，好像有什么事情要发生一样。

就在道路的转角处，我看到从面包车上下来几个人。他们凶神恶煞，几下把我拉进了车子里。我不知道他们要干什么。不一会儿，徐明海也被拉了上来。车子一直开着，我不知道要开到哪里。这可能是一场有预谋的绑票。这么多年，知道我真实身份的人不多，我也很少在公司露面，到底是哪尊大神？不知道过了多久，车子终于停了下来。我被推进了一幢房子。这幢房子很大，我倒在地上，以为自己快要死了。其实我真的快死了。那些人我一个都不认识，他们竟然不给我戴上眼罩以防我将来指认他们，可见，他们根本就没想让我活着离开。徐明海就在离我不远的地方。他的精神有点不正常，傻傻地笑着，说："我知道报应会来的。会来的。"

他也同样没有戴眼罩。我和他对视了一下。虽然不能同年同月同日生，看来得同年同月同日死了。我和他被背靠背绑到了一起。

这些人看着我们，手里的铁棍乌黑锃亮，有一下没一下地拍着手掌心。时钟在墙上滴答滴答地走着。在他们中，有一个不起眼的人收拾着吃剩的盒饭。这个人就是刚刚给我字条的人。这个人我认识吗？我一点印象都没有。

他低头收拾着东西，那些人根本都不看他，一边剔牙一边讲着荤段子。我倒想见识一下，是哪方神圣请的我。

时间一点点过去。刚才收拾东西的那个人又进来了，手里拿着许多食物，应该是去外面买东西刚回来。他快步地走到一块空地，将那里的垃圾扫向四周，腾出地方将东西放下。有一块玻璃被扫到了我的手边。我侧移着，将那块玻璃藏到了手下。

不知过了多久，应该是午夜吧。终于有人来了。我和徐明海被叫醒——是用脚踢醒的。

一双黑色的皮鞋停在了我的面前。笔直的裤线，肥大的肚子，圆圆的脑袋，我终于看清了这个人的真面目。不是对他的长相有印象，而是，他的手上戴满了金戒指。他粗短的指头，抬起了我的头。冷笑道："刘义，想不到咱们又见面了。真是快呀。"

我说："张陆明，好久不见。你的腿还一样瘸？真有意思。"

他也笑："刘义，我盯上你好久了。我早就想动你。咱们之间的血海深仇，一句话怎么能说得完？孟芸喜欢上的人，本来我以为只是碰巧重名。刘义高高在上，那是神龙见首不见尾的有钱人，怎么连给孟芸哥哥治病的钱都拿不出来？我本来没想到真的会是你，否则在老家矿场上你不知道死多少回了。今天咱们一定有个了断。"

"了断？断得了吗？"我笑道，"张陆明，你以前斗不过我，今天还是。"

"你已经被我绑住了，怎么还这样嚣张？你以为你的秘书李书洁就是好货色？这么多年，她为了你那个金盾，不知道陪多少高官睡过。这种女人，烂得要命。你知道她为什么不愿意跟你办婚礼吗？她是害怕来的人都是她的姘头……你以为你的孟芸纯洁吗？老子告诉你，我在医院的时候就把她给上了。这些她们都没告诉你吗？你真可怜。结了两次婚，可惜哪一次吃的都不是第一口。"

"孟芸的事情我早就知道了。可那又如何？我喜欢，我愿意。不过我也真佩服你，如果不是你当年替你哥顶包，你的腿又怎么会这样？当瘸子的滋味很过瘾吧……我真佩服你，竟然还跟着你哥。他现在日子也不好过吧。"

张陆明脸露狰狞："如果不是你，我哥怎么会被慕姐派去守那个破煤矿？如果不是你，慕姐也不会倒。你做的一切我都知道。也活该那个臭娘们儿倒霉，她竟然不信我哥。你跟了她多少天？我哥跟了她多少年？不过我因祸得福，这个煤矿因为慕姐倒了，现在已经全是我的。但你为什么要动华康呢？你少挣一点会死吗？刘义，你第一次破产后，我已经不想动你了。你为什么非要把我往死里整呢？为了一个女人，你就这样对我？你恨不得把金盾所有的钱都拿出来报复我？华康已经被你弄得负债累累，你现在是不是很得意？不过你也别想好过。你那个漂亮的女秘书，她的艳照已经满天飞了。她竟然敢背着我黑吃黑？你知道你第一次为什么会破产吗？哈哈，我告诉你。我们把你的女秘书绑了。她答应做内应，并且留了把柄在我的手里，我才放她走的。这里的兄弟，每个跟她都有一腿。她的身材，确实——"张陆明做了一个S形的手势，"女人这种东西，真是难以琢磨。大哥和二哥前几天已经因为清盘被她逼得跳楼了。你说我该怎么办？没有人提醒过你吗？两个旗鼓相当的集团对抗，最后的结果会怎样？

"今天我把你绑到这里，根本就没想让你活着回去。你看这是什么？用不了多久，松江市所有高官的邮箱里都会收到李书洁和我兄弟们亲热的照片。我看这小狐狸将来还拿什么跟我对抗？我要她在松江无法抬头。刘义，后来我才发现，艳照这种东西对李书洁应该没有作用。否则她应该顾及我的威胁而放过华康。她现在反咬一口，说明什么？刘义，你可能想不到，不过我猜到了。

"李书洁那个小婊子，她最在意的是你。她为了让你活得安全，竟然想出了这样一个两败俱伤的办法。她不怕名誉扫地。我前几天求她，她都不理我。她说，只有我消失，她才会安心。你刘义身上到底有什么好？值得那么多女人为你付出？你到底有什么？我会让李书洁得不偿失。不过在此之前，我会先让你痛不欲生。你最在乎的是什么？噢，我差点忘了，是孟芸吧。刘长说你差点被孟芸折磨死。不过——和孟芸睡觉的感觉还真不错。刘义，别这样看着我。当年在医院里。她就是我的人了。"

张陆明朝我的下体踢了一脚，我痛得弯下腰去。身边散落着许多照片，李书洁雪白的胴体被一个个男人压在身下。他抓起我的头，给了我几巴掌。我觉得这几巴掌打得好极了。我这种人确实该打。想不到，李书洁为我付出了这么多。

他对我说，"你是不是很想见孟芸？告诉我，得到慕姐遗产都需要什么，我就让你见她。妈的，如果李书洁不告诉我你有小金库，你都不知死了多少回了。每个月我还得派兄弟暗中保护你。"

我抬头望着他，大脑有几十秒的空白。我的心乱成了一团。头一次，我没有想着财产和感情孰重孰轻。我只想见到她。

我说："让我看一眼孟芸，我什么都告诉你。"

一个穿着白衣，瘦弱不堪的女人，被人从旁边拉了出来。

"刘义，放心吧，你的女人我怎么敢碰呢。我在想，你们是夫妻，就应该同生共死。我一定会信守承诺，把你们都放了。不过，我要看你们现场直播一次。我要看着你是怎么死的。"

我的世界在慢慢变小，小到只有孟芸一个人的影像。她被人推到了地上，却不敢靠近我。她的长发依旧，只是瘦得颧骨都突了起来。衣服下仿佛已是骷髅架子。她目不转睛地盯着我，仿佛我下一秒就会消失。

她终于开口："刘义，你为什么要回来？"

我说："孟芸，不要再离开我了。我们一起走完剩下的路。"

"你不懂。我费尽心机，就是想要离开你。我就是不想让你因为我而死。你记得吗，我问过你，要是有一天我先你而去，你会怎么办。"

"当然记得。我说过，你在哪，我都会陪着你。我们生生世世都要在一起的。"

"可是我不想。你还有那么长的路要走。刘义，这个世上比我好的女人有的是。我真后悔当初和你在一起。我早就知道你是亿万富豪，否则你以为我会抛下张陆明吗？我早就知道的。"

"我不在乎。我只在乎你心里有没有我。孟芸，不管怎样，这一次我都不会再放手了，你爱我的钱也好，你爱我的人也罢，我都要和你一生一世。"

张陆明听得不耐烦了："一生一世！？你想得美！我的腿，我的仇就这样算了吗？华康被你弄残了，我也是。即使你得了艾滋，我也不会让你好受的。刘义，你该去死。拿砍刀来。"

张陆明问我："你说不说慕姐的财产？如果不说，我就将孟芸的手砍下来。"

砍刀高高举起，闪着寒光。旁边早有人按住孟芸的手。那几位小弟面对这样一个感染了艾滋的人，也心存顾忌，不敢太用力，甚至将脸别过，怕血溅到身上。

孟芸笑着对我说："刘义，千万不要说。如果你说了，才是死定了。刘义……我爱你。"

我想告诉她，我也爱她，我宁愿死也不能让人砍她的手。可是我没有说出口。

我手里的碎玻璃，已抵到张陆明的脖子上："颈动脉离表皮只有一点五毫米。所以每次攻击这里是最省心的。你知道是谁告诉我的吗？是你哥哥教我的。不过不重要了。我只想离开这里。放我和孟芸走。"徐明海也起身。我和他身后的绳子早被我用玻璃划开了。孟芸躲在我的身后，我们向门口退去。张陆明狠声道："老子宁可死，也不能一辈子毁在你手里。弟兄们，给我把他们砍成肉酱。"

他的手向着脖颈间抓来。我没有办法，手里的玻璃深深地扎了下去。我从来没想过他的血那样多，像喷泉一样。

张陆明倒在血泊里，一手捂着脖子，一边杀猪般地惨叫："杀了……他们……"

那帮小弟冲过来。我将孟芸横抱起，徐明海断后。

那一刻，我仿佛回到了许久以前。我多久没有和她靠得这样近了。还是在她流产的那天，我也这样抱着她，一直跑，一直跑……即使下一刻死无全尸，我也是世上最幸福的人。不，为了孟芸，我不能死在这里。

门外停着一辆车，竟然连钥匙都没拔，一定是张陆明刚刚停在这里的。他怎么也想不到——这辆车救了我们的命。我将孟芸抱到车上。徐明海也跳上了车。可就在关车门的时候，我听到一声惨叫。他的胳膊被人用刀砍断了。来不及捡那掉在地上的胳膊，我就开车。我不知道我开得有多快，直到那些人都不见了。

我把徐明海送到医院，随后报了警。这种伤我是没有办法自圆其说的。即使细算起来，就算张陆明被我杀死，我们也只能算是正当防卫。

警察去了我指定的地点，别墅里空无一人。张陆明的尸体，徐明海的断臂，都不见了。空荡荡的房子没有一样东西。

他们摇摇头，只匆匆备了案就走了。

当我安顿好一切，孟芸又消失了。她这一次不知道去哪了。

我真没有办法了。我一个人孤单单地走在马路上，无家可归。即使富可敌国，我也是一个无家可归的可怜人。就算孟芸早知道我很钱，就算在非情勿扰的舞台上，她看出了我的衣服料子和手工就知道我的身份，那又如何？难道我就没有理由为了真爱疯狂一回吗？就像慕姐当年为了我……

我走了好久，直到天边再次出现了亮光。我像个傻子一样，愣愣地看着太阳升起，好温暖。街边的雪已经开始化了。我真不甘心，就这样再一次失去孟芸。这个世界好不公平，张陆明那个混蛋都能找到孟芸，可我为什么找不到呢？

我疯狂地跑着，在小镇的每一条街上跑，边跑边喊："孟芸，回来吧！孟芸，我想你！孟芸，我想你了……"大家像看一个疯子一样地看我。我傻傻地笑，在垃圾箱旁边一件件地翻着，指着垃圾箱大骂，"你！是不是你把我的孟芸藏起来了？她在哪？快交出来！"

我终于累了，再也翻不动了，在一堆垃圾旁边坐了下来。没有我唯一的妻子，挚爱的孟芸，我活着还有什么意思。

就在这时，我的电话响了。我接了起来。一个熟悉的声音响起："刘义，你答应我，即使我很快死去，你也要好好活下去，我就出现。"

我像是抓住了最后一根稻草："好，只要你出现，我什么都答应你。"

4 相拥

孟芸从街道的另一边走来。

我上去抱她："孟芸，你终于回来了。咱们现在就回家，好吗？咱们还和原来一样。"我拉着她的手，心里却痛如针扎。才几个月不见，一双圆润的小手，已经形同枯骨。不过这都没有关系，只要我在，我会请世界上最好的大夫给她治病。我会给她用最好的药，不管多贵……我会在最后的日子，分分秒秒和她在一起。

我们的小家还是和原来一样温馨。我独自一人将屋子收拾干净，将她扶到床上。她换上了我在她怀孕时为她买的衣服。她望着镜子里的自己，无奈地笑了一下："我竟然变成了这个样子。"

我说："不是，孟芸是全世界最漂亮的女人，是镜子错了。哈哈。孟芸，能遇到你是我最幸运的事情。你知道我找得多难吗？我忘不了你……"

我想将她的头发稍稍捋顺，却不小心抓下一把。没事的，我安慰自己，将镜子用布蒙上。我抱着她躺在床上。我说，"孟芸，无论你变成了什么样子，你都是世界上最美的女人。"

那些天我不知道是怎么过来的。我想给孟芸买衣服，带她去所有想去的地方，可是她的身体太虚弱了，根本没法走太远的地方。我请了最好的大夫，要给她看病。她只是摇头："治病治不了命。本来时间就不多了，不要再让他们耽误。"

那好吧，只要她认为什么是好的，什么就是好的。每天的早晨，我都做好饭，等她醒来。她吃完饭，我扶着她到街边散步。忘了在多久以前，孟芸挺着大肚子，我们"一家三口"在这条街上走来走去，而如今……只剩我们两个。不久之后，只能剩我一个了。既然幸福的时光注定那么少，那么就尽情幸福吧，每一刻都要开心地笑。孟芸已经吃不下东西了。她甚至吃什么吐什么。我知道，我和她的时间已经在倒计时。她每天差不多一半的时间都在输液，每一分，每一秒，过得相当痛苦。把她这样留在我身边是不是更残忍？是不是更自私？

不过孟芸不介意。她对我说："记得你答应过我的话，否则我死了也不会理你的。"

我点头。

"好好活着，我才会放心地走。你的秘书不错。应该已经跟她结婚了吧。好好对她。她对你是真的。我在你的书桌里找到一张电话卡，你有时间的话，查看一下里面的短信吧。"

我抱着孟芸点头。心想，那里应该有孟芸想对我说的话吧。

我试着查了一下，这张卡竟然是我刚到C镇就打算扔掉的卡。里面的话费够用二十年的。

里面的短信一条接着一条：

> 刘义，你在哪？怎么不接电话？
> 刘义，你再不回话，我真的就不干了。
> 刘义，是死是活你得吱一声。
> ……
> 刘义，我不能再等了。我想告诉你，我爱你。如果你死了，我也决不独活。刘义，从第一眼看到你的时候我就喜欢你。喜欢了这么多年。不管你爱的是不是我，我都会为你付出一切的。我愿意为你，和你喜欢的人，付出一切。我不求你明白，只求你告诉我，你还幸福。

都是李书洁的短信。也许我以前错怪她了。

我突然对李书洁不那么恨了。我只恨自己，浪费了那么多的时间在仇恨上，而对能使自己幸福的快乐却视而不见。还好，我和孟芸度过了几天安静的日子。

我按照她的意思，没有让讨厌的医生打扰我们最后的安宁。直到那天，孟芸再也没有醒过来。瓶子里的药液一滴滴注入孟芸的体内，她却一直都不醒。

医生在旁边问我："刘义先生，尊夫人现在已经晕迷，您看……"

"她会再醒来吗？"我问道。

"这种可能性不是没有，但很小。她会一直沉睡下去，直到生命的终结。这个时间，可长可短。"他看了一眼越来越慢的药液，"不过，也快了。"

我摆手，示意他们都出去。孟芸已经去了另一个世界，把她的肉体强留在这里，只能影响她的安息。她去找她的三哥，还有她未出世的孩子。

所有的人走后，屋子里安静了许多。真好，终于没有人打扰我们了。

我抱着已经有些冰冷的孟芸。她像是睡着了一样。我把她的脸擦干净，和她挤在一张床上。我说："孟芸，再让我抱抱。"

我这一天跟她说了很多话。我说："孟芸，你不是说要去南极看企鹅吗？咱们明天就去，好不好……还要去夏威夷看草裙舞，还要看什么了……我怎么想不起来了……你告诉我好不好……"

她不回答我。

她不回答我。

怀里的孟芸越来越冷。我将她紧紧地贴在胸口，希望用自己所有的温暖去捂热她。

可她还是冷得像一块冰。这样寂寞的长夜，叫我怎么度过？我抱着她渐冷的身体，就这样在黑暗中静默地坐着。空气中只有时钟滴答滴答地走着。我们应该有更多的回忆。

我给李书洁发了最后一条短信：书洁，离开屋子。李律师的电话是：×××××××××××。那是你母亲留给你的东西。祝你幸福。

希望她中毒还不会太深。不过谁知道呢。她说过会一直守护着我，也许她根本就没有回家而是一直在某个我看不到的角落保护我。否则，刘长，还有张陆明，那些我讨厌的人为什么都不再来找我了？她一直说，我们没有办法退下来，是因为那些在暗处的人虎视眈眈。她怎么能放心让我一个人——一无所有地去面对他们？

我将孟芸搂得更紧。该放下的，都放下了。孟芸，用不了多久，老公也会去另一个世界陪你的。你和孩子都要等我啊。

人到死的时候，才能将一切都看开，都放下。从这一刻起，我不恨任何人。

在这间不足四十平方米的小屋里，我度过了一生中最快乐的时光。

太阳终于升起来了。我的身体有些僵，但我还是支撑着站起来。我来到厨房。幸好还有米和咸菜。我熬了一锅粥，然后摆了两副碗筷，冲着床上的孟芸叫道："老婆，快起来吃饭吧。好久没尝老公做的饭了吧？快点起床吧。"

她没有动。我一个人吃光了所有的粥和咸菜。我知道，即使我做的东西再美味，她也不会起来了。我知道，在我的一生中，这样的时光再也不会有了。永远也不会再有。阳光一寸一寸地爬上我的脚面。不知道为什么，我一滴眼泪也没有。

我取下结婚照，将里面的照片贴在胸口。我在想，一个大男人，怎样的死法才不至于太矫情。我躺在孟芸的身边，抱紧她，然后，用厨房的刀具割开了手腕上的静脉。不是我没有勇气割脖颈间的大动脉，而是怕溅出的血大多，弄脏了孟芸的床单。她那么爱干净，也一定不希望我们的尸体弄脏。

你不要用这种眼神看我。如果我真的死了，那么这么多天跟你讲话的是什么呢？也没有那些狗血的剧情——关键时刻总有电话或是有人敲门——什么都没有。

我看到了结婚照背面的字。

刘义：
　　如果你取下这张照片，证明你真的已经不再爱我了。我现在在想，你会换上谁的照片呢？是哪个女人那么幸运，陪你走完剩下的路？看着你在楼下来回地踱步，我真的想拉你上来，告诉你所有的事情。可是，我不想要你陪我。如果我忍不住此时的心痛，那么带给你的会是一生的伤痛。所以我宁愿你现在恨我，离开我，我也不要你眼睁睁地看着我死在你的面前。

对不起，早在医院的时候，我就被张陆明给强暴了。我恨他，更恨我的那几个哥哥。他们把我和张陆明关在旁边的一个病房里。医院里那么多人，却没有一个人听到我的喊叫。那时候我恨死你了。所以即使我逃了出来，也一直不敢让你碰我，我怕一不小心怀孕了，不知道是谁的。还好，还好，生理周期准时来了。

新婚的那晚，我割破了自己的手指。其实我知道，即使你知道我不是处女，也会爱我如初的。只是我不想让你生活在痛苦中。那时候我还不知道你如此有钱，我只是怕你去找张陆明的麻烦。

不知道是谁说的，如果一个男人还有时间骗你，那么证明他还爱你；如果他连骗都懒得骗，那就证明他是真的不爱你了。

对，这句话用在女人身上一样有效。我现在如此地坦白，也是因为我已经不爱你了，所以我要将所有的事情都告诉你。

搬来这个小镇不久，我就知道你的真实身份，不过我真的不相信。我挺着五个月大的肚子在街上发传单，即便如此，你也不肯告诉我真相。你们有钱人的心理还真是难以琢磨。我曾想过离开你，不过我根本就走不开。每次看到熟睡的你，我都在爱恨交织中。可后来，我发现自己竟然感染了艾滋，这是不治之症，我即使再不情愿也得离开你呀。我只是借着三哥的事情做引子。我相信，三哥那么善良，即使知道你曾经不肯给他付医药费，他也不会怪你的。不是我不肯原谅你，而是我不能让你再靠近我。

你还记得那天晚上，我问你，如果我先死了，你会怎么办吗？你真让我失望。你竟然说要跟我一起去。天呢，刘义，如果你真的跟我一起去，那么我做的这些事情不是白做了吗？我企图让你心死心碎，而且把自己也弄得半死不活是为了什么？我的生命已经没有多少了。活下去才是最重要的。

相纸太小，想写的话太多。不过这封信不一定会被你看到。我打算在这间小屋里度过剩下的日子。

你一定要幸福。你的女秘书李书洁不错。我知道她是真爱你的。如果你娶了她，一定会很幸福很幸福。

原来，孟芸直到死，还一直爱着我的。我的血已经快流干了，但我的心里却燃起一个声音：我不能死。

我挣扎着拿出电话，拨打了120。我被人救了过来。他们却不经过我的同意，就把孟芸火化。当我再见到孟芸——只是一坛小小的骨灰。

我从那个沙发后的窟窿，掏出了许多东西。记得刚买沙发的时候，孟芸就说这后面的窟窿是个藏私房钱的好地方。那里面有一本孟芸以前写的日记。她把所有的事情都记在了上面，也包括那些我不在她身边的日子。每一页都是对我的思念，每一页都是对我的呼唤。当我和李书洁翻云覆雨时，她一个人，她一个人只能对着白纸一字一泪地写着……

我时常在想，如果以前我早些翻到这些，会怎么样？不管怎么说我都不会离开她的，而且我也不会和别人结婚。我想，她最大的心愿就是看到我能幸福吧。

我抱着骨灰坛。它那么小，却装着我此生所有的爱。孟芸的几个哥哥哭得死去活来——那些眼泪都是假的。当刘长告诉他们孟芸得的是什么病时，他们第一时间就决定卷铺盖走人。这就是所谓的亲情？我连看都懒得看他们。

他们看我要走，纷纷上前抱住我的大腿："妹夫！我们就这一个妹妹呀！你不能不管我们！"

按照以往我的脾气，无论他们说什么我都不会理。不过现在，我拿出了支票，签下自己的名字。我相信善良的孟芸在天上，也希望哥哥们能得到照顾吧。我不瞅他们，说："以后不要再让我看到你们。"

他们问了个好白痴的问题："这张纸是钱吗？怎么花？"

我懒得理他们。整整给了他们一百万，足够他们下半辈子花了。他们也很识相，找别人问去了。

孟芸就葬在我们的孩子旁边。当然，她右边的位置也是空着的，那是将来留给我的。我怀里只有孟芸的相片，还有——不知多久以前收集下她的头发。那时我以为孟芸是慕姐的女儿。我清晰地记得，那天下午，我翻天覆地找着能证明她身份的东西。

在找的时候我一直在问自己：我是真的在乎她吗？如果在乎，为什么一开始就不努力争取呢？如果我真的靠孟芸的头发取到慕姐的财产，那么多钱，我怎么花呀？我跟谁去花？就在孟芸私自打掉孩子我离开她的时候，就在和玛丽喝酒的时候，我就知道她不是处女。可是一直到她死，我都没有质问她一个字。我爱的，不光是她的身体，更是她的人，她的一切。她现在变成小小的一坛骨灰，埋在我的脚下。我以往所做的一切都是为什么？

我独自站立着，直到有人叫我："刘义，是你吗？"

我转身，一个老人站在我的身后。我问他："我们认识吗？你也来送孟芸？"

他的脸上露出了诧异的表情："你不认识我了？"

我摇头，记忆里没有这个人。不过他看起来确实眼熟。

"我是财叔呀！"那个老人说道。

噢，原来是小镇上超市的财叔。我机械地说："财叔，谢谢你来送孟芸。"

财叔叹了口气道："也不知道我是做对了还是做错了。早知道这样，当初我就不该把你的真实身份告诉孟芸这丫头。没想到她傻得竟然会跟你离婚。我也是看出来你是真喜欢她，她也喜欢你。可我就搞不明白，就是因为你有钱，她就要离开你。年纪轻轻的，真是太可怜了。"

我一把抓住他的领子："你知道我的真实身份？你是什么时候知道的？你为什么要告诉孟芸？"

财叔推开我，说："刘义，你是真不认识我，还是假装不认识我？我姓陈，你没印象了吗？"

姓陈？我认识一个姓陈的人吗？突然，我想起陈氏塑料厂前那个孤单的背影。

"你是陈老板？"怪不得他会如此恨我，我松开了他的领子，"我是活该。我对你那么狠毒，你也应该这样'回报'我。可惜孟芸……"

财叔摇头："刘义，事到如今你怎么还不明白？我早就不怪你了。

当初如果不是你把陈氏的家族企业弄倒闭了，我也不能和喜欢的人在这样安静的小地方开超市，过自己喜欢的日子。以前我总是忙，没有时间陪太太，我还剩下多少日子呢，每日粗茶淡饭现在不是也很好？我和老伴把墓地都买好了，就在不远的地方，到时候咱们说不定能做邻居。我告诉孟芸你的真实身份，只是叫她不要因为你的考验而放弃你。虽然我知道这姑娘心地不错，但我还是觉得多一句嘴挺好。我是希望你们能百年好合。"

我靠，还百年好合。我瞪了他一眼："财叔！你根本就不知道，如果你不告诉孟芸这些，她是不会离开的！"

如果孟芸不知道我的真实身份，那么，她会不会……不过我了解她，她终究还会想出一个别的理由离开我。也许是攀上高枝，也许是嫌弃我穷……结局怎样都改变不了。她现在长眠于地下，她也应该和善良的三哥一样，用宽恕的心去面对身边的人。我转身看着财叔，天渐渐暗了下来。我们两个人伫立在空荡的墓地，怎么都感觉气氛不对。我突然想起，李书洁说过，陈老板自杀了。那站在我眼前的，是人是鬼？

他的影子有些模糊不清。他似乎感觉到了我的疑惑和恐惧，干笑两声道："刘义，你不用怕。我当然是人。那天我自杀，结果被人救了下来。人呀，死过一次，就知道活着是多么好的一件事。我至少还有老伴陪着。也算是因祸得福了。"

财叔说完，缓缓地向着墓园的出口走去。

他已经很老了，每移动一步都很慢，似乎是腿脚不方便，又似乎是在欣赏每一寸的风景，毕竟这里是人生最终的归宿。总有一天，我也会像他一样，不同的是我的身边不会有人陪伴。这可能是上天对我最好的惩罚。我从来没有想过我的弟弟刘长。也许从一开始就错怪他了：他对慕姐是有感情的——毕竟在我们最困难的时候，是慕姐给了我们一碗粥喝。我和他不同的地方是，我把那碗粥忘了，而他却一直记着，并且一直打算还。

我处理完了所有的事情，正打算走，徐明海伤好出院，托我最后一件事情，就是如果你还在这里炒海螺丝，就把这东西交给你。我告诉他别痴心做梦了——哪有一个女人会这么痴心，被骗了无数次还愿意信他。

他却说你一定会在这里的。他了解你。他还说，你是他见过的最"二"的女人。我和他赌了一场。那一晚，当我看到你在这里炒海螺丝时，我就知道我输了。不过我却输得好开心——原来这世上还有和孟芸一样的傻子。所以，我决定将我所有的事情都告诉你。

我要说的都说完了，你还要和他一起死吗？

为那些爱我们的人勇敢地活下去，就是对他们最好的报答。徐明海在天有灵，他也希望你找个好人嫁了，然后生一大堆孩子，整天泡在尿布里幸福着。其实我用不着说这么多，可是一看到你，我就想起当初的我。我这回是真的要走了，要做的事情都做完了。祝你好运，小龙虾。另外说一句，你炒的菜其实味道不坏的。

5 找个好人嫁了吧

刘义坏坏地笑，我竟然不反感："刘义，你打算怎样？"

"什么怎样？"刘义问道。

"就是，以后过什么样的生活？"

"去所有孟芸想去的地方，把身上最后一分钱花光，然后，找一份安静的工作，守在孟芸和孩子的身边。"刘义站起身，随后递给我一个纸袋。

我不知道刘义是何时走的。他就像来的时候一样，神神秘秘，鬼鬼祟祟。这么多天，我更像是和一个幽灵生活在一起。所有的一切都像是梦——如果手里不是有这个U盘存在。他临走时交给我的纸袋，说是要我交给问他下落的人。

我很奇怪，他怎么会知道有人问他的下落？

就在他离开的第三天，上次那个漂亮得一塌糊涂的女人又来了，只不过这次她的小腹微起，像是怀孕了的样子。她在我身边拉过一把椅子，嘴角轻轻地带着讨好的笑："我怎么也找不到他了。他这次是去哪儿了？"

我问她："你是刘义的什么人？"

她回道："我是他妻子。法定妻子。"

　　"你是叫李书洁吧。"

　　"是，你怎么知道？"她的头微倾，阳光在她的散发间射进来，竟然产生了一层淡淡的光环。她的身上有一种女性的美，很少看到女人怀孕也这样漂亮的。

　　"我是猜的。"我说道，"刘义说，如果有人打听他的下落，把这个给她。"

　　我将刘义交给我的文件袋拿出来。

　　李书洁直勾勾地瞅着我，并不伸手去接。

　　"我难道真的那么不堪吗，他竟然连面都不见就消失了。他难道不会亲手交给我吗。"她低头喃喃说着。等她再抬头时，竟然是满眶的泪水。"我只想远远地看着他——从我第一次看到他的时候我就喜欢他。他那么高高在上，装作又冷又酷的样子。我知道我配不上他，我只希望每天看着他，帮他做他想做的一切事情。他心情好的时候冲我笑一下，他心情糟的时候，打我骂我都可以。可为什么连这么小的愿望都成空了？难道是我不够漂亮吗？难道是我对他不够痴心吗？我哪点比不上那个女人？……"

　　她哭够了，伸手将那个袋子打开。里面有一张纸，标题很明显，是离婚协议书。刘义已经签好了字。所有的东西都归了李书洁。最后还有一封信。

　　书洁：

　　　　很对不起瞒了你这么长时间。不要再为我这样一个不值得原谅的人浪费青春了。早就劝你离开我，为什么你就是不听呢。还记得第一次和我出去谈业务吗？有个经理拉着你的手不放，我上去把那个人给揍了。你当初感动得一塌糊涂。对不起，其实那时我是骗你的。我那天喝多了酒，只是想找个人发泄。可是你为什么那样傻？竟然瞒着我陪那个人睡了。只为了签一个单子吗？

　　　　是我一步步、亲手把你推进一个又一个男人的怀抱。你看，原来我的心底是这样不堪。我一直明白你的痴情，却一直利用你的痴情，将你变成一个这样的女人。你明白了这些，会不会很看不起我？没办法。从底层爬起来的人就是这副德性。为了达到目的，会用尽一切手段。但你这么多年却一直忠心耿耿地对我。这点让我感到很汗颜。即使你躺在病床上的时候，也还在为我的事情担心。从那时候起，我就有些感动。可是我知道，我不能感动。

我一旦把你拉入到我的怀中，你就不可能再和别的男人上床，那么我的金盾也会荡然无存了。你倾尽可能地瞒着你和别的男人的关系。但精明如我，怎么能不知道呢？他们看你的眼神，好像你没有穿衣服一样。这一切，我只能装作不知。这一切，都是因为我不曾爱过你——哪怕一点点。从一开始，我就没打算跟你发生过什么。

我有些后悔娶你。这点是真的。

我已经明白了，即使我欺骗你，你也从来没有想过害我。金盾里少了的钱，是你拿去进行资本运作。你的性格我明白——伤害过我的人，你一定会全力报复，否则华康不会这样惨。谢谢你为我做的一切。幸福地活下去吧。

刘长也很可怜。我决定放下一切，包括对他的仇恨。我要去过我想过的生活。相信我，我还不至于穷困潦倒。记得那天在C镇的树下，你将所有的身家都给我了吗？五百万的彩票钱，再加上你三百万的私房钱，够我用了。金盾交给你，这么多年，真正为它付出的是你，而不是我。

我要带着孟芸去一切她想看的地方，不要再找我了，不要再跟着我，浪费时间。女人的青春经不起消耗，找个好人嫁了吧。最后，祝你好运。

刘义

李书洁翻看着文件。良久，她放下了这些文件，说："你知道吗？有时候我在想，这个男人如果不是因为这家公司，会不会多看我一眼？从那天晚上他点了我，我就喜欢上他。他的眼神那么忧郁，即使是他轻浮地笑，我也知道他不开心。他对我说了许多话。从那时起我就决定要在离他最近的距离保护他。可他是高高在上的刘总，我，我凭什么，有什么，能得到他的垂怜？可就连这么一点小小的愿望都落空了。我不敢让他知道，我一直在跟着他。

"我一开始就知道自己配不上他。所以我看着他和孟芸越走越近。你说如果我勇敢一点，他会爱上我吗？他会不会有一点感动？我和他第一次在大排档喝酒的时候，我为他挡了刘长的瓶子。可为什么，为什么这件事情之后，刘义会跟我疏远？我那次，好不容易想告诉他，告诉他，是刘长跟孟芸说——刘长只说——如果孟芸承认自己是慕姐的女儿，刘义就一定会和她离婚。

"有时候我真觉得可笑。孟芸竟然如此听话地跟刘义离了。她竟然没看出来，如果她承认是慕姐的女儿，那么刘义极有可能杀了她。

"刘长又跟踪刘义，找到了李律师，摸清了认领遗产需要的证明。刘长一直劝我自己去认领遗产。刘长说，他很敬重我的母亲。

"笑话，那个女人口口声声说我是她的宝贝，可她知道吗——

"因为我的父亲根本就不是我的亲生父亲。父亲因为母亲怀的孩子不是他的而一直耿耿于怀。在我十六岁的时候，他喝多了酒，然后……我恨我的母亲，她根本就没有管过我。我怎么会接受那个女人留给我的财产呢？

"我只敬佩孟芸。她才懂得什么是真爱，独自承受了那么多的痛苦。所以，即使她死了我也夺不回刘义。刘义这个心狠手辣的家伙，我也以为当他得知孟芸是慕姐的女儿时一定会杀了她。可他竟然没有。刘义所做的一切事情都是为了她。可刘义知道我为他做了多少吗？

"刘义第一次破产前，我就被张陆明抓过去。张陆明知道这么多年都是我替刘义打理一切，想逼我说出致刘义于死地的办法。不管他怎样对我，我都没有说出半个字，还假意跟他合作。你不知道张家的势力有多大。我跟张陆明说，只要不动刘义，我就能套出他所有的钱财。刘义说过几次想要隐退的想法。可他哪里知道，如果退下来，就只有死路一条。为了保护他，所有的事情都是我出面做的。可他竟然查我……我看着他打开我的保险柜，我看他将碎纸机里的东西都倒走。当时我就知道，我们到头了。

"可你知道吗？我那时已经有了孩子。我还在想，如果我用孩子，能拴住他吗？我最终还是放手了。我在赌，如果刘义知道孟芸得了那种病，会不会回到我身边。到那时，我再说出我有孩子，他会不会内疚些？会不会可怜我些？

"我赌输了。我赢了张陆明。刘义杀了张陆明后，有一个叫小狗子的人帮我收拾了所有的残局。小狗子的两个哥哥在张陆明的矿上死了，他一直找机会复仇。他的手指头还是张陆明给打断的。小狗子，他甚至想帮我将照片弄走，可这样一来他也会暴露，我怎么能做这种事情？如果张陆明不死，那么刘义就不会安全。我知道张陆明一定会找刘义的麻烦。你看，我宁愿身败名裂，也不愿意看到刘义受一点点伤。

"张陆明手下的那些人，都被我用钱收买了。他们把张陆明的尸体分割成一块块，然后喂了狗。找不到尸体就无法定案。刘义终于安全了。本来，我已经把刘长那个家伙也抓住了——他害得孟芸死掉。杜医生已经答应替我作证。如果罪名成立的话，刘长会在监狱里过一辈子。我知道刘义舍不得杀他。这一切都是我替他做的。

"我为他想得那么周全，我为他做了这么多，可是——

"他还是走了，不要我了。你说我要这么多钱有什么用？

"还好，这辈子，我叫过他老公，他给我做过饭，他陪我看过电影……

"可是这次，我找遍了所有他要去的地方，我真的找不到他了。

"你能告诉我吗？我把整个金盾都给你。"

我看着她的小腹，说："也不是完全没有希望，你不是还有这个孩子吗？"

她点点头，说："我会生下他，好好照顾他的。我想，也许有一天，刘义在外面流浪够了，也许会回到C镇吧……也许那时候，他的孩子已经长得好高……也许那时候，刘义会多看我一眼……"

看着她远去的背影，我觉得无比空虚。李书洁比我幸运，她至少还有一个希望。而且我也相信，流浪够了的刘义，终有一天会回到C镇——毕竟那里有最爱他的那些人。可是我那该死的徐明海……我不知道要等到什么时候。天气渐凉，我不知道还能等多少个秋天，一片叶子落了下来，空荡荡的街道无尽凄凉。

我麻木地一个人摆摊，收摊……收摊，摆摊……不知道为什么，我总有一种感觉，徐明海那个王八蛋总在不远处盯着我。

　　是的，是李书洁给我的启发。喜欢一个人，如果不能在一起，也会想尽一切办法让他幸福，看着他幸福，纵使每晚他口中的名字不是自己。

　　总是感觉，有一双眼睛在不远处盯着我，却总是在我回头的一瞬间，将那束目光斩断。到底是谁在盯着我？对面只有一家也快打烊的大排档。日子呀，长得似江水没有尽头。反正不管别人怎么想，我是决定在这里等下去的。

　　不知不觉，又已经过了小半年。对面的老板很久没有出现。听人说他已经将店兑了出去。孤零零的街上只剩我一人。

　　这天，我提前打烊，却在关门的时候，看到了对面的老板。他看到我似乎一惊，转身就跑。本来我也没想什么，可是，他空荡荡的袖管，却刺得我眼生生地疼。

　　他少了一只胳膊，徐明海也少了一只胳膊。那他是谁，还用说吗？我放下手里的挡板，大步追了上去："徐明海！你这个王八蛋！你给我回来！"